gěi
给

yàn zi
燕子

liú gè mén
留个门

干亚群 著

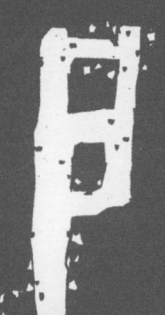

浙江出版联合集团

浙江文艺出版社

【 序 】

致我们难以忘怀的童年与乡村

廖可斌

　　看到书名,细数篇目,我们就知道这是一本关于童真与乡趣的书。读它之前,你最好让自己的心情静下来,静得像池塘和小溪的清水;把自己的神经放松,轻松得有如蓝天飘动的云朵。如果你还带着白天奔忙的劳倦,心中还萦绕着现实生活的烦恼,那也没有关系,只要你开始阅读这些清丽的文字,就如捧起一束芬芳的花朵,它们带着清晨的露珠,散发着山野田间的清香,会让喜悦和温馨渐渐充溢你的心间。

　　本书的内容包括童真和乡趣两个方面,这两个方面又是融为一体的。作者从儿童的视角,回忆二三十年前家乡的种种风物。关于儿时游戏与动物的一组作品,如《会生气的麻雀》、《泥墙里的蜜蜂》、《捉蜻蜓》、《抲鱼》、《鸡零狗碎》、《给燕子留个门》等,固然处处洋溢着天真烂漫的童趣;关于节令的一组作品,如《过年那些事儿》、《正月十四夜》、《清明的青》、《端午端午》、《七月半》等,以及关于村里种种人、事、物的一组作品,如《炊烟》、《女人的河埠头》、《木门》、《天落水》、《像镜子一样的池塘》、《晒场》、《一个叫阿凤姑娘的接生婆》、《最后一位赤脚医生》等,也都是儿童眼中的世界，都以儿童活动的足迹串联起来。那时的农村并不富裕，可以说还相当贫穷，但孩子们可以自由自在、没日没夜、成群结队地在房前屋后、田间地头玩耍。捉到一只蜻蜓，捡到一颗玻璃球，都会给他们带来无比的满足和快乐。如《柯鱼》写孩子们用一种叫"板筝"的渔具捕鱼：

> 找一个地方，把网轻轻放入水中，然后我们收起脚步声，生怕惊动了慢慢游过来的鱼。网在水中的时间不能过短，急促了鱼还来不及进网，时间长了，鱼则游了过去。当我们决定拉"板筝"时，深吸一口气，抓住竹杠，先只能慢慢提，如果过急，鱼比你游得还快。但网就在离水面也就几寸时得快速拉起来，一慢，鱼就会跳出网。

其实小孩子的一切活动都是有意义的。就在这些完全出于天性的游戏里，他们亲近了各种动物和树木花草，锻炼了种种体能和技能，比如学会观察周围的环境，集中注意力，掌握做事情的节奏，锻炼心脑并用的能力和四肢的协调性，增强动手能力，注意与同伴的配合等等，也体会了劳动的艰辛和收获的喜悦，感受了父母亲友、乡邻以及小伙伴间浓浓的爱意。现在四五十岁以上的城里人，很多都来自农村。他们现在置身高楼大厦、车水马龙、霓虹闪烁的环境里，承受着现实生活的巨大压力，加上已经到了喜欢回忆的年纪，都非常怀念在农村度过的童年时光。尤其是看到自己的儿女辈和孙辈们，虽然衣食住行、用的、玩的东西远非自己小的时候可比，但整天被应试教育压得喘不过气来，小小年纪就戴上了眼镜，背着沉重的书包，睡眼惺忪，缺少玩伴，即使参加一点所谓田径、球类活动，也往往是在一个狭小的空间，按照固定的规则运动，他们都深深感叹。两者相比，如果要做选择，恐怕很多人宁愿选择自己那个虽然贫穷但自由快乐的童年，至少我本人是如此。因此，这是一本老少皆宜的书，成年人读它，可以唤起对自己美好童年的回忆，让我们日渐干涸的心田重新得到童真雨露的滋润；孩子们读它，可以知道自己的爸爸妈妈、爷爷奶奶小时候的生活是什么样子，并至少间接感受到另外一种童年的快乐。

作者的家乡余姚位于浙东的宁绍平原，这里是河姆渡文化遗址所在地，属于古代越文化区的中心地带，具有丰饶的民间文化积淀。南宋诗人陆游的著名诗篇《游山西村》，描写了与之相邻的绍兴一带的景致和民情风俗："莫笑农家腊酒浑，丰年留客足鸡豚。山重水复疑无路，柳暗花明又一村。箫鼓追随春社近，衣冠简朴古风存。从今若许闲乘月，拄杖无时夜叩门。"读干亚群这本书，我很自然地联想到陆游的这首诗。在作者笔下，村庄当日的景色明丽如画：

> 我们的村庄浸润在水中，过的日子也如水样……村里
> 有镜子一样的池塘，村外有星罗棋布的沟、渠，还有从村南
> 一直到村北绕了一圈的河，像标点符号一样连接着一村人
> 的生活。(《摑鱼》)

> 刚会用手指头数数字时，我曾数过村里的池塘，共有
> 十三口。村东二口，村中三口，村北村西各四口。小的不
> 过十来丈宽，大的可说不准了，像一条河，但我们都管它叫
> 池塘。在村民眼里，村外长长的流水才称河，村内像一面
> 面镜子的水为池塘。有池塘的地方必有人家，一户，数
> 户，十几户不等。(《像镜子一样的池塘》)

一个小小的火缸，折射出当时农村人的生活方式。村里家
家户户灶前都建有火缸，用于收集刚刚烧过的草木灰。它们不
仅可以用作肥料，还可以引火烧饭、点烟(省去了火柴)。将一罐
米埋在里面，可以焖成稀饭。冬天取一部分草木灰用火熜装着，
可以放在床上取暖。在火缸上搭个笼子，还可以烘小孩的尿布。
温暖的火缸，还是鸡、猫、狗等最喜欢的窝……(《火缸》)

　　至于乡村人性情之淳朴,则从买鸡苗一事上可见一斑:

　　　　每年有一批人来村子里吆喝卖鸡苗……这些鸡苗并不
　　是立即付钱的,半年后才来收钱,而且只收活鸡的钱,那些
　　没长大的是不用给钱的。 当然,公鸡与母鸡的钱是不同
　　的,母鸡比公鸡贵一些。 没有人记得放鸡苗的人是什么名
　　字,而这些挑担拉车的人也只是在本子上让收下鸡苗的人
　　自己写上只数。 有的半年后也没有见人来收钱,村民便惦
　　记那个放鸡苗的人,闲下来凑到一块儿,一个说那个人长
　　得黑黑的,另一个人说看上去有五十出头了。 村里人努力
　　地惦记着这个还没来收钱的人。
　　　　当有一天那个人端着记账的记事本走进村里的时候,
　　那些收了他鸡苗的人纷纷迎了上去。 大家七嘴八舌,似乎
　　迎接一个远道而来的客人。 那个说他长得黑黑的会惊呼一
　　声,你怎么变白了? 而另一个说他五十出头的人感叹道:
　　"原来还是个后生。"那个人摸摸自己的头憨厚地笑笑,一
　　边让村里人自己报鸡苗数,从不去核对放出去的鸡苗到底
　　存活了多少。(《鸡零狗碎》)

　　这是一幅多么美好的人与自然、人与人和谐相融的景象。
乡村的种种习俗,包含了农村人祖祖辈辈积累下来的生活经验

和智慧，他们过的是真正的资源节约型、环境友好型生活。这样的景致和风俗，千年之前陆游的时代就存在，甚至陆游之前千百年就可能已经存在。陆游之后又过了千百年，当作者小的时候，它们也还存在。它们已绵延数千年。但就在最近三十年左右的时间里，便面目全非了。这不禁使人感叹三十年来中国社会变化之急剧。书中最深刻地反映了这一变化的，还是被选作书名的《给燕子留个门》这一篇。作者写到，一家人都喜欢燕子，因此"约定俗成，最晚进门的人，总会看一看燕子是不是到齐了，然后关门——这是晚上最后一道仪式。就像大人牵挂会玩的孩子迟归那样，我也会提醒家里人：给燕子留着门"。可现在这幅图景已不复存在，因为村里的人家纷纷建了水泥墙、预制板的楼房，没有了燕子可以做窝的屋梁，虽然"那些拆了老房子的人家，把拆下来的燕子窝整个地端下来，然后放在树杈上，希望明年燕子归来的时候还能发现这个标记。然而，那些建了新房子的人家第二年再也不会有燕子进出。整天锁着的大门和平整的天花板，让燕子越飞越远了"。这无疑是一个富有象征意味的隐喻。

作者写作这本书，缘起她的孩子的询问。作者的初衷，也只是为了记录自己对儿时乡村生活的记忆。有的人也许认为这些内容琐屑俚俗，难登大雅之堂。但研究历史的人都知道，古往今来汗牛充栋的高文典册，注重宏大叙事，充满对历史现象的修剪和粉饰。倒是那些人们随意记录下来的野史笔记,如《荆楚岁时记》、《南村辍耕录》等,以及最初并不被文人雅士看重的风俗画《清明上河图》等,提供了当时社会生活最真实生动的细节,成为后世人们了解当年社会生活图景的重要依据。本书作者是个有心人,细心记录了20世纪七八十年代仍留存在浙东曹娥江畔的种种民情风俗的点点滴滴,这是很少有人乐意做、能够做的事情。如今社会生活变迁异常迅疾,这已经是一项抢救性的工作。再过若干年,即使有人再想保存这份文化记忆,它们恐怕也已变得更加模糊依稀,难得如此准确真切了。因此,谁能说几十年或几百年后,这本书不会成为人们了解这几十年中国社会变迁的细致生动的史料?

从现实的角度看,以工业化、城镇化为主要内容的现代化,是社会发展的趋势,不可逆转。它提高了人们的生活水平,也应予以肯定。但毋庸讳言,它也带来了一系列现代化病症:环境污染、竞争激烈、人情淡漠、生活单调,等等。我们能否在享受现代化给我们带来的种种福祉的同时,尽可能多地保留或唤回一些过去农业文明时代美好的东西?物质生活水平的提高,是否一定要以损失我们的美丽的田园、快乐的童年、温馨的亲情等为代价?社会的发展能否在一个新的更高层次上实现某种回归?这本书至少客观上触及了这一意义重大而深远的命题。

当然,作者的意图不是写一本历史著作,也不是写一本政论。她要写的是她最喜爱的文艺性散文。因此在存真、崇善之外,她更在意的是求美。除了通过刻画村景之美、童真之美、亲情之美、乡情之美等以融汇成内容之美外,她还着意追求文章的形式之美。写作这种追忆童年时光和乡村生活的散文,重在"纯真"二字,宜用质朴的文风,过于华丽的词汇、夸张的笔调、复杂的结构都不合适,但这样一来又很容易陷入平铺直叙、千篇一律。为此作者不断变换叙述的角度和节奏,单一视角和全知视角交替呈现;交叉运用白描和写意的笔法,尤其注意对细节细如毫发的描摹,飞针走线,移步换形,娓娓道来,引人入胜。试看这一段:

傍晚,竹园里一片叽叽喳喳,整个村子差不多都听到了。那阵势似乎有几百只麻雀。我们悄悄地走进竹园。竹梢上停满了麻雀。一只只不时地转动着小脑袋,似乎在商量着什么。它们在我们头上,但对底下的我们似乎一点都不在意。我们对准竹梢一个个拉弯了弹弓,一二三,把小石子射了出去。我们满以为这样集中火力,打中几只应该没问题。结果一只麻雀也没打中。嗖嗖嗖,一群麻雀像离弦的箭一样,转眼不见了踪影。竹园里只剩下一片暮色浮动着光影，一半明，一半暗。地上有几根羽毛在晚风中或起或落。当我们被大人叫去吃饭时，竹园里又响起叽叽喳喳，比刚才还热闹。(《会生气的麻雀》)

这里运用了讲故事的口吻，绘声绘色，语言洗练轻快，富于速度感和节奏感，真有如"嘈嘈切切错杂弹，大珠小珠落玉盘"。

作者大多数时候都用写实白描的手法，偶尔则结合对孩子天真的想象的描写，绽放出一个或一串写意性的意象，令读者心眼为之一亮：

夜晚，我们在屋里说着话，它们静静地在泥墙里休息，一点声音都没有。整个村子飘浮在花香里，还有一种蜜味从泥墙里渗透过来。我们贴着墙壁睡觉，做梦，而蜜蜂就在旁边；我们在梦中的呓语，它们都听到了，但它们谁也不会在嗡嗡声里泄露我们的秘密；我们在家里偷吃东西，它们也看到了。我们知道它们的眼睛特别大，大到看不清哪是眼珠，哪是眼眶，所以我们曾经很害怕蜜蜂的眼睛，认为这是一对魔眼。后来发现蜜蜂其实感兴趣的并不是我们，而是我们手上的花或者身上不知从哪儿沾来的花粉。

　　我们找来一根柴棒，浸入水中，顺着蜜蜂的方向，轻轻一挑，蜜蜂趴在了柴棒上。蜜蜂在阳光下爬了一会儿，抖抖翅膀，重新飞了起来。一会儿，早已分辨不出哪一只是刚晒干翅膀的蜜蜂。转身，扔掉手中的柴棒，忽然看到水缸里有一朵云，旁边是清澈的蓝天，像一朵盛开的水莲。我们不禁笑了。（《泥墙里的蜜蜂》）

　　可以想见，作者童年时肯定是一个非常细心、敏感的孩子，也亏得她几十年过去了，还保持着这份真诚与爱心，珍藏着这些记忆，丝丝缕缕记得那么清晰，唤起了我们沉睡已久的童年时光，唤回了我们的童心，使我们感到一种久违的亲切和温馨。

　　书中像这样饶有情趣的片段俯拾即是，而我已经不能再举例了，我这篇序言已经写得太长了。其实我根本就不是适合给这本书写序的人，作者手中的笔好比轻盈灵巧的绣花针，描出的文字温润如玉，而我就像挥舞棍棒，只能说出一些枯燥乏味充满学究气的话，实在不相称。只是一因作者诚意相恳，二因我实在喜爱这些清丽的文字。阅读她前一本散文集《日子的灯花》感受到的喜悦尚萦绕于怀，这本书又给我带来新的快乐，我希望有更多读者一起分享这种快乐，故勉力为之。

【目录】

会生气的麻雀

在村人眼里，麻雀是晦气鸟。

它们住的地方只能叫窝，达不到巢的水平。村里人不愿意让它们在屋檐下垒窝，一旦发现就会拿扫帚去捅，认为一沾上它的粪会惹来晦气。

它们把窝筑在瓦缝里泥墙上树杈间，挤挤挨挨的塞着几缕杂草，偶尔夹带着些许破棉絮，那还是麻雀小心地从晒场里衔来的。

据说麻雀曾被列入"四害"，它的罪状是它会偷吃粮食。大人把一个个稻草人竖立在田野里，还特意给稻草人穿上早已破得不像样子的旧衣服，有的还在上面戴顶草帽。如果风一吹，远远看去，好像随时要活动起来。麻雀果真惊飞而去，一只只飞上了电线杆，叽叽喳喳地注视着那些稻草人。麻雀其实早已习惯了被人呵斥与追赶，稻草人沉默的提防却让它们看出一些端倪。于是它们侧着头，又是一番闹闹喳喳，然后再次飞过来，猛啄几粒稻谷后，急急地飞走了。稻草人还是那般光景——风里摇风里晃。两三次的较量后，胆大的麻雀飞到稻草人身上，还跳来跳去，甚至重重地啄起稻草人来。很快，稻田里引来一群麻雀。当然，这样欢快的场景并不长，大人急急地赶来，一边"嘘……"，一边挥舞着竹竿。麻雀应声而逃。

村里有一些大人特别喜欢吃麻雀，听说很补。至于补什么，我们并不清楚。他们有时用自制的气枪去打麻雀，有时在晒场上撒一些谷粒，然后用一根系了绳子的竹簟支起来，一旦麻雀飞进竹簟里就一拉绳子，每次总能捕获一些麻雀。

村里的大人会为燕子留着门，直到最后一只燕子飞进窝，才把门关上。有些因为年纪大了不得不提前关门睡觉的，或者出远门的，便在门上面挖一个洞，方便燕子的进出。有时我们正吃饭，突然从屋梁上掉下燕子粪，大人忙把饭桌挪移到一边，再继续吃饭。

同是村庄里的鸟类，麻雀的一生似乎过得很惊慌。

于是，我们想找麻雀玩。

我们找来一些铁丝，放在火里煨红后把它铰弯，下面留一柄，用来作手柄，两边串上橡皮筋，中间贴一块厚厚的皮，弹弓就这样做成了。我们敲碎一些小石子，挑那些细小的石子作为子弹。

我们开始有目的地在村庄里转悠。停留在电线杆上的麻雀不太容易打得着，它们的心思全在那稻草人那儿，随时会歪着脖子倏地飞下来。地上觅食的麻雀根本近不了身，它们一跳一跃，时刻准备着飞离地面，尽管过不了多少时间，它们又会一跳一跃地过来再过去。

我们把目光专注到树上。明明在树上听到一阵叽叽喳喳的声音，但等我们靠近树的时候，才发现没几只麻雀，而且它们根本不会给我们时间，一会儿跳到这边，一会儿飞到那边。好不容易瞅准一只，等我们拉开弹弓还没把小石子射出，那只麻雀早已偏离了视线。小石子射飞后，几只麻雀扑棱棱地飞走了。四周一下子安静了。静得让我们突然感到很无趣。我们有一下没一下地拉拉弹弓，绕开这棵树，走了。一连几天，这棵树上听不到叽叽喳喳。

我们并没有放弃。口袋里小石子窸窸窣窣的声音让我们无法安静。

　　麻雀躲躲闪闪,凑到鸡食槽边,慌慌张张地啄着被鸡遗弃一边的碎谷米。麻雀啄上几口马上飞离,但没多久又飞回来,还是慌里慌张的模样。因为麻雀行动实在很谨慎,即使鸡看到了,它最多侧着脑袋愣一会儿,也仅此而已。鸡根本不在乎那几颗谷粒。如果被大人看到了,则又是赶又是喝。其实,你不赶,麻雀也早就飞走了。它们是习惯了跳着走,走着飞。不是我们戒备着它们,而是它们早戒备着我们。它们把戒备当成了一种生存方式。

　　傍晚,竹园里一片叽叽喳喳,整个村子差不多都听到了。那阵势似乎有几百只麻雀。我们悄悄地走进竹园。竹梢上停满了麻雀。一只只不时地转动着小脑袋,似乎在商量着什么。它们在我们头上,但对底下的我们似乎一点都不在意。我们对准竹梢一个个拉弯了弹弓,一二三,把小石子射了出去。我们满以为这样集中火力,打中几只应该没问题。结果一只麻雀也没打中。嗖嗖嗖,一群麻雀像离弦的箭一样,转眼不见了踪影。竹园里只剩下一片暮色浮动着光影,一半明,一半暗。地上有几根羽毛在晚风中或起或落。当我们被大人叫去吃饭时,竹园里又响起叽叽喳喳,比刚才还热闹。

　　我们就这样每天盯麻雀,找麻雀,弹麻雀。大人早看到我们这些天的活动，但没有人阻止我们。只是每天徒劳无功让一些大人颇不以为然。

我们在村子里晃悠，看起来是我们在追麻雀，而在麻雀眼里是它们在赶我们。它们一大清早就在树上喧闹，我们在它们的鸣叫声里醒来，开始一天的生活。又在它们此起彼伏的叽叽喳喳声里进屋熄灯。竹园里传来窸窸窣窣的声音，让夜晚更加地幽静。我们在煤油灯下把口袋里的小石子一颗一颗地掏出来，对着自己的影子弹上一会儿。收起弹弓时，我们的兴趣已淡了很多。

第二天，我们兴致勃勃地去掏鸟窝。搬来一条长凳，手一伸，如果摸到一团干草，这里面准是麻雀窝。有时能掏出几只鸟蛋，有时是几只刚孵出还没长毛的小麻雀。麻雀的蛋非常小，跟我们玩的玻璃弹子差不多。蛋壳上长着几点褐色，跟麻雀身上羽毛的颜色很相近。当然，做这种事不能让麻雀碰到。有一次，我们把掏出的小麻雀放在手心上想亲近它一下，这时老麻雀飞了过来，估计是来喂食的。小麻雀蠕动着身子，眼睛还不能全部睁开。老麻雀挥动着翅膀，狠狠地扑了过来。我们不知所措地站在那儿。老麻雀再次扑打着翅膀，直直地冲到我们跟前，一边叫着，一边似乎要啄我们的脸。我们忙把小麻雀放在地上，逃了。几天后我们再掏那鸟窝时，那边除了几根杂草，什么也没有。老麻雀搬家了。地上死去的雏雀叮满了苍蝇。

　　后来,我们意外地得到过几只麻雀,有大人帮着捉来的,也有麻雀不小心自己夹在柴堆里被我们捉到。我们把麻雀放在一个盒子里,给它垫上干草与棉花,还给它放上一把谷粒。捉来的麻雀从不鸣叫,只会用它黑豆样的小眼睛看着我们,也不吃食物,只是偶尔扑动一下翅膀。不出一天,麻雀死在了盒子里。我们不甘心,以为自己喂养不当。陆陆续续地又养过一些麻雀。但结果都一样。听大人说:麻雀气死了。

　　多年以后,每当看到麻雀从窗前飞过,我就会想起它双腿跳着走路,忽闪着黑豆样小眼睛注视着我们的样子。麻雀把窝选择在瓦缝里树杈上,是否告诉我们村庄也有它们的伤口。

泥墙里的蜜蜂

　　自村外大片大片油菜花开以来,村子里就没有消失过嗡嗡声,从早上一直响到傍晚。

　　它们嗡嗡嘤嘤,忙碌地飞来飞去,需要的不过是我们那一堵泥墙而已。

　　村里所有的动物都有自己的住所,一到黄昏各自归栏的归栏,入舍的入舍,进窝的进窝,就连树上的麻雀、地上的蚂蚁也有属于自己的一个巢、一个穴。村子里的人一旦认定了这些动物、昆虫的居地,谁也不会无端地去破坏它们的住所,就像没有人会认为那些蜜蜂是野蜜蜂一样。村里人愿意把自己的泥墙作为蜜蜂的巢穴。

村里的房子大多是上面瓦房，下面泥墙。其实，瓦房是换上去的，原来是草房。村民的经济实力还不能一步到位，于是聪明的大人想出了这么一个办法。那是黄泥墙，外面很粗糙，里面混杂着些稻草、细小的石子，考究些的再和上一些石灰。时间一长，泥墙就会裸露出斑斑驳驳的泥巴，有的因为雨水的冲洗，变成一个个小小的窟窿眼。春天的时候，泥墙上的那些窟窿眼里会长出些花花草草，有的甚至长出一棵小树来。谁也叫不出那些花的名字，也不知道它们是从哪里来。有时去年长在这家墙角的草，今年却在那家的墙上开花。

即使村里最年长的也不知道第一只蜜蜂何时出现，又来自何方，当人们注意到它们时，它们早已在泥墙里进进出出，似乎比我们还熟悉村里的一切。

时间一长，泥墙上满是蜂窝，仿佛这是一幢会呼吸的房子。不管蜜蜂怎么多，它们似乎永远不会穿过泥墙飞进我们的房子。

夜晚，我们在屋里说着话，它们静静地在泥墙里休息，一点声音都没有。整个村子飘浮在花香里，还有一种蜜味从泥墙里渗透过来。我们贴着墙壁睡觉，做梦，而蜜蜂就在旁边；我们在梦中的呓语，它们都听到了，但它们谁也不会在嗡嗡声里泄露我们的秘密；我们在家里偷吃东西，它们也看到了。我们知道它们的眼睛特别大，大到看不清哪是眼珠，哪是眼眶，所以我们曾经很害怕蜜蜂的眼睛，认为这是一对魔眼。后来发现蜜蜂其实感兴趣的并不是我们，而是我们手上的花或者身上不知从哪儿沾来的花粉。

泥墙里的蜜蜂非常忙碌，一会儿在屋前的果园里，一会儿在屋后的菜地上，有时也会成群飞到村外的庄稼地里。大人荷锄回村的时候，它们一前一后地顺着村道飞回到泥墙。偷懒的蜜蜂会停在锄头上，大人也不赶，由着它。当蜜蜂随大人到家时，发现不是自己的泥墙，一下就飞走了。大人笑着骂一句："没良心的小东西。"

蜜蜂多的时候，屋子里都是嗡嗡嘤嘤。虽说，它们与我们生活得那么近，可还是有一种与生俱来的恐惧感。它贴着墙壁、沿着门窗蠕动身子时，我们有时能看到它尾部的一根针。大人告诉我们，这针是蜜蜂用来保护自己的，如果有人对它产生威胁时，它会用针去蜇。不过，蜜蜂自己也活不成了。

我们觉得不可思议。村里还没有哪一种动物或昆虫，居然为了保护自己却最终把命也送掉。我们有些同情起蜜蜂来。当然，最好的办法就是不让它有自救的行为。我们捕捉过村子里的所有昆虫，但除了蜜蜂。

　　四五月份的时候,屋前的水缸里漂满了花粉,差不多每天都有蜜蜂掉落在里面。我们趴在水缸边,盯着挣扎中的蜜蜂。蜜蜂用它的细足蹬着,又扑闪着翅膀,轻盈的身子此时被紧紧地吸附在水面。我们欲伸手去捞,却想起它致命的针。我们找来一根柴棒,浸入水中,顺着蜜蜂的方向,轻轻一挑,蜜蜂趴在了柴棒上。蜜蜂在阳光下爬一会儿,抖抖翅膀,重新飞了起来。一会儿,早已分辨不出哪一只是刚晒干翅膀的蜜蜂。转身,扔掉手中的柴棒,忽然看到水缸里有一朵云,旁边是清澈的蓝天,像一朵盛开的水莲。我们不禁笑了,蜜蜂的眼睛原来也不过如此。

　　村里有几户养蜂的。一排排的蜂箱放置在村外的油菜地里,每天有人戴着网罩的帽子在蜂箱前忙碌。有时从蜂箱里抽出木格子,上面爬满了蜜蜂;有时拿一只镊子在木格子上面点着什么;有时则把木格子放进一只桶里转动,停止后下面是透明而闪着光泽的液体。那是蜜糖,很甜很甜。

　　天天瞧着它们在油菜花上飞来飞去,却始终没有看到过它们酿出闪着光泽的液体。它们终归属于泥墙,而不是木格子。

　　它们看到阳光,或者听到泥墙的另一侧有声响,一只只便从泥窝子里飞出来。不管露水还没晒干,也不管花还没开,它们开始振翅而飞。偶尔,会有那么几只误撞到蜂箱前,但很快又从那儿飞了回来。即使那儿没有蜂王,它们也会知趣地退回来。何况，从颜色上便一目了然，窝在泥墙里的，总会带上些泥色。

　　有一天，村头阿英婶婶家的东边泥墙倒了。这是大雨之后。阿英婶婶家这堵墙的小窟窿眼是村里最多的。她家离油菜地最近。远远看去，密密麻麻的，像一个个句号；近看，像纳在鞋底的针脚，结结实实。奇怪的是，倒下去的泥墙里找不到一只蜜蜂，却有几只小麻雀。

　　阿英婶婶家的泥墙再次砌了起来。旁边是一天比一天热闹的油菜花，而那堵新砌的泥墙光滑、寂寞。看着这堵与众不同的泥墙，我们似乎有了一种遗憾。第二年，泥墙上的麻点慢慢多起来。阿英婶婶收被子的时候，拍打声又重重地响起。蜜蜂少不了在被子上留下些什么，有时是黄褐色的颗粒。母亲说，那是蜜蜂的粪便。虽如此，从没有见过村里人为蜜蜂的粪便而洗刷。蜜蜂除了花粉啥也不沾。

　　泥墙里的蜜蜂在入秋以后渐渐少了下去，等院子里的菊花慢慢枯萎下去的时候，泥墙上不再有嗡嗡的声音了。我们以为蜜蜂偷懒，试着去掏那些小洞眼，结果有时掏出来的是一只枯死的蜜蜂，不再有饱满的肚子，只剩下干瘪的躯壳和一对卷曲的翅膀。

　　泥墙还在，它们永远不是野蜜蜂。

粘蜻蜓

　　一到夏天,村庄里的各种昆虫多了起来。这边喳喳,那边嗡嗡,还有些不声不响的,在不为人所知的旮旯里爬来爬去,惹得我们情绪亢奋,怎么也管不住自己的手脚,总想捉来玩玩、逗逗。

　　大人忙于农田里的庄稼事,没有闲心为我们制作捕获昆虫的用具,只能自己动脑筋去设计那些捕获器。

　　村庄是一个共享的家园,谁制作出了捕获器具,我们一下子模仿过来,再说所需的材料绝对能在村庄里找得到。有时仅一根竹竿、一根线,或一根针、一张纸而已。我们把针折成钩,把竹竿做成兜，从村庄的一头到另一头，兴致勃勃地捕着，抓着，连天上的白天都停驻在村庄的上空，看着我们奔跑，听着我们笑。我们咚咚咚的脚步声由树下传到池塘边，手上拎着一串"青牛"，长长的犄角被我们一个个打上绳结，又从池塘蹦到菜园里，几只青蛙在竹篓里慌乱地跳着。

　　蜻蜓是寻常的一种昆虫，无须我们费心，它们自己飞出来，而且贴着水面款款地飞，围着庭院斜斜地舞，特优雅，似乎村子是它们的，而我们则是多余的。黄蜻蜓最多见，也有黑色的与翡翠色的，它们飞起来悄无声息，很少长时间地停留在某一处。我们觉得它们不够耐心。

　　我们手痒痒的，可捉它不比捉知了。知了是村庄里最笨的昆虫，越到中午鸣叫得越欢，我们循声便能找到它们藏身的地方。捉知了很简单，在一根竹竿顶端系上塑料袋，靠近知了的正上方，轻轻一罩，知了一边叫着或扑动着翅膀，一边飞进你的塑料袋。知了有两种，一种称之为"响板"，还有一种不会发声的，叫"哑板"。我们把"哑板"用来喂鸡鸭，而"响板"用来玩，有时还偷偷放在灶膛里煨，熟透后可以吃。捉来的知了往短裤的橡皮筋下一塞，翻折过来，知了被裹在了里面。如果运气好，没多少时间在腰间可以围成一圈，那些知了有一声没一声地响几下，好像在跟同伴交流信息，只是从没有引起树上知了的重视。树上的知了继续响亮地鸣叫，然后一只只地被塞到短裤的橡皮筋里。

蜻蜓看似笨笨地立在茭白叶上，待你走近伸出手的瞬间，它弹弹足飞走了，留下我们空空的张开的手，一时收不回了。我们用扫帚对准蜻蜓猛地一挥，偶尔会有蜻蜓被卡在扫帚竹梢上，但对蜻蜓损伤很大，不是折翅，就是断足。它们的残躯引不起我们多大的兴趣，随手一丢，鸡鸭屁颠颠地跑来了。

有一天，我们在蜘蛛网上找到一只蜻蜓，扑打着翅膀，却怎么也挣脱不了，旁边趴着一只蜘蛛，非常淡定地注视着挣扎中的蜻蜓。半晌，蜻蜓大概筋疲力尽了，蜘蛛慢悠悠地爬了过去，停留了片刻。蜻蜓抖动着翅膀，细细的足上缠住了网，要想逃跑早已不可能。蜘蛛顺着网爬到蜻蜓的上面。蜻蜓打着颤，听任蜘蛛的摆布。一会儿，蜻蜓麻木了。再一会儿，蜻蜓完好无损地被蜘蛛拖到了一角。

我们兴奋起来，找来一根竹竿，想把蜘蛛网取下来。很快，我们发现这个办法不行。蜘蛛网在竹竿顶端缠成一团，根本发挥不了它的作用。聪明的我们总有点子，削一片竹篾，把两端插入竹竿，做成了半空的球状。蜘蛛网到处都有，村庄多的是旮旯。不过，最好的是早上的蜘蛛网，黏性强。可怜了那些蜘蛛，好不容易织成的网，三下五除二被我们掠夺了。失了网的蜘蛛常常惊慌失措地从网上掉落下来，嘴巴里还拖着一根长长的丝。

只是,我们已经来不及替自己的行为转念。

　　我们拿着合成的网,兴致勃勃地从门前的菜园赶到池塘边。蜻蜓有时优雅地在你眼前扑闪,有时落落大方地停立在篱笆上。我们举着大"网拍",紧紧尾随。或左或右,或前或后,蜻蜓忽忽闪闪,我们反反复复。我们弓起身缩小掉在地上的影子,又踮起脚收紧落在地上的声音,挥动着竹竿,蜻蜓不紧不慢地抽身而去。我们静静地候在篱笆旁,巴望蜻蜓停驻下来。蜻蜓在长满藤蔓的篱笆上一停一飞,把我们的心思牵得很长很长。蜻蜓似乎从不会留给我们很多时间,无论我们是耐心地等待,还是急急地追,它们永远像绅士一样,既没有多余的动作,也没有可以省略的细节。于是,我们学会了守候。

　　蜻蜓粘住后,我们把它取下来时动作粗糙,网很快破了。村庄的角落慷慨地向我们提供蜘蛛网。我们心安理得地享用着村庄里的一切。我们把捉来的蜻蜓放进玻璃瓶子里,互相比谁的蜻蜓漂亮。有时把蜻蜓掐去尾部,后面插上一根扫帚梢或麦秸秆,一松手,蜻蜓急急忙忙飞了出去,带着半根尾巴。那些飞不远掉下来的,公鸡慌里慌张地奔过去,一口啄住,歪着头认认真真地伸缩起脖子来。

　　夏天快要过去的时候,池塘的水浅了,篱笆边也静了。蜘蛛继续默默地吐丝织网,有时会停下来观望一阵。当我们的脚步很快从它旁边消失后,它鼓足劲地工作起来。不多时,那根曾经热闹过的竹竿上竟然挂了一张网。我们很情愿地让它靠在角落里,任蜘蛛爬来爬去。我们做过梦,梦到自己跟蜻蜓一样能飞来飞去,只是我们从来没有梦见过自己长有翅膀。当我们醒来时,会忽然想起那些拖着半个身子的蜻蜓,不知道它们还能不能再飞。或许下一个梦里蜻蜓已经长出了身子。我们曾经这么想过。

拘鱼

我们的村庄浸润在水中,过的日子也如水样,你吃什么我住什么大家明明白白,一点都藏不住。村里有镜子一样的池塘,村外有星罗棋布的沟、渠,还有从村南一直到村北绕了一圈的河,像标点符号一样连接着一村人的生活。

大人依水而作,向水谋收成。如果稼穑喝不上水,这年的年成肯定成问题。于是每一片农田旁必有沟,至少是渠。

我们出村后最喜欢的就是水沟里捉鱼,那里有许多的鱼,在水草间快活地游来游去,只要我们花点心思一定会有收获。

简单点的用簸箕,看到鱼黑黑的嘴巴在水面上一张一合,发出"啧啧"的声音,这时我们把簸箕提起来,口朝下,往水里挖,然后又很快提起来。不过,这种方法只能适应水塘,水浅了簸箕会搁在淤泥里,还没等你提起来,鱼早已溜走了。而且你得蹲着等上几分钟,簸箕下去时要屏住呼吸,如果你把握不住气息,鱼就会一转身沉入水底。即使它浮出水面,不待你举起簸箕,鱼立刻不见了踪影。也许你自以为做得很隐蔽,然而你一蹲一起,风轻轻掉在了水面上,鱼从水里听到你。

用簸箕捉鱼还不能站在阳光下,你的身影落在水里,鱼一看那团黑影就摆摆尾巴走了。只有等落在水面上的影走过后,鱼才会再次浮出水。鱼习惯树的影子,有时会一堆一堆地在投下一大片树荫的水上露出乌青的嘴巴,快活地在阴凉的水面上嬉戏。如果你有耐心候在那儿,把自己的影子融合到水中的树影里,悄无声息的,寂静的空气里只有鱼在一张一翕。

春天的时候,雨天一过,村外的小河、水沟整日流淌着水,哗哗地响起一片。这时可以用一种不费力的方法捉鱼。小河和水沟主要用来灌溉农作物,一般连接着大河,但水位高于河面,于是水汩汩地流向河,发出叮叮咚咚的声音,鱼被引了过来,它们喜欢逆水而上。

我们便在出水口用泥拦起一条堰,找来约 50 厘米长的竹筒,把它埋进堰里,但不能完全浸没在水里,要露出水面一点点,以保证发出的水声清脆响亮。然后在竹筒下面筑出一片面积来,形状可以是长方形的,也可以是椭圆形的,把里面的水舀出一些,既不能太少,也不能太多,再在上面铺上一层草。半天后你去那儿,肯定会在竹筒下捉到很多鱼,我们称为"兜水鱼"。鱼听到不停歇的水流声便会急着想过去,挤不上去就跳,结果跳进了我们挖好的水洼里。

我们每次脏兮兮地提着鱼回家,少不了挨母亲的几句数落。那些带着母亲温暖气息的嗔怪从我们左耳进去后马上从右耳跑了出去。但母亲的担心还是留在了我们的心里,这也让我们养成了一探二试三察的捉鱼习惯。捉鱼前先用竹竿探水的深浅,还要试水温,察周围地形,万一掉进水里有没有可攀援的地方,诸如此类的事宜我们在捉鱼前得有个底。

我们最喜欢的是夏天,一看到鱼影在水里黑黑地游动,我们立马可以挽挽裤腿下水捉鱼。大人一般也不会阻拦我们,由着我们沿沟顺塘地去捉。许是天热,我们不至于受寒,再说我们的活动地带也仅限于浅水低洼。我们用簸箕沿着水底一直蹚过去,到泥坎处赶紧提起,里面必有白花花的鱼蹦蹦直跳。不过,捉到的尽是一些小鱼,大一点的早已在我们下水的那一瞬间悄悄溜走,或躲起来了。它们从水的异样波动中捕捉到我们的气息。这种捉鱼方法简单,而且也不太会弄脏衣服,但只适用于小水沟或水渠,对我们来说不太尽兴。

也许是因为鱼在村里村外地游着,有时甚至在稻田里也可以见到鱼拍起水纹,所以我们从来没有把捉鱼当成一件事情来做。常常是玩着玩着看到鱼在河里晃悠晃悠,便觉得可以下水捉一些。我们掉落下去的脚步声惹得鱼慌里慌张地沉入水里,但一会儿,鱼又急不可待地钻出来。我们把脚步轻轻地收起来,探出脑袋,与鱼正好撞了一个目光。可惜鱼并没有接过我们的目光。它们在水里习惯用眼睛听声音。

我们选择一处,自觉分成两组,前后把小河拦截成两段。明晃晃的阳光直逼我们的头,河面上泛动的波光又带着刺眼的阳光在我们身上移来移去。我们撅着屁股,脸差不多会碰到水面,贴着裹着阳光的水,挥动着双手朝水底摸去。河里的淤泥比较稀薄,得把手往深处抓。我们把淤泥挖出来时,表面一层泥还是会从指间滑了下去。我们在河两边扯一些野草,和在泥里,增强泥在水里的撑力。你从左边垒起,我从右边垒起,阳光在周围忽闪着,连同我们掉在河里的影子一起被躲在暗处的鱼吞噬了,要不然我们的影子都哪里去了呢?脚趾边痒痒的,那是小鱼在啄我们。我们也懒得去理会,任由它们嬉戏。阳光揉进泥草里,与我们的汗水与兴奋一齐在河里渐渐堆积成一道坎,一会儿就会合了。

　　我们找来几只脸盆，又各自守住一处，向外倒水。一前一后，一左一右，用力地把一盆盆的水舀到外面。慢慢地，泥坎里的水浅下去，河水底里响起鱼哗啦啦拨动的声音，还有一层层水被搅动的波纹。这时还不是扷鱼的最佳时间。我们继续向外倒水，直至出现鱼肚贴着河底才停止。我们把一只只脸盆搁在河底，手沿着河泥摸过去。那些已经暴露在视线里的鱼，我们不急着去扷，反正也逃不掉，倒是藏在淤泥下的鱼很容易逃脱。它们喜欢钻淤泥，躲杂草堆。有时你来回几次顺着河底摸，也不一定能把鱼从它藏身的地方扷出来。如果让鱼过早地熟悉你身上的气息，它就会趁你正忙着的时候远远地溜出坎去。有一次，我们在村外的一条小河里扷鱼，明明看到许多鱼影，花了半天时间才把坎内的水排空，结果连一条手指大的鱼都没有。阿波的哥哥不甘心，拎着脸盆来回蹚了几次，除了泥水从脚趾处往下挤压出来的声音外，一点动静也没有。我们百思不得其解，难道我们倒水的时候连鱼一起倒了出去？后来阿芬检举阿立在倒水的时候向河里撒尿，一定是鱼闻到了人的尿味提前从这段河面撤退了。阿芬的分析得到了大家一致赞同，于是挖了一团淤泥佯装向阿立扔去，阿立一边哇哇大叫，一边往岸上跑。不过，从此没有人在扷鱼的时候随便往水里撒尿。

除了拦堰倒水外,我们抲鱼还有一种方法:拿一根木棍,最好头上有一个笆,往水里猛扎。木棍不能触到水底,但也不能悬在水中,得把水搅起一层层波浪,直至把水弄浑。鱼被你这么一搅浑,早已晕头转向了,在水里打着转,有的甚至还会不知不觉地浮出水面。这时候贴着河底由深处往浅处抄过去,就能抲到鱼,而且多是一些鲫鱼。它们喜欢蹲边,找杂草、石缝躲藏。这种抲鱼只适用于浅水池,地方一大起不到效果。

入冬后大人严禁我们下水抲鱼,于是我们就用"板笭"。买来渔网,找来两根比我们手臂稍微粗一些的竹竿,交叉后把网的四个顶点绑在竹竿上,再用一根竹杠固定在交叉点,方便网的放与提。用"板笭"抲鱼可不受天气影响,晴天雨天都可以。找一个地方,把网轻轻放入水中,然后我们收起脚步声,生怕惊动了慢慢游过来的鱼。网在水中的时间不能过短,急促了鱼还来不及进网,时间长了,鱼则游了过去。当我们决定拉"板笭"时,深吸一口气,抓住竹杠,先只能慢慢提,如果过急,鱼比你游得还快。但网就在离水面也就几寸时得快速拉起来,一慢,鱼就会跳出网。其实,后面的动作并不是每次都能用上,就在提网的过程中我们早就知道网里有没有鱼。稍大一点的鱼在网的四个角微微露出水面的时候,早在里面热闹开来,有的忙不迭地向网沿冲过去,白花花的肚子在网眼上特别耀眼,有的蹦跳着意欲游回水中。我们的情绪全在手上，一沉一松，心跳跟着一快一慢。

过年前，每个生产队会把池塘里的水抽干。被抽干水的池塘像一只向天的锅底，鱼在黑黝黝的淤泥里钻来钻去，响起一阵噼里啪啦的声音，惹得岸上的我们管不住脚，从这边跑到那边。大人穿着高帮雨靴，站在河底处把一条条鱼抓到竹筐里。我们兴奋地帮大人指点鱼的藏身地。等大人鱼抓得差不多的时候，我们开始出动了。拿一只饭勺绑在竹竿上，在泥堆里来回划几下，总有一些意外的收获。

日子悄悄在指间流走，而我们重复着拘鱼的方法，从来没有超越过自己的心思。于是，鱼一如既往地出现在村里村外。我常常瞅着水中的鱼想，我的影子落在鱼身上，鱼驮着我的影子，像披上了一层纱，我觉得自己有时躺在鱼身上，入梦，潜入水底，那里有许多许多的鱼游过来看稀奇。

蛙鸣只在黑夜里响起

谷雨后,村子的夜晚不再完全属于狗了。

尽管狗还是很尽职地在村里走来走去,不时地冲着黑夜或对着星空发出吠声。有人从院子外面走过,狗在里面一边立起身子蹿到墙角,一边气势十足地狂吠几声,但也就那么一会儿,吠声似乎冲淡了下去。狗用一双闪着忠诚光芒的眼睛盯着院外的一举一动,只是陌生的人影在狗的眼前晃了晃,很快隐入村庄。狗甩甩尾巴,回到屋檐下,继续注视着黑暗里的一切。夜色里谁也不会记谁的仇。

与其说青蛙向村庄要回来了属于自己的时间,不如说是狗把自己的夜晚让了出来。在此起彼伏的蛙鸣声里,狗像一位老者,静静地坐在墙根旁,守着自己的职责。

谁也记不清第一声蛙鸣是什么时候,但一定记得在哪里响起。村里的大大小小池塘是我们生活的一部分,也是青蛙的一部分。像镜子一样的池塘里留下我们的身影,细细的波纹轻轻回味我们白天遗留的笑脸。青蛙不需要镜子,它们需要的仅仅是从池塘里获得一份黑暗里的宁静而已。

村庄的夜晚来得很晚。早过了掌灯时分,村子里还是黑漆漆的。大人不进门,我们不开灯。蛙鸣却如约而至。初时零星的"呱呱",从池塘的某个角落忽轻忽重地传来。我们忙着赶鸡鸭进舍。黑暗中我们一边挥动着扫帚,一边嘴里不时地发出"吁吁……多多"的声音,指挥着鸡鸭们回舍。一向只认得扫帚指引的鸡鸭却变得不安分,不时有几只从队伍中跑出去,侧过头朝池塘望,还煞有介事地"嘎嘎"几声。我们连忙冲过去,用扫帚打了那几只鸭子的头,鸭子伏下长长的脖子,扁扁的鸭掌贴着地面左右晃动几下,老老实实地归队。当我们把鸡鸭舍的门堵上,里面还是叽里咕噜了一番。但也就这么一点时间,池塘里的蛙鸣已经很有气势了,一声重,一声轻,已分辨不出来自池塘的哪个方向。继而整个村庄的蛙鸣声连成了一片,等父母从农田里回来的时候,蛙鸣声似乎是一浪一浪的。

　　吃过晚饭,村子又沉浸在一片黑暗里。偶尔几点灯火,那也是在忙一些活。女的在灯下纺纱,男的在修理农具。村里人大多使用的是 15 瓦的灯,就这样低瓦数的灯,村里人也绝不敢多点一盏。有时几位婶婶凑在一起借着微弱的灯光做针线活。我们小孩大多不够安分,如果哈欠不来,绝不会上床。父母也很少管束我们,由我们玩,只要我们不妨碍他们说话、做事。大人在灯光下说着话,往往一人说话,旁边的人最多插嘴而已。那气氛跟生产队里开会差不多,队长讲话,社员在下面住嘴听着。事实上大人也都是忙自己的活,女的多在纳鞋底,男的则吧嗒吧嗒抽着旱烟,思忖着明后天自留地里种点啥。

　　大人开始是轻声,后来不得不加重声音。外面的蛙鸣已经混成了一片,几乎所有的青蛙都集中到了一块儿。虽然,那阵势听来有些乱糟糟,不过自由的鸣叫并不凌乱,倒像是泊在村庄的月光慢慢移过夜色,滴落在每一个人的梦里。呱呱……咕咕……咯咯,时不时地飘进小屋。静静的夜晚,湿润的空气里弥漫着油菜花香,还有挥不去的青草味,蛙鸣似乎缠绵着过来,直直地逼近如豆的灯火。那份淋漓,那种酣畅,越来越厚,越来越浓,让我们无限遐想。白天的池塘任我们肆意地寻找乐趣,清清的水波漂洗着我们简单的童年,不管我们愿意不愿意在那儿留下自己对成长的怀想,池塘总是透明地映照着我们的脸。而青蛙循着我们的气息是否就为了能在黑暗的村庄里寻求一份声息?或者只是为了寻求伴侣,然后把池塘再还给我们。一个月后池塘里出现许多小蝌蚪,拖着尾巴在水里自由地来去,而每晚的蛙鸣一如既往。

　　有经验的老人从蛙鸣声里预测着天气。如果蛙鸣浑厚、响亮,第二天或后几天就会下雨,若是杂乱地叫,而且叫得急,没有以往的沉稳有节奏,当晚或第二天准下雨。而雨后青蛙鸣叫得更欢快。一唱一和,一缓一急,密密匝匝如鼓如弦,从村东一直响到村西。我们常常在这片喧腾的蛙鸣中沉沉睡去。第二天醒来,村子明明亮亮,从各自圈舍、牛栏、窝里出来的动物们又恢复了自己的生活,该鸣的还是这样鸣,该吠的还是那样吠。村庄回到了白天的秩序。池塘还是像镜子一样在阳光下泛着点点金色,青青的水草上挂着一串串露珠,偶尔清脆的"扑通"声却让我们感到青蛙又把池塘让给了村庄。

　　青蛙开始鸣叫的时候,往往是农田里最忙碌的时候。为了不伤害青蛙,大人会在除虫前先用棍子往庄稼地里赶一下,意在让青蛙躲开,免得沾上农药中毒。上了年纪的老人不允许我们抓青蛙,更不准吃青蛙。曾有几个后生晚上打着手电筒去抓青蛙,作为下酒菜。因为青蛙最怕光,一旦被光束照住,它们就一动也不动，抬着头鼓着眼睛，却是一副懵懵懂懂的样子。后来不知被谁揭发了出来，村里的老人知道后狠狠地教训了一顿。这些后生可能不知道老人喜欢在密集的蛙鸣声里憧憬一年的收成。如果是稀稀落落的蛙鸣，会让许多老人感到不踏实。有一晚，村头的长脚爷爷突然狠狠地骂起来，很快有一阵凌乱的脚步声夹着忽明忽暗的手电筒光从村头快速传递过来。我们不由得笑了，这几位后生居然敢到长脚爷爷家后面的池塘里抓青蛙。长脚爷爷有个怪脾气，喜欢听青蛙叫，听着听着就睡着了，如果青蛙不叫了，他会醒来。他一醒来第一件事是下床解小便，接下来便是听青蛙鸣叫。如果青蛙叫得有些松了，或者疏了，甚至不叫了，他非常敏感，顾不得趿上拖鞋，开门就骂。当然，每次都没有骂错过。

尽管老人定了这个规矩，我们这些孩子还是没少捕捉过青蛙。背着老人偷偷做着一些工具。有的利用自行车换下的车胎钢圈做成一把钢叉，有的从竹园里砍来一根小竹，简单地加工后在竹竿头系上一条线，然后再把一些虫、蚯蚓绑在线上。我们一手拿钓竿，一手拿着一只编织袋，一直沿着溪沟方向，从村子里走到村外。我们感到纳闷的是，夜晚的村庄里到处是蛙鸣，而白天几乎看不到一只青蛙，倒是在村外的水沟里能钓到不少青蛙。抓来的青蛙我们也不敢拿到家去，有时重新把它们放回到池塘里,它们争先恐后地从编织袋里跳入水中。平静的池水被击出细细碎碎的波纹。那些波纹是不是有了记忆,在每晚与如潮的蛙鸣一起涟漪在夜色中成为村庄的灵魂?

　　有一天,我们发现蛙鸣离村庄越来越远,也越来越稀。零零星星的蛙鸣让漂浮在灯光里的村庄显得寂寥、单薄。而狗却自觉地蜷缩在院门旁,一双眼睛在明亮的路灯下继续闪烁着忠诚的光,守护着自家的院子,又似乎在等待着什么。

鸡零狗碎

大人都去田畈了。村子里静静悄悄的。

突然从篱笆那边传来"咯咯蛋……咯咯蛋"的声音。阿波忙放下手里的纸毽子，"我家母鸡下蛋了，我得回去喂把米。"我探出脑袋，想看看自家那只芦花鸡下了蛋没有。母亲去队里参加劳动前嘱咐我，今天家里有两只鸡要下蛋，下完蛋后给一把米。阿芬嘲笑我鸡有没有下蛋还用得着看。

母亲与婶婶们出门前一定会抠好鸡屁股。那些被主人拎起来的母鸡似乎诚惶诚恐，"咯——咯"地会拉长声。如果这只鸡今天有蛋,大人会很小心地把鸡放到地上。而那些几乎是扔了回去的,肯定没有蛋。很快,大家知道谁家有几只母鸡在下蛋。

家里养了一群鸡,三只公鸡,四只母鸡。其实母亲一点也不喜欢公鸡,只是很小的时候还不确定买来的是公还是母。每年有一批人来村子里吆喝卖鸡苗。他们或挑着担,或拉着车,里面有好几层比竹筐浅一些的笼子,掀开盖,全是喊喊喳喳的声音,毛茸茸的,东张西望,非常可爱。它们躲闪着我们伸过去的手,用力往里面挤。可毕竟它们太多了,我们还是能摸到它们身上软软的毛,于是它们惊恐地叫几声。村里人每家都会挑几只——一家人的零用钱指望着它们。这些鸡苗并不是立即付钱的,半年后才来收钱,而且只收活鸡的钱,那些没长大的是不用给钱的。当然,公鸡与母鸡的钱是不同的,母鸡比公鸡贵一些。没有人记得放鸡苗的人是什么名字,而这些挑担拉车的人也只是在本子上让收下鸡苗的人自己写上只数。有的半年后也没有见人来收钱,村民便惦记那个放鸡苗的人,闲下来凑到一块儿,一个说那个人长得黑黑的,另一个人说看上去有五十出头了。村里人努力地惦记着这个还没来收钱的人。几个星期过去,他当然不会忘了这些账,大概有别的什么牵挂吧?

当有一天那个人端着记账的记事本走进村里的时候,那些收了他鸡苗的人纷纷迎了上去。大家七嘴八舌,似乎迎接一个远道而来的客人。那个说他长得黑黑的会惊呼一声,你怎么变白了? 而另一个说他五十出头的人感叹道:"原来还是个后生。"那个人摸摸自己的头憨厚地笑笑,一边让村里人自己报鸡苗数,从不去核对放出去的鸡苗到底存活了多少。

当鸡长到三个月,翅膀上的毛不再是茸茸的时候,大人已经看出来哪些是公哪些是母,照例免不了互相交流一下,母鸡多的会感觉自己好像捡了一个大便宜,那些尽是公鸡的怪自己手气不够好。

清晨,第一声公鸡的啼鸣清清脆脆地从鸡舍里传出来,很快得到呼应,从这一头响到那一头。于是老人起床,开门。家里有钟的很少,但大家都知道鸡叫过几遍后该起床了,天已经亮了。

不过,村里人不太愿意让家里的公鸡都打鸣,最多留一只用来过年时做祭祀。大人认为打鸣的公鸡不长膘,而且还会影响母鸡下蛋。当阉鸡的进村时,村里一定会喧腾一番。公鸡们在前面逃着,躲着,大人在后面追着,撵着,少不了费一些劲。阉鸡的身上必带着一把黄纸长柄伞,把捉来的鸡夹在两腿间,然后从怀里掏出一包工具,里面有刀、镊子什么的。他在公鸡身上找到一个部位,拔出一些毛,用刀开一口子,再用钩小心地从公鸡肚里拉出来几颗黄豆样的东西,让大人看过后,把刚才拔出来的毛在伤口一塞,把鸡放了。

我们不知道他给公鸡动了什么手术，反正这只公鸡从此不会再打鸣了，也不会欺侮母鸡，老老实实地在一边找虫子，或安安静静地吃鸡食，再也看不到它顶着红冠有事没事地啄母鸡。那些受过公鸡欺侮的母鸡却不见得高兴起来，慢慢腾腾地走过公鸡旁边，有时歪着脖子瞧一瞧那只公鸡，似乎很希望公鸡急急地追过来。而公鸡却缩进脖子低低地闪到一边。

那些下了蛋的母鸡幸福地啄着米粒，同伴可羡慕死了它。同伴一开始也会来抢米吃，而且看起来信心十足，根本不理会我们的优待对象。母鸡也许因为刚下蛋的缘故，自然抢不过它们。我们就跑过去赶它们。时间一长，母鸡好像知道了我们给米的原因，不再小心翼翼地跟同伴争米吃，而是理直气壮地吃起来，有时还会狠狠地啄那些不下蛋的母鸡。它看到了我们正站在一边，手里拿着它刚下的蛋。那几只不下蛋的母鸡一下子缩回脖子，侧着头有一下没一下地啄着鸡食槽，全没了刚才那番抢食的激情。

母鸡下蛋前，大人会给它安个窝。所谓窝无非是垫上一些干草。不过第一次下蛋的时候，母亲不会把那只蛋拾起来，得留在那儿，否则母鸡第二只蛋肯定不会下在那儿。

有一次，我不小心把一只刚下的蛋给捡了起来。结果，一连几天我们看不到它下的蛋。母亲非常相信她的抠蛋技术，认为母鸡肯定把蛋下在别的地方了。母亲养鸡自然不是为了吃鸡肉,而是用鸡蛋去换酱油糖醋和招待客人。我们嘛,也只有在生日或生病的时候才会吃上几个。所以几只鸡蛋不见成了家里的一件重要事情。

一天,正好下雨,父母不用出工,于是母亲一个早上在家里盯着母鸡的一举一动。母鸡一会儿在院子里转悠,一会儿在草丛里扒拉着,那不紧不慢的样子让母亲在一边干着急。后来,母鸡"咯——咯——咯"地远离鸡群,独自踱到柴蓬旁,然后用力一跳,藏进油菜秆里。这些都躲不过母亲的火眼金睛。等母鸡下完蛋后,母亲把手伸进去,一下子摸出来好几只蛋。除了一只不剩外,母亲还故意把那个窝弄乱。果然,母鸡再也不在那儿下蛋了。

鸡喜欢在自留地里闲逛,有事没事地刨几下,有意无意地"咯咯"几声。看似在找虫子吃,其实不一定在寻觅什么。那双厚厚眼皮下的褚色眼睛没少打量着周围的一切。我们的心事全在它们的肚子,而它们的心事则在我们的手上。

如果不是因为狗,也许鸡们会快快活活地过完它们这一辈子,或下蛋,或啄米。

村里面养狗的并不多,大家实在想不出这狗能用来做什么。但那些养了狗的,从此再也耐不住无狗的日子。

在村庄里游荡的除了我们,还有那几只狗。它们偶尔虚张声势地吠几声。很快,它们低下头去,趴在了屋檐下。这村庄里谁还不认识谁。

家里并没有多余的肉食喂养狗,于是,狗有时还得自己寻点零食。狗沿着村里的小路低眉顺眼,尾巴直直地垂在屁股后。悄无声息。寂静把村里的一切都连接在了一起。母鸡却并不理解这种寂静,尤其下了蛋后。狗似乎有些恼怒,放下忙着的活儿,窜了过去。鸡欲张开翅膀飞上天,无奈自己的祖先早就不练基本功了。被狗追急了,也就离地几尺而已,而且最多持续几秒钟,一边四处挣扎着飞,一边悲伤地叫。狗看在眼里,追得更起劲了,几乎是跳着扑过去。

我们正觉得无聊,突然看到鸡飞狗跳,莫名地兴奋起来。坏坏地站在边上看着它们。狗一会儿追这只母鸡,一会儿扑那只公鸡,因为不够专心,一只鸡也没有碰到。热闹的倒是那些鸡鸣声,混乱的“咯咯”声里充斥着恐慌。此时已分辨不出公鸡与母鸡有什么不同。一只母鸡惊吓过度,提前把蛋生下来。那只蛋没能保住,一到地上就碎了。狗自然免不了一顿打。我们因为没能及时阻止狗,成了帮凶。

狗摇摇晃晃走出墙门,远远注视着篱笆边的一群鸡。事实上狗只是转悠转悠的,它早忘记被主人挨打的事。如果狗老是记着主人的仇,这绝不是一条优秀的狗。主人也不会把打狗的事放在心上,狗毕竟是狗。只是鸡群却提前行动,跑的跑,躲的躲,那场面似乎狗又在追鸡了。狗不知所措地愣在那儿,主人忙不迭地出来,操起棍子向狗挥去,狗没头没脑地跑开了。它永远不会理解村民养鸡看重的是鸡屁股,为了这鸡屁股居然跟自己挥棒。挨打的狗不敢狂吠,最多有重点地吠几声罢了。吠多了自己都觉得没意思。如果真惹主人恼火了,这狗日子也就到头了。对狗来说最好的宣泄,莫过于有陌生人来。这时它起劲地狂吠,只会讨主人的欢喜。主人在听到狗叫声时必伸出头看来人是谁。如果那人正好是主人的贵客或好友,这狗又免不了受一顿训斥。

鸡有鸡舍,狗有狗窝。舍需要人搭建,还得有一扇像模像样的门。窝就没有那么多讲究,随便找个地方,只要不碍着主人家的生活就行。傍晚时分,主人早早地打开鸡舍门,有时还会铲几把锅灰。狗窝始终那光景,一堆凌乱的杂草从狗领回来那天起一直没动过。鸡踱着步子从院子里回来,然后在狗的注视下故作慌乱地钻进舍中。

入夜,整个村庄都沉浸在睡梦中,狗在村子里来回走着,从一家走到另一家,非常忠实地守护着村庄。黑暗里传来几声沉沉的吠声,让睡着的人们更踏实。

　　似乎狗在黑夜里迷了路,瞎转。可是,不知谁给公鸡领了个头,一声啼鸣,村庄里各个角落的公鸡像击鼓传花,响应着啼鸣——天亮了。

　　那时,我以为,母鸡与公鸡一定分了工:母鸡负责下蛋,公鸡负责打鸣——掌握村庄的时间。人和狗都开始一天的生活方向。

给燕子留个门

当河里最后一块冰被我们捣碎后，叮叮咚咚的水流声从村东一直响到村西。让小村里人睡不着觉的倒还不是这欢快的水声。夜里各家的猫开始频繁地活动起来，而耗子却比以前更猖獗。到了清晨，猫带着一身的疲倦从外面回来，少不了被主人骂一顿。猫似乎很知趣，悄无声息地窝进灶眼里可以一天不出来。

也就这么几天里，村里又多了一份热闹，门前的枣树上开始有叽叽喳喳的声音。老人便把门开得大大的。我们感到不解。老人说，燕子回来了，它们要筑巢，如果关着门，燕子会觉得主人不欢迎它们。

　　敞开门,有春风灌进来。春风仿佛在铺一条无形的路,是空中的温暖的路,燕子顺着赶过来。春风把沿途的树都弄绿了。于是,有一天,我们听见燕子的叫声,看见燕子的身影——像黑色的闪电。

　　老屋横梁上的那只燕子窝,跟我们玩的那种烂泥炮形状差不多,上宽下窄,不过看起来有点疙里疙瘩。我们也不知道哪一年筑的,每年的春天总能看到两只燕子飞进飞出,然后孵出一窝小燕子。去年的燕子窝在守候今年的燕子。

　　村里的房屋多是平房,有些还是茅草房。燕子似乎并不嫌弃,只要人们开着门,有一处可容它们筑巢的地方,它们就会把巢安在那儿。老人们说,家有燕子窝,那是一家人的福气,说明这家风水好。所以家里有老人的,每到春天总是盼望着门前呢喃的声音。我们那儿并不重视喜鹊,而把燕子看成喜鹊的化身。村里一些上了年纪的老人,如果身体不适,他们就把能不能熬过冬天作为给自己的一个命数。二月初燕子准时飞回来,那些躺了一冬的老人不管可不可以下床,都要起来在门口坐一坐,听听燕子的呢喃,看看燕子忙碌地衔草加固巢,心里觉得有一种踏实。

　　被燕子选择的人家于是就有了一份责任,大人告诫顽皮的小孩万不可去捅燕子窝,否则要变成瞎子。村里有一位瞎子公公,整天拿着两根竹竿走村串户。很多人不喜欢他,但如果他不在又觉得缺少了一些什么,他一个早上能把一个村的动静掌握得很清楚。我们猜想,他的瞎眼是不是捅燕子窝造成的。我们曾问过老人,老人支支吾吾的,不得其详。我们悄悄地溜进他家里,抬头看他家的横梁,上面黑糊糊的,连一只燕子窝也没有。我们忽然觉得瞎子公公有些可怜,连燕子也不太喜欢他。

有次,他又到阿根公公家串门。我们知道,他一来准要播报他一清早所得到的新闻。果不其然,他把前村听来的张家婆媳间的是是非非,按他口气非非是是地说了一通。本来这也不关我们的事,但他有个怪脾气,就是他在播报全村动态的时候不喜欢小孩在身边发出吵闹声。老人们念他眼睛瞎了,许多地方由着他,哪怕他在自己的新闻联播中有许多不实之处也不跟他计较。可我们小孩哪能想到这么多,我们照样玩我们的,这样一来大人要干涉,我们嘴里不敢说,可心里非常不欢迎他。那天,他正兴致勃勃谈论着张家的一些事,一对燕子在门前一阵叽里喳啦。他拿起竹竿向空中猛地一挥,燕子一下子飞到枣树上。阿根公公皱了皱眉头,有些不太高兴。瞎子公公把手插进他的棉袄袖里,继续他的村中要闻。燕子在树上闹开了,似乎吵嘴一样。你一声叽叽我一声喳喳,一会儿跳到树枝上,一会儿又飞到树梢。瞎子公公被两只燕子吵得失去了兴致，提起竹竿摸索着去另外一户。很快，两只燕子好像和好了，你衔草我衔泥，忙忙碌碌地开始修整起窝来。

我们并不知道鸳鸯是怎么一回事，却知道家里的燕子是双飞双宿的。大清早，等门一开燕子马上飞去了，当它回来的时候嘴里肯定衔着草什么的，有时独自回来，有时两只一块儿。你一口草我一口泥，共筑着它们的窝。到了傍晚，如果另一只还没有回来，那只先回来的燕子绝不会独自飞进窝，肯定停在门前的树上或屋檐下，歪着头一动不动地站在那儿，直到另一只回来。然后轻轻几声叽叽，便飞进窝里再也看不到它们的影子。村里小夫妻哪天吵架了，做妻子的就会责备自己的男人，怎么连燕子都不如，它们还懂得温情。刚才还气呼呼的男人，此时默不作声，一个人提了只筐出去了。等他回来的时候筐里准有妻子爱吃的水果。

燕子等窝筑好后开始产卵，大约一个月后窝里便会伸出几张黄黄的小嘴。此时是燕子最最忙碌的时候，两只燕子飞进飞出，喂养着它们的小宝宝。老人说，燕子一袋烟的工夫要飞出三次，一天下来将近飞一百多次，直到小燕子能独立觅食为止。有一次，我家的小燕子不知怎么地从窝里掉了下来。小燕子还没长毛，眼睛还不能完全睁开，嘴巴上像长着厚厚的黄色胚芽，光秃秃的身子粉嫩粉嫩的。母亲让父亲把小燕子放回窝里,我有些舍不得,把它放在手上轻轻地抚摸着,它蠕动着身子在我手掌上爬。这时燕子正好飞进家里,许是以为我把它的小宝宝掏出窝的,张大着嘴巴不停地在我身边喊叫,甚至还想啄我的脸。父亲见状,忙拿来梯子把小燕子放回它的巢。燕子倏地一下飞进巢里半天没出来。晚上,两只燕子叽叽个不停。母亲说,那两只燕子以为我们在欺负它的小宝宝了,说不定明天会搬窝。我们一家人听了感到有些不安。

第二天,两只燕子早早地飞出了门。我呆呆地看着那只燕子窝,想象着燕子携子离巢的情景。家里冷清倒不必说,被奶奶知道了肯定骂一顿,在她眼里燕子可是一家人的吉祥物。每到燕子孵出小燕子后,奶奶不允许把门关着,即使出远门,只锁一下里间的门。奶奶说,燕子很聪明,一旦发现主人在它喂养小燕子时把门反锁着,它就会带着小燕子离开,而且从此就不会再回来了。这天的早上我有些心不在焉,连母亲交代的几件事都忘了,害得兔子不停地咬笼子。

一小时后燕子飞了回来,但很快又飞了出去。慢慢地,我发现两只燕子嘴里衔的东西并不一样,一只直冲进窝里把觅来的食物喂给小燕子,而另一只却又在衔草衔枝,原来它们在修筑自己的窝。半个月后,小燕子长出了羽毛,黑溜溜的,嘴巴边还有一圈黄色。此时家里颇为热闹，一会儿叽叽喳喳，一会儿唧唧啾啾，尤其当燕子爸爸与燕子妈妈从外面觅食回来的时候，横梁上是一片喧闹。只只张大着黄口，争先恐后地要食吃。等老燕子飞走了，它们才个个缩回窝里安静下来。再过一段时间，小燕子开始学飞，扑棱棱地从窝里飞到窝外，再由屋檐下飞到树枝上，这样一路地飞远。如果还不到迁徙的时候，小燕子们绝不会飞走，到了晚上还是会飞到自己的窝里。

我们家约定俗成，最晚进门的人，总会看一看燕子是不是到齐了，然后关门——这是晚上最后一道仪式。就像大人牵挂会玩的孩子迟归那样，我也会提醒家里人：给燕子留着门。

村里人绝不会伤害燕子，但这并不意味着燕子没有敌人。有一次，我们在阿囡家里玩耍，忽然听到横梁上的燕子窝里传来一阵听起来有些怪怪的鸟叫声，不由得抬起头来。一条蛇正绕着横梁把头伸进燕子窝里，几只小燕子闪动着翅膀，左右躲避着。我们也吓坏了，不知道怎么办好。还是阿芬出了一个主意，叫来隔壁阿标叔。他是村里专门捕蛇的。他手拿一只编织袋顺着梯子爬了上去，三下两下那条蛇被他装进了袋子。晚上，阿囡有些得意地把这件事告诉了她父母，结果被她父母骂了一顿。原来村里有一种说法，家里的蛇是不能打不能捉的，那是"家龙"，否则家里会不顺的。阿囡有些不服气，觉得救燕子与保护

"家龙"应该是不矛盾的,可这两件事怎么会那么巧地碰到一起了呢。

　　村里开始有人建房,原来居住的老房子得拆掉。上了年纪的人遵循一个原则,五黄六月是不可以动土木的,所以村里很多人建房子多选择在秋天,这时候燕子已准备南飞了。那些拆了老房子的人家,把拆下来的燕子窝整个地端下来,然后放在树杈上,希望明年燕子归来的时候还能发现这个标记。然而,那些建了新房子的人家第二年再也不会有燕子进出。整天锁着的大门和平整的天花板,让燕子越飞越远了。

　　当村里最后一栋楼立起来的时候,村子变得寂寞起来。年复一年,燕子只是在记忆里呢喃,又渐渐消隐。以至回忆燕子确确实实的叫声,却模糊了。村民习惯了关门。

向歪脖子树致敬

　　那一天,突然,村子里响起了一阵混乱的号啕声,夹杂着女人呼天抢地的哭声和男人充满绝望的喊声,似乎是一把利剑从村东一直穿过村西。村民纷纷跑出家门,很快,村民知道了这哭声来自村东的杰军家。

　　原来杰军在一次训练中不小心把铅球砸在了自己头上,因为正好击中了小脑,失血过度,到医院两小时后就去世了。杰军父母得知消息时已经是第二天了。尽管还没看到儿子的尸体,但整个人早已瘫软了下去。村民们你劝我拉,我扶你拍,可没有人能把杰军父母从悲痛中拉出来。杰军母亲一会儿晕过去,嘴上吐着白沫,一会儿捶胸顿足,从喉咙里出来的声音已不是喊出来的,倒像是用力压下去再挤出来的。

　　阿明紧紧地抱着杰军的父亲,湿答答的衣服上已分不清哪是他的泪水哪是杰军父亲的。阿明早想痛哭一番,恨不得也能像其他人一样痛痛快快地哭上半天。上次看《红楼梦》宝玉哭灵一段,那种撕心裂肺的哭喊曾让阿明充满了羡慕。幕布下的老人一边看一边抹着眼泪,而边上的阿明却焦躁地走来走去。这几年来的压抑与自卑让他习惯了人前的沉默与寂寞,连自己的想法都暗暗地压了下去。

　　阿明与杰军是小学的同学。杰军考上了初中,阿明挽挽裤腿下了田。杰军高中毕业后考上了艺校。当时村里又是敲锣打鼓,又是放电影,一张入学通知书被他父母装了镜框高高地挂在堂前。杰军将来会做明星的消息在村子里早早地传开了。杰军后来也不负众望,时不时地传来令人兴奋与憧憬的喜讯。大人们也时不时地拿杰军的事来教育自己的孩子。阿明的歌喉比杰军更浑厚更响亮,可体检时因为脖子歪而没有通过。杰军坐火车去省城报到的时候,阿明躲在自己的房间里默默地流着泪。

　　那棵歪脖子树在村口已经长了很多年了,但到底长了多少年谁也说不清。没用的树谁会在乎它?有一天人们注意起它的时候，它已经长得有成人腿那么粗了。引起人们注意的其实并不是它，而是村里的阿明。

那天的傍晚下着蒙蒙细雨，人们荷着农具从田里收工回来，看见阿明披着蓑衣背着箩筐也从庄稼地里出来。经过那棵歪脖子树时，阿明忽然抬起头来，似乎眯着眼睛看了一会儿，然后侧着脑袋用手摸摸它的树干，慢慢向上抚摸着它的歪脖子，手一点点地举起来，伸到了头上。没有人看到树上有什么，而阿明在树前站直身子，一只手与他的脖子画了一个三角形。

阿明的歪脖子越来越明显了。村民跟他打招呼，有时还不得不侧着身子才能迎上他的目光。令大家惊奇的是阿明耙地的水平越来越高了，从垄头到垄尾一条直线，绝不会歪歪扭扭。一天，队长把村民叫来，让大家看阿明耙的地。村民啧啧称奇，让阿明传授经验。阿明显得有些兴奋，一会儿让大家斜着目光从垄头看出去，一会儿又让村民歪着脑袋由垄尾看到垄头。好半天村民也弄不清怎么样才能让耙出来的地保持在一个水平线上。对此，阿明不免大失所望。

我们发现在那棵歪脖子树上玩法很多时，谁也拦不住我们。我们顺着树干往上爬，然后一屁股坐在了那横长的树脖子上。我们也常常抓住树的脖子，把头慢慢升上去，直到整个人立起来。有时我们把脚倒钩在树的脖子上，比赛谁倒立的时间长。

我们一玩就能玩上半天。阿明从田里收工回来,很喜欢看我们玩,在一边抽根烟,或坐在树底下给我们做裁判。如果我们不小心把树枝踩断了,阿明会很不高兴,抚摸着自己的脖子,嘟哝着责备我们这么不爱惜树。我们不小心说出一句:"不就是一棵歪脖子树嘛。"阿明猛地沉下脸来,阴阴地瞪我们一眼。我们不知道自己说错了什么,但看到阿明满脸的不高兴,我们明白不该说这样的话。

有一天我们放学回来,准备又去那棵歪脖子树玩倒立。忽然阿儿拉拉我的袖子,示意我朝歪脖子树那边看。阿明正对着树仰起脖子把右手举到头上,然后站立身子,静静地注视着树。这不是在行队礼吗? 阿珍冷不丁地说出一句话来。我们张大着嘴巴,你看看我,我看看你,实在想不出阿明这个举动是什么意思。我们悄悄地靠近歪脖子树,希望能找到答案。树枝在风里沙沙地晃动着,阿明的脸上扑闪着从树枝透漏下来的阳光,那些斑斑驳驳的树叶影子像筛子一样左右移动,地上一个树影,一个人影,端端正正地两个影子。

以前,村里的大人说小孩,总以杰军为榜样:看看,杰军多有出息。杰军去世后,村里的后辈仿佛失去了一个榜样。不过,长辈说起与杰军一起长大的阿明,就不免感慨:阿明这孩子,要是脖子不歪,也该有出息了吧?

　　阿明的年龄到了该让媒人说媒的时候了,可因为脖子歪,看了几个姑娘都吹了。他的父母见儿子终身大事要被耽搁了,不由得着急起来。后来还是他的叔叔出了个主意,让他去学理发。说来也怪,阿明学理发只不过半年,但他的手艺差点让他的师傅没了生意。阿明给人理发时侧着脑袋一丝不苟,哪怕多了一根杂发也立马看得一清二楚,任何头发一经他的剪刀,立刻平平整整。有一天来了一位大娘,因为她的头看上去两头尖,一辈子没剪过一个好看的发型。本来她也没抱多大的希望,但阿明歪着脖子花了半天功夫,硬是剪出了一个令人满意的发型。他还花一些心思,学剪姑娘的发型。墙上贴了一些女明星的图片,想剪哪一种式样的头发只要指一下,他三下五除二给你剪出来。阿明的手艺让他忙不过来,他娘给他做下手,专门给理发的人洗头发。不久,人们发现他店里经常有一位姑娘进进出出,隔三差五换发型。一年后,这位漂亮的姑娘接替了他娘的活。

　　村里渐渐盖起了许多楼房,阿明家是最先盖起来的。村庄里一些树慢慢矮下去了,被人砍去用来盖房子。曾经有人打这棵树的主意,但因为一看那歪脖子,觉得做横梁不成,做椽子也不好,于是这棵歪脖子树成了村里最大的一棵树。后来公路拓宽,阿明花了近千元把那棵树移植到他家的院子里。村民不解,出动了这么多的劳力,就为了这棵既不中看也不中用的歪脖子树。阿明摸摸自己的脖子,咧着嘴笑了。

　　那棵歪脖子树成了我们小村里最大的一棵树。村民都已经记不得这原是村口的那棵歪脖子树。只有阿明心里最清楚,还会对着树把手举到头上,地上两个端端正正的影子,分明是他在向歪脖子树致敬呢。

　　看见阿明陪着怀孕的老婆走过村里那条街,我们跟在后面起哄。阿明一回头,一副幸福的神态。我们模仿他的动作:歪着脖子,敬礼。好像他就是那棵歪脖子树。

炊烟

　　暮色像一块抹布,在西边胡乱涂抹了几下,就把太阳抹走了。空旷的田野渐渐变得模糊起来,看看自己的筐里还只是浅浅的一层,心里不免很着急。刚才兀自跟同伴玩,竟把重要的事给耽搁了。另外几个同伴的筐里也不见得比我多出多少,大家不约而同地四处散开,并且各自守住一块地盘。这时已没有挑拣好坏的余地了,于是不管什么草全都割进筐里。当村里升起第一缕炊烟时,我们才背着筐,也背着最后一缕暮色走向村子。

　　村里还没亮灯。村里人只有吃饭的时候才用电灯。我想,是不是怕饭找不准嘴巴？做饭是从来不点灯的,灶膛里的火苗足够照亮灶前的一切。那映红的木格窗指引着我们回家的标志。

村子上空已飘起缕缕炊烟。这时村子颇为热闹,荷着农具回家的村民隔着暮色互相交流自留地里的收成。归栏的牛,归圈的羊,还有归舍的鸡鸭,时不时地冲撞着渐渐昏暗的小村。池塘里晃动着洗农具的人影,哗啦的水声里轻轻掉下泥巴。

几个孩子的肚子早已响起了"咕咕"的声音,几口天落水哪经得起几小时的消磨。大家只盼着一到家能吃上饭。阿芬首先兴奋起来,"我马上可以吃饭了。"她家烟囱上的青烟已只剩下弱弱的一缕了。我们不由得羡慕起来,于是伸长脖子向自家烟囱望去。有失望的,也有期盼的。小小的我们学会了从烟囱里判断父母是否回家和饭烧到什么程度。点不点灯不要紧,只要有炊烟升起,总让回家的脚步变得分外轻快。

浓浓的炊烟,那是刚生火不久,慢慢淡下去,就是等着家里最后一位回来的信号。我们还能从飘过来的炊烟里辨别出谁家烧的是什么柴。烧棉花秆和黄豆秆冒的是蓝烟,还带着一丝木香,梨树秆冒的是青烟,浓烟一阵阵的那是杂草,而玉米秆冒的是黑烟。条件好的大都烧棉花秆,耐烧而且火旺,一顿饭也仅用去小半捆而已。多数家庭是混着烧,等火旺了的时候用杂草。我们虽还是屁大的孩子,但没有谁不会煮饭。此时如果自家的烟囱还没有冒烟,便丢下同伴一路小跑回家,要等在父母回家前让烟囱冒出烟来。噼噼啪啪的声音在灶膛响起来的时候,父母也就进屋放农具了。

最让人兴奋的莫过于在下午看到自家烟囱上冒出烟来,那是母亲正为客人烧点心。几只鸡蛋,或几根年糕,上面加几颗红枣,放进去一调羹白糖,那个甜让人三天内还时不时咽口水。尽管我们吃的是客人吃剩的,但我们非常满足碗里那一根年糕或浮着蛋花的汤。看着我们狼吞虎咽,母亲会在边上笑着说:"客人是'因头',你们是'老头'。"只是能成为"老头"的机会并不是很多。

村里人一般把灶间设在东面。如果忽然间从屋顶上多出了一个烟囱,这家肯定是父子分家了。但烟似乎并不介意分与不分,在分了家的烟囱出来后又混在一起成了一家,袅袅地缠绕在一起。风一刮,就分不清哪是父亲家的哪是儿子家的。我们村庄等儿子完婚后半年就会分家。所谓分家无非是另起炉灶,各自做饭,两个厨房不过隔了一间而已。分家的事多半是父母提出来的,但做儿媳的进门后有这个意思,所以分家的时候大多没有什么意见,最多是安排灶间的事上大家商量一下。做父母的常常忘记分家的事,如果到了吃饭的时候见到儿子的烟囱还没有冒烟,就会主动把自家灶膛里的火引过去一点,让灶热起来。而做小辈的似乎缺少了这份细心,往往等自己吃好饭的时候,看到父母家的烟囱才冒出烟来，才走过去问问情况。兄弟多了，免不了生一些口舌，但烟似乎并不介意这些，从一个房子里出来的烟到底还是要在空中融合在一起。当然，失和的兄弟毕竟是亲兄弟，只不过烟早就悄悄好上了。

村里的老人评判谁家的媳妇能不能干，贤不贤惠，一望烟囱里冒出来的青烟便知。新进门的媳妇第一次烧饭，这时就会有上了年纪的老人站在自家屋檐下看上一会儿，然后得出自己的结论。如果持续冒出来的是浓烟，一看便知是个急性子；如果好半天冒的还是淡淡的青烟，就知道这个媳妇在家没烧过什么火。很多婆婆知道村里有这个风俗，于是为了避免媳妇给别人落下不好的印象，常常悄悄地在边上传授烧火的一些要领。第一把火既不能太旺，也不能太弱，要先把火引起来，再添柴火。烧的时候要留空隙，柴不能太密……诸如此类，定要嘱咐一番。但这些随着上了年纪的老人作古而慢慢消失在村子里。

炊烟是一家人向外传递生活的景象。人们从烟囱里确认家里人的生活状况。如果哪天没看到一家人升起炊烟，左邻右舍便会前去问个究竟。小时许多人生活都很拮据，但一村人谁也不会让谁断了炊烟，于是你一碗我一升帮助着渡过难关。即使现在生活都富裕了，如果一天没见一家人的烟囱里冒烟，村里人仍会去问问，问明白了整个村都觉得踏实。

　　刮台风的时候,母亲就会在灶膛里烧几把火。我不解。母亲说,上面的龙王看到了烟就会从这儿走开,知道下面是人间,不能在这儿刮风。外面响起低吼的声音,屋上的瓦片接连飞走几块。我依着母亲的身子,不由得捂住耳朵。母亲不停地添加柴火,连平时舍不得烧的棉花秆也全拿了出来。我看见隔壁阿芬、阿菊家里的烟囱里也冒出一股浓烟来,一会儿许多家里都开始冒烟。我心里不停地祈祷着龙王早早见到我们的烟,然后离开。半小时后风渐渐弱了。多年以后,我终于懂得了"人间烟火"是什么意思。

　　炊烟是村子里站得最高的,直到出现了一幢幢楼房。从外面回来的人已看不到自家的烟囱,不免感到一丝淡淡的失落。所幸村里人还是习惯用柴火煮饭,在他们眼里不冒烟的家不算家。村民不管造怎么样的房子,东边总会建一间厨房,打一口灶,把烟囱立起来,于是炊烟再一次飘逸在村子的上空。尽管各家围起了围墙,忙着各自的生活,但炊烟在上空还是缠绕成一股,把整个村庄拧成一股生活的力量,还交流着每家的信息。

　　炊烟仿佛是每一个出远门的人留在村庄里的灵魂,飘浮着,飘浮着,不散。脚步牢牢地拴在了一起。

敞开的木门

　　村里人出门后，把门留着，风可以进，人可以进。

　　大人说，万一有人来借东西，门关着就没办法借了。借东西的人常常很急。村里人认为没有比借东西的人更重要了，邻里之间没有谁没借过东西，也没有谁不被借过。小到碗筷，大到桌椅板凳，那些借出的东西几天后总会回来，而且还是放在老地方。有时主人回来时发现桌上多了一只馒头或一把花生时，猜定是自己家里有人来借过东西了。照例来还的时候，主人还是不在，而门开着，似乎借出去跟还回来一样的寻常。有时路上照面了，互相淡淡地交谈几句，也仅此而已，没有什么客套，也不必挂在心上。

村里人从来不拒绝被人借东西，而且借出去的东西回来会沾一点喜气，哪怕是别人办丧事，主人也会觉得借着消消晦气。那些年月，村里人借东西跟吃饭睡觉一般普通，你捧过张家的碗，他坐过李家的凳。只要门开着，这借与被借也就一回事。下次遇上自己借别人的，也是一样的自然。村里人不喜欢直接找人借东西，门留着，谁都可以进去借。那些喜欢关门的，自然不会有人去借。这样的人家在村里是没有人脉的，哪怕你家境再怎么厚，别人是不会去串门的。人们不习惯敲门。

我们从桌子上的东西知道这些借东西的人家发生了什么事。家里办酒席的肯定是糖，办丧事的便是馒头与香干，而举行满月酒之类的则是涂成红色的蛋和花生。家里有事的人往往不会只借一户，有时差不多要把全村的借个遍，才能把事办完。但借的人从来不会出错，因为每家早就在属于自己的家什，包括农具上面写个姓字，尽管歪歪扭扭，一看就知道这是谁家的。连碗也刻上字。还来时必洗得干干净净，完好无损。

村里人的门一概是木门，有条件的涂一层油漆，但多是斑斑驳驳，如同老人脸上的皱纹，一条缝里一条线。大人有时会在上面记账，磕脚绊倒地写着几个数字。有的因为识字不多，就在上面画上一些作物,如大豆、小麦之类的,虽然不是很像,但这些谷物我们太熟悉了,一看就知道。一看门上的数字,村里人就清楚这家有多少粮食。门上的账目也让村里人心里有个底,哪天家里应急了借点粮食,准不会尴尬。有的会在门上记着欠谁多少钱或粮食,写的人是为了提醒自己,而被写的人却觉得非常不安。哪天门被擦干净了,不用查,准是那位被借的人。

我们没少在门上涂鸦。那些墙壁露裸着砖头,而且砖与砖间抹了一坨黄泥,根本满足不了我们画画的兴致。虽然,门很粗糙,墨汁会顺着木缝渗透进去,把门板上的疙瘩清晰地暴露出来,但毕竟能让自己一气呵成。我画一朵花,你画一棵树,把一扇门涂了一张大花脸。有时,大人回来后看到这么一扇门,自然会骂一顿,骂过就要让我们拿抹布来擦掉。当我们发现有这个方法后,反而在门上画得更起劲了,只要父母回家前擦掉就行。

木门也是母亲与婶婶们生活中不可缺少的道具。纳鞋前有许多准备工作要做,鞋面上浆后贴在门上,既免去了太阳照射后的泛黄,又保持挺括、干燥。每当看到母亲耐心地一遍又一遍地给鞋面上浆,我们的心充满了喜悦与憧憬。一个月后母亲把那块鞋面揭下来,木门上留下了浅浅的影子,一进门,直逼着我们的双眼,随时提醒着我们将有新鞋子了。

门是那种可以脱榫的门。用一只手扳住门沿,另一手抓住门的另一侧先往上抬一把,再向外斜着压一下,门就从门框里出来了。老人喜欢在门板上晒干菜。那些干菜在门板上由菜黄渐渐变为褐色,空气里飘散着木香与菜香,因为带有一点咸味,常惹得我们忍不住伸手去拿几片吃。我们一边嚼着干菜,一边仔细地辨别着门板上的字迹与图案,有时还会煞有介事地介绍起当初创作的情景。

　　夏天,我们吃过晚饭,就把门板扛出来,在下面支两条长凳,有时在上面铺一条凉席,这样比较光滑一些。不过,我们多是直接在上面躺了下来,粗糙的门板像一双起了茧的双手,摩挲着我们的背。我们手枕在脑后,仰望着星空,兴致勃勃地讨论着天上的神仙与地下的毛毛人。我们认为天上坐着的是神仙,我们的一举一动他们都看得很清楚。平时我们吃饭时不敢把饭粒掉在桌子上,老人告诉过我们谁把饭粒掉在桌上不捡起来,谁就会在打雷的时候被雷公公劈死。而地下藏着的是一些全身长毛的怪物,如果哪一天把地打穿了,那些毛毛人就会从地下钻出来,我们就关上门,把毛毛人挡在外面。说着说着,星空变得恍惚起来,似乎那些星星随时会离开天空。于是我们就会担忧起来,万一天上的星星掉下来砸在身上怎么办?自从有了这个问题后,我们盯着天上闪烁的星星,似乎想用严厉的目光把星星吓回去。年纪大一些的小伙伴就会说,我们一看到星星掉下来就躲到门板后,门板会帮我们挡住星星的。我们一听,觉得这算是个办法,但又想不出比这更好的主意。摸摸门板,应该还算是非常结实,那么一颗星星总不至于比门板大吧,于是我们在门板上晃动着身子继续刚才的话题。大人在一旁交谈着一些事,不时地摇晃着蒲扇为我们驱赶蚊子。也许是木门受了阳光的照射,我们常常闻到一股木香味,沉沉的,时间一长,我们的腿脚也慢慢沉下去,不知不觉中我们在门板上睡着了。

　　如果哪一天这户人家的门不见了,家里肯定发生了大事,不是有人得了重病就是有人要生孩子。村里人小病小痛的,一般能忍则忍,能扛就扛,而等到必须用门板抬着去时这病肯定很重了。家人把门卸下来,上面铺一层被褥,在门的四个角绑上绳子,前后各打一个结,再拧成一股后中间插入一根拳头大小的竹杠,由年壮的两个劳力抬着去医院。病人或产孕妇躺在上面相对比较平稳。生孩子的肯定在门板上放一只包袱,里面是婴儿的衣服。年长的还不忘在门板的一侧放上一根桃枝,意在避邪。路上不管遇着谁,一见有人抬着门板过来,都会主动让道。照例,病人或产妇出院后还是用门板抬着回来。万一病重过世的,村里人也用门板送走他最后的背影。他为别人开过门,也串过别人的门,门为他镌刻生命的气息,也承载村庄对他一生的记忆。

　　一扇门的开合只不过是为了应付白天与黑夜,出门因为干活,进门因为生活,而关门那是为了睡觉。开门关门如同村庄的呼吸,人们便在呼吸间过着日子,无论宽裕与紧张,只要门开着,这日子才过得有板有眼。

女人的河埠头

　　清晨,村里响起第一声鸡鸣。不一会儿,村头村尾的鸡舍里传出欢快的呼应。我们缩了缩脖子继续蒙蒙眬眬地睡过去。

　　我们被母亲叫喊了几次后,才极不情愿地从温暖的被窝里爬起来,揉着惺忪的眼睛,提着毛巾,端着茶缸去池塘刷牙洗脸。

　　河埠头石板上的水渍,一滴一滴的,像一条蜿蜒的小路从池里一直滴到家门口。母亲总是家里起得最早的一个,起来后第一件事是去河埠头拎水,洗菜,然后做早饭。我们其实可以用母亲拎来的水洗脸,但我们很少这样做,而是喜欢去河埠头把早上起来的事做完。因为没有吃过早饭，大人是不允许孩子去串门的。去河埠头洗洗正好可以跟对面的小伙伴约好今天去哪儿玩，末了还可以在河埠头玩一会儿。如果时间一长，会摸碗螺蛳回家，这样可以免去母亲的一顿数落。也不知道这招是谁教的，几乎每个小孩都懂得用这招来应付大人。

村民的生活按照老人的说法，靠天吃饭。每家每户有几只七石缸，用来储水。缸里全靠天上落下的水，用一截剖开了的毛竹挂在屋檐下，天一下雨就能把水引到缸里。煮饭喝水全靠这天落水，干净又带点甜味。至于洗涤、淘米，包括夏天全家人的洗澡都在家门口的池塘或河里。

河埠头是由男人砌成的，这跟村里腌咸菜时不让女人用脚踩一样，老人认为女人属阴，不可做承载分量的活。当然，这说法并不完全是偏见，毕竟砌河埠头是一个使力气活，那些条石、石板既要铺得结实，又要铺得美观，至少不能让家里的女人在人前输了面子。

渐渐地，一个河埠头成了媒人说媒的依据。看这家里的人心细不细，会不会干活，一看家门口的河埠头就知道一二分。家境殷实的，会把河埠头砌得宽宽的，一整溜的石条光滑、平整。那些条件不是很好的，自然也不会花更多的心思在河埠头上。一些到了谈婚论嫁的年轻人，不待父亲提议，早悄悄地开始修整河埠头,怎么着也要让将来过门的媳妇洗得顺手,蹲得舒服。如果一个河埠头让家里的女人蹲也不是,站也不能,这样的男人算不了一个优秀的男人。

作为一家之主的父亲,不管往后跟几个儿子分不分家,一家人只能共用一个河埠头,在他眼里河埠头不分这个家永远没有分。哪怕兄弟失和了,家里可以抬头不见,而在河埠头不得不低头见。不管家里吵得多么凶,到了河埠头,外人是怎么也看不出来刚才还在为一把锄头闹得不可开交,兄弟俩蹲在河埠头上你洗你的犁,我洗我的锄。从河埠头带过去的水渍到庭前里早已滴一块儿了。

男人把河埠头砌好,而由女人来经营河埠头。如果一个池塘里只有一个河埠头,这会让女人感到寂寞。她怎么着也会端一只脸盆到那些砌有多个河埠头的池塘里去洗。女人们一边洗涤,一边欢快地交流着自家的一些信息,连今天母鸡下几只蛋的事也不会忘了说。于是也就洗洗涮涮的一些工夫,全村的动态基本一清二楚。有的堆在一块儿悄声嘀咕着自己家的公婆,嘀咕声里不外乎对公婆分家时没把几只碗几把椅子分配公平,再者就是认为公婆偏心于老大或老小,有什么好吃的做婆婆的净往老小家端,而做公公的净把好吃的塞给老大家儿子。有的隔着一个或两个河埠头,向对面的主妇有一搭没一搭地找话说,哪怕简单到今天洗什么菜也要把话递过去。邻里间感情深不深,在河埠头一眼看出来。连河埠头边碰上也没交流,那可真没有交流的余地了。末了,一起嘀咕公婆的几个女人似乎免不了互相安慰一番,然后各自带着些许满足回家。河埠头上残留着几片菜叶,几只鸭子早等不及了,一只只游过来,你一口我一口地抢夺起来。池塘细碎的波纹上漂浮着一些还没来得及散去的泡沫,在阳光下一闪一烁,一起一伏。

　　河埠头虽然恢复了平静,而从这里带走的消息有时却让一村人感到惊奇,甚至那些不靠谱的说法也能从一洗一涮中落地开花。家长里短的事经这个河埠头传到那个河埠头已变了样,那个说婆婆少分了一把筷子传到家里变成了多给另一个媳妇一只金戒指。两个媳妇与一个婆婆最后不得不对簿公堂,最后那个说金戒指的只好坦白:"这是河埠头听来的。"气得男人恨不得把河埠头给拆了不可。不过,到底还是没拆,家里靠女人料理,而女人需要河埠头,而河埠头也永远属于那些女人,即使男人疼爱自己的女人,大冷天担心女人洗衣服冻坏了双手,情愿在家里帮着搓好衣服还得让女人自个儿去河边洗。有了女人的河埠头看上去是那样的细腻,光洁。它留下了女人的青春,也留住了女人的气息,那是女人用棒槌一下一下敲出来的。河埠头还是村婶村姑私下解气的地方,在家受了气的女人常常端了一脸盆的衣服,拿了一根棒槌,狠狠地敲上半天,这气也就顺水漂去。

　　当然,夏天的河埠头还属于我们小孩子。等母亲拎了锄头去地里时,我们一个个似乎约好的一样,拿了一只脸盆,从家里溜出来。先攀住石板在水里浸上一会儿,也不知什么时候居然能拿着脸盆游到河中央了。谁也没教过我们怎么吸气,怎么呼气,一个夏天下来已经会游泳了,而这些常常瞒着大人。大人可以让我们到外面疯去,就是不放心我们在水里玩,有时还拿"河索鬼"来吓我们。聪明的我们知道这"河索鬼"只有晚上才出来,所以白天照样玩照样乐。等我们回家时,脸盆里少不了一碗鱼虾。赶在父母回家前把衣服拧干晒上一会。实在不行,那就只能烧一锅开水,在灶膛前把衣服烤干。

　　除了玩,河埠头还给我们留下一个小秘密。大人洗衣服时偶尔还会掉下几个硬币来,往往卡在石条缝里,不太容易看到。也不知道是谁发现这个秘密的,后来我们去河埠头总是先往石缝里张望,少不了用手摸一遍。直摸得河埠头的水浑浑的。不过,这样的意外惊喜并不多。

　　河埠头经不起寂寞。池塘里的水越来越浑,也越来越少。无论揽过船的河埠头,还是被女人热闹过的河埠头,慢慢变得荒芜。有时在一家院落里看到几块石条,怎么看都有点眼熟,再瞧瞧院外的那个池塘,原来成了一条马路……

天落水

母亲小心地从缸里提了一桶水,等水桶里的水不再晃动时,才侧着身子一步一步把水拎到灶上,慢慢倒入锅里,然后从另一个用来装池水的桶里舀了一勺,把"汤罐"加满。

母亲每天在灶前重复着这一动作。后来,当我们能提水帮着做饭时,也重复着这些动作。尽管母亲一再提醒我们提水时浅一点,人稍微低下去一些,水还是会从桶里溅出来一些,望着从水缸边一直到灶前像一条蜿蜒小路的水渍,母亲会不由自主地张大嘴巴,"这么多水流出来……"

　　水缸里的水称为天落水,意为从天上掉下来的水。村里每家每户门前都有几只七石缸,哪怕家里生活很拮据的,也不会少了那几只缸。父亲每年会买一根粗毛竹,剖开后打通竹节,然后横挂在屋檐下,半圆形的凹面正对着一排排的瓦楞。雨天一来,瓦楞上的雨水便点点滴滴地顺着竹槽,汇成一股水流,直接流到下面的水缸里。有条件的人会抓一把明矾,撒在水里。不过,很多人都认为经过明矾漂净的水有一股气味。还是聪明的老人们想到一个土方法,抓几条泥鳅放在水缸里,水中那些红红的细细的,游动起来一扭一扭的"汽虫"就会被吃掉。

　　当然,抓泥鳅的任务责无旁贷地落到我们身上,而我们又总会多出一些事情,水缸里绝不会只有泥鳅,还有鱼、虾什么的。我们有时实在没什么可玩,就趴在缸沿上看看缸里的动静,还故意一晃一晃的,那水也就或明或暗地荡漾。只是水缸里的鱼们并没有什么反应,怡然自得地在水中游来游去。

　　勤劳的人们每年会赶在雨季来临前,把家里的水缸一一清洗干净。原来天落水沉淀后也会有污泥,黑黑的,还有些滑,取出来的时候是一块块的。父亲说,这是空气里的尘埃。我们觉得不可思议,想了半天也没明白,这水缸里的沉积物与空气里的尘埃居然会连在一起的。一场雨洗一次天空吧?

　　到了夏天,母亲做了一块木板搁在水缸上,一来防止灰尘杂物掉落水中,二来是为了减少被蒸发的水,上面还放了一只碗,以方便过路人口渴了能喝上一口水。听母亲说,有一次她去公社缴粮,回来的路上那个渴,感觉嘴巴被粘上了一样,经过一户人家时想喝几口缸里的水,但用手捧觉得不好意思。到了缸前发现里面浮着一只碗,赶紧连舀几碗。之后,母亲在自家缸盖上面放了一只倒覆着的碗。很快,村里很多人都在水缸里放了一只碗。

我们满头大汗地从外面玩回来,拿起一只碗,掀开木板,伸进水缸,一口气可以喝下三碗。这清冽冽的水,透凉透凉。擦擦嘴巴后,还能回味到一点淡淡的甜味。虽然,父母偶尔会数落我们几句,提醒我们当心肚子痛。他们说这话,不过是看了村卫生室里那几张卫生常识挂图而已。家里很少烧开水,那热水瓶里的还是母亲用搪瓷杯装了水,烧饭时蒸熟的。大热天的中午,父母亲扛着锄头从农田里回来,累不必说,还有饥与渴,随手拿了搪瓷杯连喝几杯,然后才做饭洗农具。我们先是偷偷地喝,后来也敢当着父母亲的面,咕咚咕咚地喝下肚。

门前的水缸间有空隙,足够我们藏进身子,少不了在那里玩。尤其在天热的时候,不仅可以随时喝点水,还可以把脸贴在缸上,那凉凉的感觉很舒服。当然也有惹祸的时候,万一不小心把水缸敲破了,那可会换来一顿结结实实的打。那只坏的水缸,父母亲绝对不会弃之不用,等补缸师傅一来马上补好,晒过了几个日头后再放回屋檐下。

村民的生活都很清贫,应了那句老话,"靠天吃饭"。年成好的时候,到了年终还能分到微薄的红利。如果家里人多而劳力少,很有可能要"倒挂"。所以很多人家都是过着紧巴巴的日子,但再怎么紧,也不能少了一口天落水,那可是带点甜味的水。大家约定俗成,池塘里的水用来洗洗涮涮,煮饭、烧开水才能用缸里的天落水。我们不懂事的时候,没少往水缸里扔东西。什么杂七杂八的拿了向水里丢,有时还用手去玩缸里的水。大人见此情形,总会紧张地叫起来,"这败家子,这败家子……"痛惜之情不言而喻。有一次,我们玩着玩着,竟玩到了阿花婶婶家。她家水缸边正好有一堆沙子。沙子从指缝间里流出来,有些痒痒,我们觉得好玩极了。也不知是谁带头撒了一把沙子,结果大家你一把我一把,还趴在缸边哈哈大笑。等阿花婶婶背着筱笼收工回来,一见我们正玩得乐不可支,脸一下子沉了下来,冲着我们吼了一声:"你们这些小鬼,连天落水也能玩?!"我们一看阿花婶婶的脸,知道闯祸了,赶紧一个个溜了出来。

此事并没有完,阿花婶婶把状告到了大人那里,我们都被各自的父母打了一顿。大人一起帮阿花婶婶清理水缸,并且你家拎来一桶我家拎来一桶,把水缸的水蓄满。阿花婶婶其实是一个挺和善的人,平时少不了给我们几颗糖什么的,可这次发这么大的火,还告我们的状,我们暗地里恨了她一会儿,还想出了一句脏话骂了她一下。但当我们转身去玩的时候,早已忘记了那是句什么脏话。

一些老人喜欢称天落水为天水。每年奶奶做祭祀的时候,总会小心翼翼地从屋里的一只小缸里取出一壶水来,倒入几只酒盅内,非常恭敬地摆到桌上。我们问奶奶,干吗不用池塘的水。奶奶说,供奉菩萨的必须是我们没吃过的,水也要洁净。我们又问:菩萨也喝水?

"菩萨是救苦救难的化身,他在凡间,当然要喝水了。"奶奶回答。我们还想问,可被奶奶阻止了,说是在做祭祀的时候不可以多嘴多舌的,否则菩萨要生气的。我们感到更好奇,不知道菩萨生气会怎么样。有一年大旱,水缸一一见底,在烈日下张大着嘴巴,与我们一样感到口渴。许多家庭煮饭不得不从池塘或井里打水。喝惯了天落水后,才知道没有了这水的甘甜,饭原来可以变得不香。晚上,老人们到晒场乘凉,摇着蒲扇,不住地看看天,嘴里嘀咕着:"这老天爷,还让不让人活下去了。"在一旁玩的我,突然冒出来一句:"是不是菩萨生气了?"奶奶一听,用蒲扇抽打了我一下:"这雨水的事又不归菩萨管,这是龙王的事。"随后轻轻地叹了一口气。我们懵懵懂懂,天落水居然牵涉那么多事。

　　当几位会看天象的老人说,雨就在这么两天里时,村里几乎差不多是奔走相告。村东村西响起了清理水缸底的声音,底下的沉淀物早已结成一块块的了。人们用搪瓷杯刮着缸底,非常地刺耳。村里人时不时地仰望天空,与那几只见了底的水缸一样,期待着天落水能降下来。

像镜子一样的池塘

　　我三岁时，母亲为了能照顾我，而又不被扣工分，从队里包了织玻纤布的活儿。我当然不可能明白家里生活的不易，却在一旁捣乱。母亲刚刚学会织玻纤布，还不熟练，于是打了我一顿。据母亲说，就因为这顿打，我一个人从屋里溜了出去。

　　那是一个大伏天的中午，村里静悄悄的，大家在午睡。即使不午睡的，大热天的中午也没什么事都待在了家里。我蹒跚着出了门，晃晃悠悠地向屋后池塘边上的那棵桑树走去。母亲专心于手中的梭，一心想把机架上的布织好，交够工分后就可以抱我了。也就二十几分钟,隔壁阿强叔抱着湿淋淋的我从外面冲进来。那样子肯定很吓人,否则母亲不会对此一直心有余悸。听母亲的描述,我那时只剩了一口气。

阿强叔那天也是在家里睡午觉的,后来不知怎么的,睡了一半想解手。那厕所正好在桑树旁边。事情偏偏这么巧地发生了,他坐到了粪缸上却没了便意。准备起身时,突然听到旁边的池塘里传来咕咚咕咚的声音。他循声望去,看见水面上浮着一撮头发。他猛地站起来,连裤子也来不及系,跳进了水里。救上来后一看是我,赶忙奔向我家。当然,这些事我是一点都不记得的,都是母亲在我有了记忆后告诉我的。母亲说这事,无非是不要让我去池塘,那是我人生第一次遇上跟死亡相关的事儿。只是死亡这个概念尚未植入我的意识里。

那个池塘,对我而言成了一个禁区。尽管父母亲在空闲时会看紧我,还一再地叮嘱我不能去水边玩,好像我是一粒糖,掉进池塘里,便会溶化。但他们每天忙着去生产队挣工分,根本没有多余时间来照顾我和我哥。我们与村里的其他孩子一样整天游荡在村子的角落。那些大大小小的池塘像一个个标点符号,连接着我们的童年与大人的生活。

刚会用手指头数数字时,我曾数过村里的池塘,共有十三口。村东二口,村中三口,村北村西各四口。小的不过十来丈宽,大的可说不准了,像一条河,但我们都管它叫池塘。在村民眼里,村外长长的流水才称河,村内像一面面镜子的水为池塘。有池塘的地方必有人家,一户,数户,十几户不等。

村里最大的池塘在村东,十几户人家就散落在一面大镜子旁边,好像照起镜子来方便,村民去池塘里洗洗涮涮也就几步路而已。有三座石板桥连接着池塘的东西,边上还有两条泥路,南北走向,路面能让四条腿的牛走过去,而人必须得跟在牛的后面了。大家共用一池水,每天干着队里相同的活,计算着相同的日子。

大白天的村子里,除了八十多岁的阿太们还留在屋里念佛,大人全去队里劳动了,没有人管束我们,我们每天兴致勃勃地玩着,从屋前玩到屋后,再由屋后玩到池塘边,虽然重复着每天的玩法,而我们情绪饱满,乐此不疲。池塘上残留着大人淘洗后的一些菜叶,几只鸭子悠游地浮在水面上,一边欢快地叫着,一边张着扁扁的嘴巴去吞菜叶。我们知道这是谁家的鸭子,村里能养得起鸭子的并不多。也因为这几只鸭子,弄得我们的河埠头每天脏兮兮的。大人们一再地告诉我们不准往池塘里乱扔垃圾,村里人全靠着这池塘水过日子。但自从这几只鸭子来了以后,这池塘里的水怎么得总有一股味。大人心里明白,但碍着乡里乡亲的,不好说什么。我们讨厌鸭子,不喜欢它肆无忌惮地在池塘里嘎嘎地乱叫,尤其它们从一个河埠头游到另一个河埠头,还踱着方步抖抖身子,简直就是一个坏蛋范式。于是我们拿一根竹竿,把鸭子从这边赶到那一边,又从那一边赶到另一边,鸭子们拍打着翅膀,扁嘴巴里只有嘎嘎的份。不一会儿,池塘里漂浮着鸭毛毛。我们拿来捕知了的网,把鸭毛毛一一清理干净。然后,非常心满意足地坐到了石桥上,看那些鸭子缩着脖子躲在柳树下。

我们一会儿趴在桥上看水中自己的倒影,一会儿坐在石板上,把脚伸进水里,看谁用脚指头弹出的水花远。玩伴们也会故意在你背后推一把,又用力把你拽回来,让你一惊一乍的。偶尔我会想象三岁时那次落水的情景。我一定喝了许多水吧,肚子鼓鼓的,嘴唇紫紫的,不知道还会不会呼吸,有没有心跳。我努力地想象着恐惧,可怎么也体味不出沉湎在水中,那种让身子轻飘飘脑子空荡荡的感觉。直到有一次阿波在背后推我,而我故意顺势落水后,我就再不必靠努力去想象了。落水后,桥上的同伴一个个吓坏了,不知道怎么办。我扑腾在水里,想抓住一点东西,可那些柔柔的水草根本使不上劲。最后还是我哥折了一根柳条,我拽着柳枝爬上了岸。回到家里赶紧把衣服换了,趁父母还没从生产队里回来想着法子把衣服弄干。这件事让我有了意外的优越感,时常很自豪地在同伴面前提起那次在水里的感觉,到最后我慢慢说成了是自己跳下去的,而阿波支吾着把此事搪塞了过去。后来,我们一个个尝试着涉足水中,也不知道什么时候一个个都学会了游泳。到了水里,才知道桥下面的水是最浅的——大人们早就知道我们小孩喜欢在桥上玩。

我们很少去村西玩,倒是村西的小伙伴经常来村东玩。他们的父母亲肯定没想到,他们居然在别人家的池塘里学会了凫水。不过,村西大大小小的池塘也没少留下我们的足迹。大人知道我们会下水后,就规定我们在池塘里不能超过两个小时,一旦发现我们的手指螺纹起了皱,就少不了骂几句。于是我们转移活动地点,有时在村西这口池塘里泡半小时,有时去那口池塘边玩个把钟头。我们玩水,水也玩我们,除了钻入耳朵、鼻子外,最担心的还是脚抽筋。好在大人曾告诉过我们,如果遇上这种事,我们得伸直腿,并迅速上岸。池塘里有鱼,也长着野菱角。我们已经不再满足用一只饭篮搁在河埠头来抓鱼,用母亲的缝针烧红,再弯成一个钩子。做成渔竿后,从饭篮里捞出饭粒,拿着一只搪瓷杯子从这个池塘钓到那个池塘。没有人会阻止我们钓鱼,哪怕钓十天半个月也不会赶我们走。

这池塘的水真干净,像一面揩干净的镜子,低矮的草房,裸露着泥巴的墙,倒影在水里却看不见风雨的剥蚀。还有我们一个个拖着鼻涕的笑脸,随着水波一漾一漾的。我们拿一块块碎瓦片,向池塘横着削过去,看谁跳起来的水片多。我们不敢拿碎碗片扔,那是大人绝不允许的。一到冬天,大人们合力把池塘里的水抽干,每家每户出一个劳力下池塘捕鱼。捕来的鱼大家按人口分,理由是每家每户在池塘里洗碗淘米,免不了掉下来一些米饭。鱼捕上来后,大家又一起清理池塘,把河底的淤泥挑上来。这时候,我们小孩子也很忙碌。一会儿翻翻水草,如果运气好下面藏着不少鲫鱼;一会儿又去堆放河泥的地方,有时可以找到早些时间不小心掉进去的玻璃弹子。抽干了的池塘,像一只朝天的锅,里面如有碎碗片什么的,那碗底里都刻着字,碗的主人少不了一阵脸红,回到家里准把自家孩子训一顿。

不知不觉,我喜欢对着池塘看自己,好像一个女孩看着另一个女孩。我感到,大人说别弄脏了池塘,其实特指一种禁忌。而我的未来,是不是也步入了禁忌的年龄? 池塘里的水是不允许被污染的,而女人有很多东西被列为这不允许的范围里。她们洗涤的时候,只能用水桶拎到自家门前,单独洗涤,单独晾晒。村里有一户人家,娶了一位四川姑娘。这位新过门的媳妇,一天她去池塘里洗自己的衣裤。正好她洗涤的这个池塘是四户人家共用的。对面的唐婶眼尖,看见她手里的裤子属于禁洗的范围,也不管这四川姑娘听不听得懂我们村里的方言,隔着河埠头就喊了起来。这一喊惊动了家里的婆婆。一边是婆婆向唐婶赔不是,一边是四川姑娘不知所措地站在那里。后来,这位婆婆请了一个道士模样的人,对着池塘念了一通经,还烧了几张画有符咒的黄纸,此事才算平息下来。

村里的池塘似乎除了我们,那些鸟儿虫儿也没让它清静过。春天的蛙鸣,夏天的知了,秋天的青虫,还有冬天的麻雀,它们欢快的鸣叫声飘荡在村南村北,也飘进了我们长大后的梦里。

我第一次发现自己的影子,不就是在池塘吗? 有时,我想,村里的池塘像一面面镜子,好像我们小孩进去了,就会消失在里面。池塘里外,有两个相同的世界,可是,池水可能蓄着无数的影子,有许多是重复的形象。抽干了水,那些影子到哪去了呢? 或许藏在鱼腹里了吧?

露天电影

"今天有电影!"这个消息像长了翅膀一样传到了村里的每一个角落。

我们狂喜得有点不敢相信这个消息的真实性。那时我们正准备提着竹筐去割兔草,听到这个消息互相睁大着眼睛,连手上的割草刀都握不住了。我和阿波很不争气地开始结巴起来。大家都知道我们有这个毛病,一激动话就拉长音,而且被切成一段一段的。我们已经想不出接下来该做什么事。还是阿珍出了一个主意,去晒场看个究竟。这个提议立马得到大家的赞同,于是飞一样地奔向大队晒场。

晒场里有几个大人正在竖竹竿,地上放着一包方方正正的黑框白布。我们凑了上去,"今天晚上有电影吗?"

"对。晚上有电影。"

"什么电影?"

"战争片。"

"几点开始?"

"七点。"

大家似乎很放心地离开晒场。太阳明晃晃地还在树梢上,整个村子浮在金黄色里。几点麻雀像五线谱一样栖在电线杆上歪着脑袋看我们,乌黑的眼睛里闪着阳光。我们的竹筐里有弹弓,但今天我们的心事不在那几只麻雀,一个个自觉地朝村外赶去,得把筐装满草,又恨不得把天上的太阳拽下来。

当村里亮起第一盏灯的时候,我们约好了似的扛着板凳冲向晒场,连母亲在灶前炒豆炒花生也顾不得了,那"铛铛铛"的声音怎么也留不住我们的脚。

晒场上的两根竹竿中间拉起了一块幕布,一只喇叭绑在竹竿的另一侧,地上放着一根粗粗的电线,一直拖到晒场的中央,那里摆放着几只大大的木箱子。卖零食的小贩早早地搭起竹棚,旁边挂着一盏油灯。不过,此时他们舍不得点上。几个早来的小朋友正在抢地盘,还吵了起来。一个说他比她早,这个位置应该是他的。另一个说,谁先把凳子摆放好,这个地盘就属于谁。这个小朋友我们不认识,估计是另一个村的。正当他们争执不下的时候,我们悄悄地选择了一个最佳位置,并一一摆好板凳与椅子,然后出来帮助他们协调,认为不管时间早晚,以放好凳子为准。后来,尽管也经常出现抢位置的风波,但大家都认可我们早先定下来的规矩。不过,有时也会出现摆放好的凳子被人挪移的事件,这时候少不了吵起来,甚至出拳打人。但最后总在幕布上出现一道亮光时,打架、吵嘴瞬间得到平息。

等大人赶来时,晒场上总会喧哗一阵子。有人推着手拉车,车上坐着八九十岁行动不便的老奶奶,有人搀扶着上了年纪的老爷爷,一步一步摸黑走进晒场。我们对着晒场口大声地叫着各自的爹娘,在得到应声后,乖乖地待在长凳上,生怕父母找不到自己。当大人落座后,做母亲的忙不迭地从口袋里掏出一大把豆、花生或瓜子。我们小心地装入袋里,一边等待着电影的开始,一边享用着这些难得的零食。

电影开始前,大队书记对着喇叭会讲上几句。我们很怕大队书记,平时只要他一进村,我们就躲得远远的。听父母说,那些穿着军装、扛着枪的民兵都归他领导,如果谁不乖,他就会让那些民兵叔叔来抓我们。我们爱到大队的办公室讨几张纸玩,如果他在,我们就一溜烟地跑了。但这时,我们却大胆地讨厌起他来,互相压低着声音,骂了他几句。要不是他,电影早就开始了。

大队书记终于讲完了他的话,放映员在喇叭里喊:"下面电影开始。"我们连忙停止凳下面晃动的脚,挺胸直腰,紧紧地盯着那块幕布。有经验的大人知道电影其实还没有真正上映,幕布上的是加映的一小段"木头人"戏。大人们似乎不太喜欢看,前后搭着话。我们却津津有味地看起来。当喇叭里响起雄壮的音乐,幕布上出现"八一"两字时,场上所有的人都屏住了声音。

电影里那些人的话跟我们平时说的话不一样,我们听不太懂,于是常常要问大人。看到一半时又会问哪一个是好人,哪一个是坏人。在得到确实的答案后,我们便从凳子上下来走到幕布前,一边看一边学电影里那个好人的样子打起坏人来。让我们觉得头疼的是没有人愿意演坏人。有时,场上的小朋友多了,我们就站在幕布后面看。有一次我们看《董存瑞》后吵了起来,一个说是用右手炸碉堡的,一个说是用左手。后来我们才知道幕布后看的是左撇子电影。

电影换片的时候,场上顿时一片骚动。大人会左右交流着刚才观看的看法,意见不统一的时候还会争执几句。那些上了年纪的奶奶或爷爷会侧过身子,向旁边的小辈询问影片里人物间的关系。搞了半天,原来老人"冬瓜牵到豆瓮"里,少不了要耐着性子帮他理顺一遍。有的赶紧找角落撒尿,有的因为人多出不去,也不顾前后就蹲下身子一阵"哗啦"。如有人不小心踩到那尿水,也只是暗暗地骂一句,毕竟谁都有这样的时候。我们除了此时向父母要上五分钱买点零食外,最喜欢跑到放映机前,把手放到灯光前晃动几下,有的还敢把头伸过去,幕布上就出现一只又大又黑的手或头,引来我们一阵兴奋。有时放映员会剪下一段坏片子,我们争着去抢。第二天拿出来时,我们就会疑惑,我们明明看的是黑白片,而胶片却是彩色的。但谁也解释不了。

晒场里放的大多是一些战争片,如《铁道游击战》、《小兵张嘎》、《南征北战》等,对我们而言无非是好人与坏人间的故事。偶尔也会有大人所说的生活片。当里面出现男的与女的互相间拥抱之类的亲密动作时,做父母的忙不迭地用手遮住我们的眼睛。我们刚开始不明白,这电影好好地看到一半,眼睛怎么突然被父母蒙住了,不免大叫着"怎么了?"大人压着声音说,"这个小人不能看。"这句话总会得到隔壁大人们的附和。时间一长,我们明白了大人的意思,下次看到这样的镜头时,不等父母给你蒙眼睛,自己早已闭上了眼睛。我们底下曾悄悄地交流过影片中的那些动作,讨论了半天,我们认为那是"下流"行为。有一次影片中有一个女的在洗澡,只看到她的后背。突然幕布后多了几位后生。我们感到很诧异。这个镜头过去后,黑暗中那几个后生轻声地嘀咕着,怎么后面看不到她的前面呢? 一时间我们也觉得这真的是一个问题。后来也不知被谁说了出去,被几个大人笑得前俯后仰,而我们却觉得大人这笑声怪怪的。

有时电影放到一半突然下起了雨,场上就会焦躁起来。几个邻近的村民会自告奋勇地去家里拿伞,大家轮流给放映员打伞。场下的人们有的掏出手绢,折四个角,像帽子一样戴到头上,有的干脆脱下一件衣服遮住头。如果放映员不在喇叭里通知取消电影的消息,人们是不会主动从场上离开的。最恼人的莫过于机器突然坏了,大家都会不由自主地涌到机器跟前,伸长着脖子。虽然根本使不上劲,但离机器远了又觉得不踏实。看着忙前忙后的放映员,这场上的消息传来传去,一会说机器快修好了,一会儿又说这机器没法修了。大家的情绪被这时好时坏的消息弄得起起落落的。当雪白的灯光打在幕布上时,晒场上不约而同地松了一口气,人们很快停止交谈,我们也快速地在幕布前占好一个位置。

幕布上出现一个"完"字后,场上亮起了灯光,大家起身拿椅子扛板凳,朝黑暗中喊着自家孩子的名字。可我们此时还处于亢奋中,一个个涌到放映机前,询问着明天还有没有电影。在得到什么时候还有电影时,一个个大喊大叫地要欢呼一阵。不过这样的时刻并不多,但我们心里揣上了盼头。一个月或几个月后,晒场里也许又会撑起那两根竹竿。我们就想象跳过那些日子,直接到达放电影的那一天。

　　尽管下一场还是黑白电影,但那两种颜色却添补了我们一种颜色的日子。

火缸

　　许是水火不相容，且生活里既不能少水也不能缺火，村里每家每户有水缸之外，还有火缸，而且是唯一放在屋里面的缸，一个专门用来挡火蓄灰的地方。

　　它的外形实在不像一只缸，它不是圆形的，而是长条状的。有的用一整片的石板横着放，把灶洞与堆放柴火的地方隔离开来；有的则用砖头砌成，外面再抹上一层石灰，既结实又美观。

　　每次做饭前先把灶膛里的冷灰扒出来蓄在火缸里，等快满了的时候运送到农田里，是上好的钾肥。尤其在种子刚露芽的时候,撒上冷灰,能保证种出来的庄稼结实粗壮。

冬天,外面刮着呼呼的西北风,整个村庄蒙上了一层透着冷气的灰色,从烟囱里冒出来的炊烟稀稀落落的,那一点青色都被挤进了风里,然后很快消失在天空中。我们不免猜想,火缸也许储存了炊烟的所有记忆,连同一个村子的日子成为慢慢过去的一种痕迹。

我们依偎在母亲边,看母亲把棉花秆对折成一段段后塞进灶膛里,红红的火光映红了我们的脸,身上顿觉暖洋洋的。我们时不时地蹭到火缸上,弄得袖口与裤腿上满是灰尘。

我们不想让自己的手闲着,左右帮着添柴火,让里面的一团火旺起来。因为人小,我们的身子得伸过火缸才能把手中的柴火塞进灶膛里。

我们一会儿坐到母亲的腿上,一会儿把母亲的位置占了。等锅盖上冒出一缕缕青烟时,母亲叮嘱我们少放些柴,以防把饭烧焦。当薄薄的米浆从锅盖的缝隙处溢出,灶膛里只许塞一根棉花秆。我们在灶膛边上烘着双手,汲取里面的余热。

灶上的那层热气慢慢淡下去,锅盖也不再抖动,母亲拿来了一只用来取暖的火熜,底下塞上几块被劈成细细的小木块,小心地用铲子把灶膛里的余火铲出放进里面,再合上盖子。火熜大多是用铜做的,中间大底部小,上面的盖子留有一个个眼,便于冒烟。一个冬天,我们就靠它暖手暖脚。有时用一块自制的土布严严实实地包好,放在被窝里,一个晚上都暖暖的。此时的火严格来说并不是明火,而是留在柴棒上的一点火尾巴,能看见一闪一闪的火星,但绝没有火焰。老人点烟最喜欢这样的火,把烟贴在上面,用力一吸,烟立马生出几点星火。既烧不到烟,又能把烟点着。

可火熜用的火仅一铲够了,灶膛里还有几铲余火,这也是舍不得浪费的。母亲拿来一只陶罐,里面放了几把米,盖上盖子后放进火缸,把周围的冷灰扒开,用稻草打结把陶罐围住一圈,火铲出来放在稻草结旁边,再依次垒上冷灰。第二天,火缸里多了一层灰,也多了一罐香喷喷的粥。

火缸不仅可以煲粥,还可以烘尿布。有小孩的人家,特别是冬天,外面雪花飘飘,而几个月的小孩拉屎撒尿跟撒欢似的,家里的尿布很快用完了。好在,聪明的大人想到了一个点子,在火缸里支起一个大"熨斗"。有的用两火钳搁在灶膛与火缸间,上面直接覆盖尿布;有的用铅丝拧成简易的架子,尿布的两端置在架子上,既易于吸热,又利于散热。半顿饭的工夫可以烘干好几块尿布。

干这种活的通常是家里的老人,她们长年在腰间系着一条黑色或黑蓝色的围裙,长可遮住脚。刚开始,火缸里一片咝咝声,烟雾徘徊,若散若留,空气里弥漫着一股淡淡的类似甘草的香味。没有老人不喜欢这样的味道,她们认为小孩通体是香的,哪怕拉的屎也有香味,称为"奶花香"。一听这叫法,就知道老人取名的诗意。在她们眼里村庄中任何花香都不及这"奶花香"。一个不受尘世污染,不食肉类,不受意念悸动的人,身上怎么会没有香味呢?

老人坐在火缸边一下一下地翻抖着尿布,从尿布散发出来的热气如云蒸霞蔚,在老人脸上的褶皱里打着圈。不见火光,而老人的脸却是通红通红的。当架子上的尿布快要干了的时候,火缸变得寂寞起来,老人翻动的次数少了,那些蒸发的水汽带着婴儿的气息,随同窗外的雪花一起飘散在空中。说不定,早已融进了村庄深处,正悄悄酝酿着春天的消息。火缸里一片寂静,火星正在一点点地暗淡下去。

鸡傲慢地在屋子里踱着步子,一不留神拉下一坨鸡屎,花花绿绿的上面还冒着热气。母亲赶紧从火缸里铲一把灰,放在上面,拿起笤帚扫进了簸箕,一转身倒在了菜地里。鸡从来是放养的,故而可以自由地进出门。它们只在意在哪儿吃,不在意往哪儿拉。刚刚还闲庭信步,突然在你眼皮子底下稍稍曲了曲身子,哗啦一声,你得赶紧跑到火缸边。否则,你很难保证不会踩了它的便便。这一切鸡看在了眼里。等我们一离开火缸,它们趁势溜进了火缸里面。

公鸡待在火缸里只干一件事,而且非常专注,用两只爪子,一左一右,刨着,扒着,寻找着好吃的。它们的业绩便是从灰里扒拉出烧熟的黄豆、稻谷。虽然,颗数可怜,但丝毫不影响它们一个下午的兴致。

母鸡则喜欢在火缸里下蛋。自己找个角落,窝在那儿可以蹲很长时间。其实,它是提前蹲在那儿,寻思着享受火缸里的舒适。虽然,火缸里的灰是冷灰,不过,那儿柔软,贴着腹部却不碜身。下蛋的过程中,如果运气好,还可以随口找到点吃的。当然,下完蛋后,忙不迭地从火缸里爬出来,一阵"咯咯咯",要求主人来一把米。主人不太喜欢母鸡把蛋下在那儿,如果好事的公鸡扒拉一会儿,那只蛋会滚进灰堆里。不够细心的主人,很容易把蛋遗失掉,或碰到火钳、铲什么的,把蛋弄破了也说不定。所以,他们会在"扎哈底"(火缸旁边堆放柴火的地方)帮鸡留一个窝,希望母鸡能把蛋下在那儿。不过,鸡不够配合,依然我行我素。

火缸并不是鸡的专属地,猫也钟情于此。当用过主人喂的饭食后,它就弓起脊背,一步蹿上灶膛,闪过身子,惬意无比地躺在里面,不一会儿打起了呼噜,直到傍晚还在呼呼噜噜。粗心的主人点着柴火,塞进灶膛里时,突然里面传出尖厉的"喵"声,随即逃出来一只猫，狼狈不堪。主人一边骂"死猫"，一边忙着把视线投到猫的身上，担心火烫着了没有。有时，它也会卧在火缸里，懒洋洋地抻长身子，后面两只爪子舒展开来，一前一后，前面的一只爪子搁在另一只上面，头侧过去一边，嘴边的胡子微微往上翘着，上面粘着些许灰尘，随着呼噜一起一伏。

火缸里的灰要及时清理，最多蓄三分之二。如果灰满满当当，被老人看了要骂的，虽然骂自家儿子懒，其实谁都知道这是骂媳妇呢。做媳妇的很识趣，一般不会给老人留下口实，早早把火缸里的灰运到农田里。

有一次，村里的一位陈姓嬷嬷家的烟囱下午突然冒起烟来，那时陈嬷嬷与自家男人正在农田里施肥。她看到后，以为自家孩子嘴馋痨，在烧什么吃的。因为刚刚过午饭的辰光，所以这时村里唯一的一缕炊烟，非常醒目地在村庄上空或淡或浓地飘忽着。大约过了二十分钟，烟囱里的烟还在冒。陈嬷嬷心生不快，这么长的时间还在烧，指不定烧了几根年糕或几只蛋。

这时，她看到儿子正拎着籔笼从田塍上走过。她脸色变白，忙叫住儿子，问他刚才有没有烧东西，儿子丈二和尚摸不着头脑。这时，陈嬷嬷慌了，扔下粪勺，慌里慌张地朝家奔去。原来家里着火了。起因很简单，灶膛里的火星子燃着了火缸里的柴屑，由于火缸多日没有清理灰，把火引到了旁边的柴堆。这事成了村里人一时的笑谈，但很多人以此为戒，谁也不敢让火缸蓄得满满的。任何缸可以满，唯独火缸不可以满。

别小看火缸，有时还是一家人生活体面与否的标志。村里人有一句话，外面充大佬，屋里烧缸灶。这缸灶是最简易的灶，可以用手提起来。所需的材料仅几块砖头而已，下面仅有一个约三十厘米的口子，用来塞柴。这样的灶是没有火缸的。一个没有火缸的家，多少是寒酸的。飘不出炊烟，留不住灰，连鸡、猫都嫌这个家冰冷。猫只好跑到别人家偷点腥味，鸡呢，只能自己在院子里心意懒散地找点虫子。

只要村庄上空还有炊烟飘着，火缸会一如既往地守候着生活，积蓄着慢慢老去的岁月。

晒场

　　我们醒来时,家里那只公鸡正欢快地打着鸣。"咯—咯—咯"的,是另一只芦花鸡,一声一个音。母亲又在抠它的屁股了。

　　"日头晒屁股了……"母亲忙好鸡屁股的事,进屋准说这句话。这时我们再佯装睡着是不管用的。

　　"东方红,太阳升,中国出了个毛泽东……"晒场里的高音喇叭响起了歌声。母亲火急火燎地催促我们后,赶紧在锅里盛了一碗菜泡饭,一边吹,一边三下五除二地往嘴里扒。

　　木格窗上泛着一些红光,有个身影在窗外一晃而过,父亲在出工前往自留地挑了一担水。我坐了起来,去摸被子上的衣服,不料是空的。我朝床下望了望,地上黑黑的。我爬起来,往地上一抓,扭成一团的衣服被我拎了起来。

"⋯⋯呼儿嗨哟,他是人民大救星,大救星!"喇叭里第二次播放这个曲子时,母亲冲进房门说:"饭在锅里,今天有一只鸡会下蛋,中午的米已经淘好。"也不等我们回应,已抓起草帽,与父亲一起向晒场奔去。一会儿,晒场上传来哨声,人语声,还有村民取农具时发出的"稀里哗啦"声。

很快,村庄里安静了下来。

这个时候,我最喜欢回味一下昨晚做的梦。母亲不允许我早上谈论梦,说是早饭没吃过就不能讲梦里的事。至于为什么非得吃过早饭才能讲梦,母亲自己也说不清,只是说不吃过早饭讲梦会惹来晦气。如果我一时忍不住说梦,母亲就会瞪我一眼,急了还会把手指弯曲伸向我的脑袋。

晒场的水泥地上还空荡荡的,上面留着一些浅浅的水渍痕迹,那是昨晚的露水。几只麻雀在那儿叽叽喳喳,情绪饱满地寻觅着一些谷粒。晒场的南北各有两排房子,南边的是草房,而北边的是瓦房。从地里收来的庄稼和农具都放在北边的瓦房里,一些箩筐、竹簟,包括用来喂牛喂猪的饲料则放在了南边的草房。我们很少去里面玩,那些窗户怎么看都像是张着的嘴巴,好半天才能看见一缕阳光沾着飞舞的尘埃移进草房。大人也不准我们常到里面去玩,说是怕我们糟蹋了队里的生产资料。晒场的西北角是牛栏,养着队里的三只牛。农忙时套上犁地的农具,低着头从这一垄犁到另一垄。大人一手拿着鞭,一手把着犁,时不时地吆喝上几声,但那鞭始终在空中虚虚地悬扬着。

今天,牛没下地,嚼着嘴巴,安安静静地待在栏里。我们趴在牛栏上,用一根稻草轻轻挠它的鼻子。听大人说,牛要是发起脾气来,一个牛角可以把一个一百多斤的成年人顶起来甩到一边去。我们很想看看牛是怎么发脾气的。牛睁着大大的眼睛,不气也不恼,很温顺地由我们挠它,嘴里还是不停地嚼着。我们很失望。我们又侧着脖子想看看它到底在吃什么,怎么老是嚼个不停。可里面什么也没有呀。我自作聪明地认为,牛正在思考问题。这个说法得到其他同伴的认可。

牛的眼睛分得很开,我只能看到其中的一只。我睁大着眼睛,直直地盯着牛。牛用黑溜溜的大眼睛迎着我的目光,清澈又宁静。我冲牛扮鬼脸,牛还是张着眼睛,默默地看着我,偶尔动一下它的蹄子。不管晒场上怎么热闹,牛喜欢这样静静地在栏里注视着一切。村庄里发生的所有事情,它都看得明明白白。我们在晒场的角落里撒尿拉屎,牛看到了。有人不小心踩到那一坨屎上,恨恨地骂一句,牛在一旁肯定听得很清楚。几个婆婆凑在一块儿数落自己的媳妇,牛听见了。晒场上的批斗会,哪一个人说真话,哪一个在撒谎,牛也看在眼里。甚至哪一个人劳动时省着力,哪一个使着劲,牛都很明白。它像一个智者,什么也不说,但比谁都懂村庄里的事。不过,牛就是沉得住气,反刍着,好像是在回味耳闻目睹的事情。

阿芬用石灰在晒场上画出了"房子",手里捏着一块小小的木板,招呼我们过去玩。我们背对着后面的"房子",小心地把小木块从身前扔到身后,然后再转身,踮着一只脚,轻轻地把木板踢出去。如果谁碰到了线上则让给另一个人。不一会儿,晒场上的孩子越来越多了,各自守住一片地方玩起来。我们的叫喊声惊飞了在晒场上觅食的麻雀,它们扑棱棱地飞上树,非常警觉地张望着晒场上的一切,待以为我们不注意时又飞下来,在晒场的水泥缝里啄谷粒。

晒场上渐渐有了热气,水泥地上的露水渍早没了。几个婶婶从仓库里拿了几把扫帚,开始清扫地上的一些灰尘。我们被迫中断游戏,在晒场边上转悠了几圈,最后决定还是留在这儿。几个叔叔陆陆续续地从田里挑了几担稻谷。婶婶们拿了带耙齿的晒谷耙过去,把稻谷摊在晒场上。渐渐地,晒场变成了黄澄澄的一片。每一个小时,婶婶们会把晒场上的稻谷翻晒一遍,以保证得到阳光的照射。我们丢下手中的小石子,拿起竹耙学着婶婶一推一拉。在婶婶们眼里我们这是帮倒忙,她们还得重新把我们厚薄不均匀的稻谷翻一遍。

　　不过,我们也有被积极组织起来的时候。当晒场上的谷粒收进仓库,队长伯伯会让我们做大人的帮手,还比赛我们谁搬运得多。这时,我们的情绪很亢奋,恨不得晒场的稻谷都由自己一个人收。队长伯伯看我们积极劳动,有时还会拿一本账簿模样的本子,在各自的父母名下记上一分工分。我们伸长着脖子,兴奋地瞧着队长伯伯在那儿记上一笔。这是我们第一次挣钱,尽管我们并不知道那工分能折算成几元几毛钱。

　　晒场上永远是那么的热闹。只要是晴天,队里每天总在那儿晒着庄稼,黄豆秆、油菜秆、大麦,一年四季难得让晒场闲着。忙碌的是大人,弯着腰,弓着背,谁也不会无故从场上退下来。忙碌的同样也有我们,一会儿钻油菜籽壳,一会儿爬棉花堆,去年还不敢从棉花堆上滑下来,今年却有了从草垛上跳下来的勇气。晒场的角角落落留下了我们的吵闹和嬉戏。我们把成长的日子给了晒场,晒场给了我们欢乐的细节。我们没少从晒场上捡拾到一些东西,那些遗留的豆豆被我们悄悄藏起来,等冬天煨在火堆里,听着噼噼啪啪的声音,常常偷偷乐,让嘴巴享受。

　　下雨的时候,大人用一根系了绳子的木棍支起竹簟,然后在下面放上一些碎谷,远远地躲进仓库,等麻雀飞下来觅食时一拉绳子,那些麻雀成了篁中之鸟。我们站在屋檐下,注视着大人的这个举动,与我们一起注视的还有牛栏里的牛。我们模仿过大人很多举动,但就是没有模仿这种捕鸟的方式。尽管我们少不了在晒场上用弹弓打麻雀,在仓库的屋檐下掏鸟窝。我们喜欢看雨中的晒场,蒙着一层水雾,淡淡的暮色从这边飘到那边,还有麻雀欢快地跳跃,没有人去赶它们。

晚上,大人三三两两地去晒场乘凉,一堆一堆地说着话。如果蚊子多,大人会在晒场燃一堆木屑,用浓烟熏蚊子。大概蚊子受不了这种烟,刚才还像轰炸机似的,随着一股浓烟从木屑堆里飘出,瞬间变得安静多了。大人一边摇着蒲扇,一边拉着家常。我们依偎在老人身旁,听老人讲民间故事,唱民间歌谣。"正月拜岁笃瓜子,二月空畈放鹞子,三月上坟坐轿子,四月种田撒秧子,五月端午裹粽子,六月……"老人一句一句地教,我们一句句地学。当我们连学三遍还记不住时,奶奶就会用蒲扇轻轻敲我们的脑袋,"我小时学一遍就记住了。"

一轮圆月静静地挂在天边,星星闪闪烁烁。"初三初四鹅毛月,月半十六两头圆。十六七,端桌出;十八九,坐等守;二十亨亨,月出一更;廿一二,二更二;廿四五,月上五鼓。"你一句,我一句,清清脆脆的声音在晒场里传开来。背好歌谣,我们在一边玩老鹰捉小鸡。这个游戏人越多越好,而晒场正适合于这种人多的玩法。当然谁都喜欢做老鹰,我们便想出一个办法,每次用手心手背来决定谁来当。做小鸡的很希望老鹰来捉他,否则就没意思了。那些想做老鹰做得时间长一点的人,他就必须方方面面地"照顾"好那些小鸡们,不能让他们感到无趣,否则这个游戏随时会结束。差不多是二袋烟的工夫,大人便起身回家。明天还得出工。大人在黑暗中朝我们喊一声,然后背着板凳,顺着月光慢慢走回家去。

有一天傍晚,我们正玩得起劲。突然传来一声悠长的牛叫"哞——",那是晒场西北角牛栏里的一头牛,大概羡慕我们吧?而牛的劳动成果,总是从田野里汇总到晒场。谁会给它住土房?

第二年冬天,那头牛死了。村里的大人去埋藏它,我们以为死了什么人。母亲告诉我:"你爹去埋牛了,那头牛为生产队做了贡献。"

看着我们游戏,看着我们生长的一头牛死了。我没出生时,那头牛就在地里干活了。一个见证我们成长的牛死了,似乎我们那段历史出现了空白。

那个傍晚,悠长、雄浑的一声"哞——",它在喊什么?夜色里,它那双湿润润的大眼睛,像星星一样闪烁。我曾梦见的一头牛在我想象中走出来。

谁在戏里进进出出

"锵锵锵……咚咚咚,咚锵咚锵……"

远远的,锣鼓紧一阵松一阵在村东那边响起来。

我们赶紧往衣袋里塞上几把花生、瓜子,又悄悄从抽屉里摸出压岁钱,小心地打开包在外面的手帕,数了几张零钱,捏了捏余下的钱,继续用手绢仔细地包住,关好抽屉,然后搬起长凳,一溜烟直奔晒场。

有经验的人知道这戏还没真正开始,这是敲头场,意在告诉村民戏即将开演,同时也是向后台的演员传递信息,准备登场。

我们的情绪随着锣鼓声响起而亢奋,一个个像听到了集结号一般,从村的各个角落朝一个方向涌去。

戏台两天前就搭建好了。几根结实的木桩上面铺一层木板,再用十几根粗壮的竹竿撑起几块厚厚的油纸雨篷,从顶上垂下来一只用红布包着的话筒,两只喇叭各挂两边的竹竿上。台上面用绣有"出将入相"的绸布分开左右,那些"后场"(乐队)则在右边的,边上挂着一块小黑板,上面用粉笔写着今天演出的剧目。不过,我们很少去关心这些。大多数村里人也不关心,他们识不了几个字。这并不妨碍大人看戏的兴致,他们即使听不懂台上唱的,也依然能把整台戏津津有味地看下来。

每年的春节前后,村里会做几天大戏。这钱有时大队出,有时大队负担一部分,村民自筹一些。这也是村里一年中大人与我们小孩同乐的时候。只不过,大家的乐趣并不在同一个点上。大人看戏看前台的表演,而我们看戏看后台的演员。

此时,台下已经有不少人,一些小贩正忙碌着摊儿上的活。他们瞄准的自然是我们这些小孩。摊儿上面的东西的确诱人,有吃的,有玩的,如果你想花掉那好不容易积攒下来的钱或压岁钱非常容易。每一场戏总有不下十几处的小摊小贩。不过他们只能在晒场边上,不能占据主要位置。台下面的位置留给人看戏。摊贩主不能吆喝,那些背着锡箱卖"葱管糖"的也只能在场下面左走右走,否则会被请出戏场。

　　场上摆了好几排长凳与椅子,那是小孩们的事。谁先来谁就有选择最佳位子的权利。所谓最佳位子就是离台的远近最适中,太近了得仰着头,而且还不能看清演员的表情。评价一个演员除了她的唱功到位,还要看她能不能唱出泪水。如果戏里表现的是悲情,而她光有哭腔,脸上没有泪珠,村里人会认为她演得不怎么样。太远了,演员的一招一式看不清,也会觉得这戏看得不过瘾。

　　大家看戏无非是与演员一起过过另一种生活而已。戏无非是戏,但谁又能否认这戏不是演给自己看。有人从戏里看到自己的悲,于是洒上几滴泪水。有人从戏中看到生活的希望,因此入神处分不清戏里戏外谁是真正的角色。"戏文做给人看",各人选择各人的角色,留待以后的日子里在戏中进进出出。

　　戏文场里最怕的是有人挤。场下有位子的人毕竟是少数,有一些是外村的,特别是一些年轻人,他们一会儿站在边上,一边上站到场中间。如果看到哪一个漂亮的姑娘,他们就会故意互相推搡,把那个自己看中意的姑娘挤到场子的另一边,然后再故作斯文地帮助那姑娘找位子。据说很多人就是这样找对象的。

　　演员的化装间一般在晒场附近的村民家里。那里演员正忙碌着穿戴。用几张门板搭起的化装台上摆满了各式各样的头饰、脂粉盒、镜子等物什。旁边一排戏服，一位上了年纪的中年人正有条不紊地给还没穿好戏服的演员递服装。小姐有小姐的彩服，小生有小生的衣帽。一位年轻的演员看上去也不过是二十几岁，她正往嘴巴上挂长长的胡须。一个穿"兵"字红衣的帮一个"小姐"插珠花。另一个正忙着往脸上涂粉，一边还急急地喝上几口水。我们趴在窗台上很兴奋地看着她们，悄悄地议论谁是小姐，谁是丫鬟，哪一个是小生，哪一位是老爷。阿芬说，那个是"小姐"，因为她最漂亮。我说，这个才是"小姐"，理由是她头上戴着珠花，丫鬟的头上仅仅是几朵塑料花而已。

我们在抽屉里藏有几朵用绢纸扎成的花，也有几副用纽扣做成的耳环，就是没有那些珠花，怎么打扮也不像戏里的"小姐"。我们学戏早已不是秘密，但演来演出只有"小姐"和"丫鬟"，凭着记忆哼几句词，没有戏服我们就披着被单走来走去。

场上的锣鼓又紧起来。晒场上聚拢来的人越来越多了。刚才那位递戏服的中年人开始催促演员去候场。

我们也赶紧回到刚才摆放凳子的地方。一会儿，母亲与婶婶们找到了我们。当台上最后一声"哐铲哐铲"停止后，胡琴与的笃板慢悠悠地传出来，咿咿呀呀的戏文开始了。这些请来的演员并不是专业剧团，而是临时凑起来的，农闲时外出演一段时间,等农忙了不再是演员,而是地地道道的农民。村里人称他们是草台班子。一来他们的演出费用不高,二来他们的剧目一般都是传统戏,村民都看得懂,而且他们的戏路比较广,能连演十几天,有时说好三天,后来大家觉得这个班子不错,会加演几场。不过村里有一套约定俗成的规矩,演戏必须是单数,不能成双。意寓戏散人回。这些演员不需要什么排场,只要有人管吃管住,一天演下来还能得到几元的报酬就行了。其实所谓管吃管住不过是村里安排几户人家轮流做饭,晚上再落实几家准备一到两个演员的被褥而已。

我们盯着台上的演员,努力辨别他们的角色。演员唱得好不好,我们并不清楚,也不太关注,至于什么派,什么调,我们更是无心追究。我们往往关心台上哪是小生哪是小姐,哪是好人哪是坏人。等搞清这些角色后,我们一个个从长凳上溜下来,转到后台,一会儿看看后面的演员,一会儿又跑到化装间看里面正换戏服的演员。那个"小姐"台上走路一踮一移,而此时却大步走来走去,两边的耳环来回摇晃,两只手不停地搓着,还不时往手心里呵气。那个刚才演坏人的哄着一个小孩,一脸的慈祥。最有趣的是台上演老爷的那个男演员,此刻却正被一个丫鬟数落着什么。他站在一边,低着头一声不吭。好半天我们才听明白,原来那个"老爷"昨晚跟一些人赌钱,输了不少钱。草台班子里夫妻演员比较多,有时还带着孩子出来。显然,"丫鬟"是老爷的妻子。威风凛凛的"老爷"到了台下却连台上的"丫鬟"都不如。另几个正忙着换装。也许是台上锣鼓"锵锵锵"的声音急了一点,有两个差点换错了行头。戏班子里的演员不会很多,有时一个演员一出戏要演好几个角色。正反角色,主次角色都要上。于是戏装必须换得快。

当扩音器里传出"升堂"的庄严,我们赶紧又回到场上。这往往是戏的高潮。不是落难小生中状元,就是清官申冤。看了半天戏的人们情绪一个个亢奋起来。互相低着声音交谈一番,大家都为那个受冤的"小姐"或"小生"松一口气,清官来了没有解决不了的问题。那个"老爷"还是"老爷",而那个"丫鬟"此时却"胆战心惊"地跪在台上一五一十地交代着什么。看不出"老爷"刚才受数落的不快,一句一词娓娓唱来,该判"丫鬟"什么罪就判什么罪,至于台下的纠葛由台下自行了去。冤也申了,佳偶也成了,演了半天的戏就为了成全各个角色的归宿。最后一声的锣鼓并不是给看戏的人,而是给演戏的人。下一场戏还等着他们。

于是,一散场,村民又回到现实的角色。在盼望来年有戏的日子里,又有多少大人忍不住会在戏里进进出出呢? 可是,我们还是不愿意离去,看着那空荡荡的戏台,仿佛等候锣鼓重新响起。

慢慢变旧了的东西

　　哪来的尘土？那时候,我想,尘土似乎也是家庭的成员,扫出去,又回来,好像它们要赖在这个家里。

　　村里的婶婶们重复着每天必做的一件事:清扫屋里的尘土。她们一嫁到这儿就遵循村里的习俗,渐渐沉浸到自己的生活,成为一种习惯。婆婆怎么做,不久,媳妇也怎么做,前前后后的传承,甚至不用言语。媳妇把院子里的垃圾扫进畚斗,一股脑儿地倒在了屋后的路边。婆婆抓起笤帚,一下一下用力地扫着,在倒掉前用火钳在上面来来回回地夹了几次,有从外面带回来的杂草,有遗落的柴火,也有零零碎碎的布屑、纸片,煮饭时一一塞进灶膛里,余下的都倒在了门前的菜园子里。媳妇看到了,脸一阵阵地红。婆婆不指责,也没有点破。婆婆不经意地再做几遍,但目光有意无意地跟着媳妇,直到媳妇把她的动作学会才中止示范。从家里的做饭开始到农田的耕耙施播。老人有足够的耐心,等待东西变旧,媳妇渐渐熬成了婆。

鸡有时从家里走到院子,它们习惯了自由地来去。把屎拉在地上,一不小心就会踩在上面。东一坨西一处,有时还冒着热气。母亲在灶膛里铲出灰,往上一倒,三下五除二扫了过去。这些沾着鸡屎的灰尘成了菜园的肥料。鸡在菜园子里找食,用爪子扒拉着,结果扒拉出自己的屎。

有时狗低着头把嘴巴凑近倒垃圾的地方,鼻子微翕,扒拉半天也听不到"咔咔"的声音。狗离开时,眼里只有菜色,在星光下闪耀着同样青色的目光,看守着村庄。

家家户户继承着老一辈人的生活习惯,没有人会随便扔掉东西,也没有人会随意丢弃东西。如果轻易丢掉家里的物什,如同随随便便把自己的生活让了出去。破了可以补,坏了可以修。那些不需要特别技术活的自己能对付,难度大一点的便会有人走村串户来做手工活。修伞的、补鞋的,只要家里有的,就会有相应的手艺。大家知道进了门的家什,如果不让它慢慢变旧,就使不出生活。铁锨的刃变薄变短，越发好使。锄头的把缩小了，留下一圈光泽，容易上手。变旧的农具，越来越接近土色，挥动，抡起，在大地深处微微掉下"索索"的声音。变旧的家具，慢慢浮在人们的记忆里。谁都能说出一堆故事。说故事的人或许老去了许多年，而它还依然在变旧。

衣服是村里变旧最快的东西。"新阿大，旧阿二，破阿三"。一件衣服，不经过新、旧与破，它是不会换下来的。平时谁也舍不得穿新衣服，但它还是在洗洗涮涮中变旧。我们个子长得并不高，也不快，甚至比衣服变旧的时间还要慢。我们盼望着自己的哥哥姐姐早点超过衣服，穿不成了，这样才轮得到自己。我们巴不得哥哥姐姐把衣服磨出一个洞来。当我们满心欢喜地接过他们的衣服时，却为上面的补丁懊丧不已。母亲费尽心思，努力让补上去的布跟衣服的颜色接近，或翻找了许久才找到衣服裁下来的布片。花一个下午，坐在屋檐下，煞费苦心，左一针，右一针，把针脚细细地藏在补丁里。然而，不出多长时间，旁边又补上了一块。如果，我们在衣服没有穿破前长大，对于家就是一种负担。似乎，我们都知道这个道理。我们慢慢长着，比衣服变旧的速度还慢。

村里来了一位卖小糖的老人。年纪约六十开外，微偻着身子，挑着两只箩筐，一只里面装着杂七杂八的东西，另一只上面放着一只木盒子。老人手里拿一只拨浪鼓，一边走一边摇着，发出"扑咚咚"的声音。我们很好奇，凑了过去。隔着一层玻璃，我们看见木盒子里摆满了五颜六色的螺蛳糖。嘴巴里顿时湿津津的，口水被我们狠狠地咽了下去。我们紧紧地盯着那些糖，双手攥着衣兜。好半天，我们才把目光从糖上移开，但脚却粘在了地上似的，一动不动。老人看穿了我们的心思，知道我们没钱。他笑眯眯地说，可以用家里的破烂来换。我们一听，眼里闪着激动的光芒问老人，哪些是破烂？老人想了想说，那些垃圾堆里的东西叫破烂。

我们大失所望。家里哪有什么垃圾堆，那些倒在菜园子里的垃圾根本不能称堆，也就一小撮而已，况且都是些灰尘。

老人解释说，是那些用完的牙膏壳、破脸盆之类的东西。我们忙活了半天，才在屋前屋后的旮旯里找到几支几乎被卷成手指差不多大的牙膏壳。

老人走后，我们小心地用手捏着糖，细细地舔着糖，舍不得把整颗糖放进嘴巴里，一边兴致勃勃地对刚才卖糖老人的话七嘴八舌。有的说破烂可以归属垃圾，但垃圾不能属于破烂，理由是破烂是有形的，而垃圾倒在菜园后几天就看不见了。有的说垃圾每天可以有，而破烂却得等上一段时间。我们站在一棵大樟树底下，兴致勃勃地讨论着这个问题。头上有强烈的太阳光，明晃晃地从树枝间透漏下来,落在我们手上的那颗糖上,闪闪烁烁的,像一颗宝石。宝石慢慢地越来越小,而我们的讨论还没有结果。当手上那颗糖只剩下那么一点糖粒了,我们还是很夸张地发出啧啧的声音。最后两根手指捏不住了,我们才狠下心,决定一二三一起往嘴巴里扔。糖到底还是溶化在我们的嘴里。

　　老人隔一段时间出现在村口,"扑咚咚",慢一下,紧一下,引来我们紧追似的脚步声,先是从村的这边响起,继而把村那边的脚步吸到村口。远远近近的小孩,像公鸡报晓,循着拨浪鼓的声音奔向村口。

　　我们翻找着家里的破烂。捡起这只把水漏个精光的脸盆,发现父亲什么时候把那个破洞补上了。找出那顶外面下大雨里面下小雨的油布伞,才知道母亲几天前已经缝补好。我们眼光像贼一样地瞅着家里的各个角落,希望能搜出可以换糖的破烂来。可是,家里似乎实在没有可以换下来的东西。于是,我把目光锁在抽屉里。东寻西找,在一个抽屉里发现一只圆形的镯子,黑不溜秋,还有一处是缺了口的。我从没看见母亲戴过这个,也不知道这个镯子值不值钱。犹豫再三,还是拿了这个镯子奔向村口。老人疑疑惑惑地接过镯子,左看右看,问我这是谁的镯子。我自然说不出镯子的历史。老人拿起镯子,眯着眼睛,对着太阳光又仔细端详一番,最后把它交还到我手里,说是不收这个,这不是你这年龄所能有的东西。我咽咽口水,把镯子放回口袋里。家里似乎真的没有需要换下来的东西。

村里人的日子像手里拎的竹篮子,什么都藏不住,又什么都放得住。家里有许多竹篮子,"杭州篮"、"花篮"等,扁肚子的,高腰的,几乎不下七八只。这些竹篮买菜时是菜篮,拎到农田时是农具。一只篮只有篮底坏得不能放东西时,才不得不退出生活。老人说穷得像掉了篮底的篮,意为这家人穷得实在是穷。好在,每家每户总有那么几只篮子,醒目地挂在屋里。

我们到底还是积攒了一些从家里清理出去的东西:一双不能再补的雨鞋,一只破得面目全非的脸盆。不得不扔掉的东西,已跑到菜园深处了。有一天,我发现,雨鞋里长出一棵草,破脸盆里开出一朵花。

抽屉里的那只镯子,母亲像宝贝一样藏了起来,说是外祖母在她出嫁时送给她的礼物。只是,母亲永远不知道我曾经差点把镯子换了出去。

把影子留给黑夜

　　黑夜把村庄隐藏了起来，就连那些长了几十年的树也只能影影绰绰，模模糊糊。几点零星的灯火，反而让村庄变得更幽暗。我们一走出屋子，立刻裹了一身的黑暗。我们习惯了村庄的黑暗，闭上眼睛也能清楚地知道自己该往哪个方向走，前面会有什么。大人在屋里叮嘱我们早点回家，我们没有回应，而那声音却远远地跟了过来。不知是谁惊动了树上的鸟，"呱"的一声落在了我们头上。我们抬头往树上看去，树杈似乎在黑暗里晃动了一下，然后还是一片黑暗。我们继续往前走去。空气里弥漫着诱导食欲的花香,那是桃花与梨花渗透到一块儿的花味。再过去一点就是大片大片的油菜花了。我想,没了蜜蜂的嗡嗡嘤嘤,那油菜花是不是黄不起来? 黑暗把一切涂成了同一种颜色,可是,我的心里呈现着金灿灿的油菜花。

　　我悄悄地在黑暗里躲起来。跟我们一样躲起来的还有其他小伙伴,只留下阿苹一个人来找我们。我找了一个草堆,然后猫了进去。嗅了嗅,这是稻草,正饱含着太阳味,上面还有几颗剩下的谷粒。那肯定是干瘪的谷粒,饱满的谷粒从来不会被遗留下来的。透过稻草缝隙,我看见有人爬上了树,一个影子像一团墨汁落在我藏身的草垛旁。还有人藏在柴蓬堆里。阿苹从黑暗里喊过来:"藏好了吗?""好了。"我知道那是阿芬的声音。我心里暗暗地嘲笑她,这么笨,黑暗里只有声音最清楚。果然,阿苹循着声音很快找到了她。

　　我干脆躺了下来。黑暗里寂静才是唯一的妙方。我注视着头上的星空,第一次发觉天空原来这么远,那些闪烁的星星似乎与身边的虫声一样密集。天空飘着云朵的时候,我曾拿着一根竹竿往上举,以为一竿就能把云挑下来。那些云毫不理会我的竹竿,悄无声息地从头上飘过去,变幻着各种形状,慢慢远离我们的村庄。我们有时会很兴奋地指着云朵,一个说像狗,一个说像兔。大人听到了就会呵斥我们,说是天上住着菩萨,这样指指点点比喻成各种动物是要受惩罚的。今夜,村庄的星空下没有一朵云,无边的黑暗盖着我。我注视着黑暗,而黑暗却给我一个影子。阿苹从我身旁已走过三次,我看见她的影子紧跟着她的脚步。每次她走过去,我都屏住声息。身边的虫声厚厚地压过来。阿苹显然没有看见我,也没注意到草堆里的虫声。

已经有好几个小伙伴被阿苹找到了。每找到一个,总会响起一阵凌乱的声音。从树上跳下来的,那影子重重地摔在了地上。从水缸边站起来的,那影子似乎是揉成一团的面粉,随意地从屋檐下拍打下来。她们没看见我,可我看见她们的影子一个个在黑暗里浅浅地拖在后面。她们远远近近地喊叫着我的名字,我能听出那是谁的声音。但只有阿苹的声音最焦急,她现在只剩下我一个人还没有找到。这会影响她下次玩时还能不能继续担当这个角色。其他人分明向我传递着暗示。有一次阿芬就站在我跟前,还张望了一番,我看见了她的眼睛,显然她也应该看到我的眼睛,她好像犹豫了一下,然后走开了。我还看到她走了一半又回过头来向我这儿注视了一会儿。我故意立了立身子,她不会没有看到我溜出去的影子。可她还是没有来掀我躲藏的草堆。

黑夜里的村庄总还能留住一些影子。村庄里的池塘迎接着天上的星光,泛起的碎碎波光再把两边的房子涂成一个同样泛着碎银色的影子。村里的小路、独木桥、草垛在夜色里吸收着从木格窗里透漏出去的那一点昏黄。也许是狗,也许是猫,黑暗里总有一些动静在那几点昏黄里。我们循着影子继续着白天的生活。黑暗里总能藏住很多东西。

我们捉迷藏是最理想的玩法。几乎每个晚上我们都玩这种游戏。用手心手背淘汰一些人,再在余下的人当中决出谁是今晚的捉者。当然有时候也会根据前一晚的成绩来决定角色。做捉者的得有点机灵,对着黑暗喊一声:"藏好了吗?""藏好了。"准能骗出几个人来。其实我们对村庄里那些藏身的地方非常熟悉,白天也没少在那儿待过玩过,而且谁喜欢藏在树上谁又爱藏在草垛里,我们心里很清楚。于是我们在黑暗里越藏越深。

有些孩子很认真,如果人没有找齐,他会一直寻找下去。急了便冲着黑暗喊一声:"你能不能发一点点声音?"有时会传来几乎从嗓子眼里挤出来的一个声音,也就很短的一个时间,根本听不出是谁的声音,但捉者会在黑暗里凝视一会儿,细细地回忆、重复刚才的那个短促的声音。夜晚最清晰的是声音,从一个地方传到另一个地方,不带一点黑暗。当然,有时捉者想偷懒,对着周围喊:"你们再不出来,我回家了。"藏者以为他是诓他们,躲在黑暗里屏着声息。那个捉者环顾四周后当真顾自回家,留下那一个或几个藏者在黑暗里,还一如既往地等待捉者。那天,我藏在屋后的柴火堆里,一动不动。我听见捉者从旁边的小路上走过,深一脚浅一脚地从我跟前走了过去,还听见他进门关门的"吱呀"声。我以为他故意诱我们出来,于是自认为很聪明地待在黑暗里,还是一动不动。当黑暗里的虫声像一条毯子密密地盖过来,而且我还看到他的影子在他家木窗外一长一短地来回了一下,然后消失了,这才意识到这个游戏结束了。

　　村庄里有好几处坟地,一些老人过世后就安葬在那儿。我们经过那些坟墓时,都会夸张地叫喊着跑过,一会儿又忘了刚才喊叫了什么。从大人每年的祭祀中得知在坟墓里躺的人曾经抱过我们,还亲过我们,只是我们一点都不记得,包括他们的面容。大人对着牌位上香,点蜡烛,一张张黄纸在火中焚烧后飞到空中,大人说那是祖宗在收钱。原来,人死后还有一个世界,只不过他们的世界与我们正好相反,我们生活在白天,而他们生活在黑夜里。他们的坟墓在村庄里,那么他们依然与我们一起在生活?我们开始对鬼的故事感到兴奋起来。

　　村里有一个姓王的老伯,村民称他"狗眼",因为他自称能看见鬼。有些村民家里突然有人病倒了,首先想到的是他。这位老伯进门后,一会儿眯着眼睛从屋前绕到屋后,一会儿瞪着眼睛从屋里走到屋外,那目光时而黯淡,时而有神。主人则恭敬地在一旁立着,他不发话,主人决不会问话。然后他点起三炷香,眼睛直直地盯着主人的脸,眼神似是迷离,又似是闪着光芒,谁也不敢接他的目光。他开始打嗝,前三声是从喉咙里呼出来的,后三声好像是从腹部溢出来一样,特别响亮。这时边上的人屏住了呼吸,知道他现在要开"药方"了。他说,那位生病的人在哪里做了哪些事得罪了鬼,需要主人在哪一个时辰以前在某地烧多少经佛。这些事立马有人去办理。当然家里人也有不信这个的,所以送医院求医与家里经佛同时进行。当病人康复后却把所有的功劳全归于那位王姓老伯身上。于是一传二传,王姓老伯变得越来越神奇。我们曾缠过他讲鬼故事,可他似乎不愿跟我们多讲,只说了一句如果有一天晚上你碰到一个人,而那个人身后如果没有影子,那么这肯定是鬼。不过,这句话后来他又改了一下,说是在有月亮的晚上。

我一个人躲起来的时候,忍不住去寻找影子。月光下,整个村庄似乎浮在水面上,一晃动就有影子黑黑地跟过来。迎着月光,那影子长长地拖在地上;背着月光,影子成了一根拐杖,时粗时细地与风左右着。那根立在屋檐下的扁担,一半黑一半白,好像随时等待着有人去挑开那掉在地上的一半黑色。

不知道自己在那儿躲了多久,这期间我睡过去一会儿。其他人已不见了。我摸索着站起来,一个影子弯曲在柴垛里。我走了几步,影子从柴垛上走了下来。回头,柴垛一边暗一边亮,地上留了一个半圈黑影。空气里有些模模糊糊的东西飘浮着，小伙伴们离开不久。她们说话的气息还留在这儿。还有她们的影子是从这儿跟过去的，虽然是躺着跟过去。

　　我绕过晒场，沿着小路朝家里走过。突然，一只蝙蝠从我头上飞过，不知是我眼花，还是那只蝙蝠特大，刚才还一直拖着我的影子一下子缺了一半。我惊恐起来，不禁向家里飞奔而去。当我奔进家时，重重地把影子关在了门外。睡下，我想那关在门外的影子，它一定在找自己的家。

乡村电视

三十几年前,村子里有了第一台电视机。

电视播放的当晚全村都出动了,男女老少带着板凳涌向生产队里的晒场。这场面曾让八十多岁的阿花奶奶吓得哆嗦起来,以为又要开批斗会了。尽管当天电视机运来的时候,消息灵通的村民已经在发布一些信息,但大伙对那台放在木盒子里的玩意儿还是充满了好奇,七嘴八舌地在场下议论开来。那玩意方方正正地摆在木盒子里,上面露出两根天牛角样的天线,还一节一节的。木盒子下面有四个木脚呈梯形支撑着,其高度正适合下面里三层外三层人群的观看。阿根奶奶挪着小脚悄声问身旁的小孙孙,那是啥玩意?小孙孙叫阿根,那时也就七岁光景,对这个世界的认识与我一样停留在初级阶段的水准。但他有股钻劲,凡事要问个明白。于是他努力挤出人群再努力钻进人群,不一会儿气喘吁吁地回来告诉他奶奶:"这叫电视机。"他奶奶嚅了嚅瘪嘴巴,"我只听说过有田鸡,怎么还有电视鸡(机)?"阿根一听又要挤人群钻人群去得到一些信息,结果被他娘一把拉住,"好好坐着,小心回来没了位子。"阿根立马乖乖地坐在凳上等待电视机的播放,但不停地转动着脑袋,坐在后面的我恨不得踢他几脚,但一想到如果吵起来,我娘肯定不让我看电视了,便只好与他一样左右晃动着,虽然电视机还是静静地立在木盒子里。

等月亮快要升起来的时候,有一个约干部模样的人满脸通红地从场上走过,看上去走得有些不稳,生产队长满脸谦恭地在旁边陪着,显然他在队长家里得到热情的款待。那干部模样的人走到电视机前打开开关,木盒子里立刻出现一片银白色的光亮,只听见"沙沙沙"的声音。场下顿时一片寂静。大家的视线被调试员遮挡住了,但谁也没有发出异议来,沿着那调试员的背影自觉地侧成左右两边。大家紧张地看着这光亮,不知道下一步会出现什么。有的实在忍不住便站起身来,但很快被后面的拉下。那人摇摇天线杆,转转按钮,不一会儿听到有清脆的声音从里面传出来,于是大伙一齐伸长脖子向前看。二十多分钟过去了,电视机还是调试不好,大家的情绪随着电视机里轻轻重重的声音焦躁起来,但依然很有秩序地坐在那儿,只是急坏了孩子们,惹得他们一会儿钻到前面仰着头无奈地看着,一会儿又钻入人群找位子坐下,嘴里不停地嚷嚷着:"怎么还不能看呀?"阿根奶奶与阿菊奶奶私下轻声嘀咕着:"这是不是来路远的缘故?一时三刻还叫不来呢。"这话引得一旁的阿香娘哧哧地笑,"两位阿娘,这又不是关'肚里仙'(农村巫婆的一种),这是电视机。"两位阿娘忙闭上嘴巴,把目光专注而紧张地投向那个木盒子里。

当月亮升起一丈多高时,电视机总算调试好了。那个方方正正的小盒子里出现了一个女播音员,面容姣好,穿戴得体,正在那儿播报新闻。一会儿电视机里出现一些活动场景,随着镜头的移动,出现不同年龄的人群,有欢欣鼓舞的劳动场面,也有人对着话筒说着一些非普通话非方言的话。底下的村民开始有声音波动起来。年轻的一直在注意播音员的服饰,尤其那些正在说婆家的几个女孩,悄悄地议论衣服款式的新颖。年纪大的互相传递着各自的一些想法,特别让他们不解的是电视里的人是真人,还是"木头人",而且又是怎么上去的。我们小孩也坐不住了,盯着那台黑白电视机想象着木盒子后面是不是有什么机关,就这么一根电线能让里面的人出来说话。我曾几次转到电视机背后想看看里面有什么"西洋镜",当我看到电视机后那个"大肚子"的壳,便自作聪明地告诉同伴,"电视机的所有机关在它的肚子里,里面藏了许多的东西。"当天晚上村民们一直看到电视机屏幕上出现一片白光,然后队长说回家,大家这才起身拿凳子,找孩子,扶老人,在一片惊叹与遐想中回家。不过也有一些人还不肯散去,他们中有等待电视里的人下来,也有的担心电视里的人现在怎么回去的,甚至猜想那些人怎么变回真人。总之小村的上空弥漫着各种奇奇怪怪的想法与念头。尤其一些上了年纪的人对电视里的人充满了好奇,这种好奇让他们甚至生了一丝兴奋与不安。小孩们最不愿忘记的是向队长问明天还有没有电视看。当得知还会有时,于是带着期待与兴奋被大人牵着手回去睡觉。

自从有了电视机后,村里的夜晚总飘荡着一种莫名的兴奋,这种兴奋常常让人觉得夜晚太短。当然最热闹的还是小孩,早早地吃过饭,然后约上几位同伴一起到队长家去,因为电视机盒子的钥匙在他那儿。有时看到队长还在自留地里劳作,我们别提有多懊恼,恨不得把他身上的钥匙偷到手。有次我们还真偷到手。那天队长家里正好来了客人,他陪客人一起喝酒。天色慢慢暗下来了,我们心里惦记着动画片,希望他能早点结束喝酒,可队长光顾着手中的酒杯与客人,没有把我们在他家进进出出的事放在心上。我们几人毛小孩见他一时三刻不会放下酒杯,于是跟队长的女儿商量,能不能把钥匙拿出来。队长女儿与我们同龄,起初不肯答应,后来我们威胁她如果不配合,我们就不跟她做朋友了,她这才勉强同意。我们也不知道她是怎么拿到手的,总之是在他父亲不知情的情况下拿到的,当然这跟偷没什么两样。我们拿到钥匙后兴奋地直奔队里的仓库。当我们打开电视机后不知道怎么办,你看看我,我看看你,无从下手。后来还是阿芬提醒我们,说是每次开电视机都是先打开那个开关。我们一看,果真有一个黑黑的开关在电视机的右下侧。可我们谁也不敢去碰一下。最后还是由稍年长的阿珍去开。她费了好大的劲才把开关打开,电视机随之发出"叭"的声音,可电视机里只听到声音不见人影。我们努力地回忆着队长调试电视机的动作与步骤,我摸摸,你拧拧,结果电视机连声音都没有了。这下我们慌了神,甚至恐惧起来,害怕电视机被我们弄坏了,队长的女儿忍不住地哇哇大哭起来。我们一时想不出什么主意来,最后决定让队长女儿回家偷偷放回钥匙。那个晚上,我们几个在晒场外游荡了一阵子,心里又是害怕又是着急。我们希望队长早点开电视机,但也担心他一旦开机发现电视机坏了不知会怎么办,挨骂几下倒没事,就怕看不上电视。直到晒场上又搬出电视机听到有声音响起有人群观看时,我们才放下心来,小心而又安静地找个地方观看。

　　刚开始的时候大家看什么节目全由队长说了算,后来有一次队长多换了一下频道后引起了大家的比较心,于是年纪轻的与年纪大的之间产生了分歧,上了年纪的要看戏曲,年纪小的要看动画片。最后还是村里的老生产队长做主,说是七点前看小孩的节目,七点后看大人的节目。这种状态一直到村里出现了第二台电视机后才结束。不过大人间也有意见不统一的时候,好在那时节目比较单一,尤其出现电视连续剧的时候最和谐。小孩的情绪也颇为安静,因为也喜欢那些连续剧。那时热播的是《霍元甲》、《陈真》、《上海滩》,还有《血凝》等。一到开播时间,大人小孩一齐出动,其场景不亚于看露天电影。有时一听到主题曲响起来的时候,恨不得把一碗饭全倒进嘴巴里。

　　因为电视让队长的地位与日俱增,我们对他产生了敬仰之情。那时如果问我长大了要当什么,我会毫不犹豫地说:"做一名会开电视机的生产队长。"可想那只黑白电视机在我们眼里的地位。不过这样的地位好景并不长,村里有一位姑娘与城里的一位小伙子好上了,后来那小伙子给姑娘家带来了一台电视机,这下全村又来了一阵波动。原来嫁女可以这么嫁。那天晚上很多人涌到她家,姑娘们的心事并不在电视节目上,而是一台电视机能给自己带来多大的身份,年长的开始悄悄为自己的女儿定下一个标准。我们小孩的兴奋点全在那台电视机上，不仅比生产队里的大，而且屏幕比队里的更清楚。只是别人家里看电视有时不过瘾，一般十点多就要关电视，可下面看的人却丝毫没有想离开的意思。那姑娘家的老爹出来跟大伙说，电视不放了，大家回去吧。下面除了一点小小的波动外根本没有起身结束的意思。这样又过了一星期，那电视机不知是质量还是操作问题，屏幕上只是一片雪花花，任凭怎么摇晃，转动，甚至拍打，都无济于事。后来，我们去看的时候电视机不见了，说是送到城里去修了。这样又安静了数日。再后来，那家隔壁邻居传话出来，说是电视机已经修好了，他们躲在房间里一家人偷偷地在看。据说这个消息传出来，大伙对那家的态度马上冷淡起来。过了些时日，那家感觉出来了是怎么一回事。于是在河埠头洗衣服的时候告诉村民电视机修好了，晚上来看电视呀。那天晚上那家主人早早地摆好板凳，还准备好了茶水，看电视的时候对村民的态度极为谦恭。

过了一段日子，村里又有一根电视天线升起来，远远地，似乎招摇着主人的喜悦。电视机在八十年代那个岁月里成了嫁女与身份的象征。不出几年，村里用竹竿立起来的电视天线多起来了，而且有的还带有彩色的，于是那些黑白的慢慢地暗淡下去了。再后来，村子里的电视天线不再立起来了，那曾经旗杆似的荣耀渐渐淡出人们的视线,村民也已用不着赶来赶去地看电视了。小村的晚上少了几缕昏黄的灯光,而多是电视屏幕映在窗上的荧光色,一闪一闪的,透出玻璃窗与小村上空的月光一起点缀着寂静的夜色。

乡村电视的兴奋已经成为一种回忆,这种记忆静静地沉淀在岁月长河里,成为人生的细节。也因为真实,在且行且远的日子里作为一种情感嵌入了生命。

村里的名字

一阵锣鼓喧天，几声爆竹，村里多了一位新娘。我们争先恐后地去看新娘子，她羞答答地给我们倒上一杯加了白糖的茶，递上几颗喜糖。我们喝着甜甜的糖水，口袋里的手紧紧攥住糖。我们叫她一声新娘子，她红红的脸上绽开了一朵笑。

一个月后，我们还喊她新娘子。她从屋里捧出一把瓜子，轻轻地说，以后不能再叫新娘子了。我们跟着她的侄女叫她婶婶。她姓啥名啥，我们一概不知。她还是那么好看，虽然那身红衣裳已经换了下来。她跟所有的村里女人一样，在家洗洗涮涮，在外荷锄扛锨。点灯的时候还要去河埠头拎一桶水,用来饭后洗碗。只不过,她看起来那么的文静,一脸的腼腆,话几乎没有,连走路的声音都细细的。别人喊她,她微微一笑,然后一声不响地继续做手中的活。家里人叫她,她抬起头,把目光投向喊她的方向。其实,许多人跟我们一样,并不清楚她叫什么,大家依照辈分称呼着她。

村里的男人对自己的女人很少称名字的,大多以"唉,唉"替代了对女人的称呼。而女人对自己男人的"唉唉"似乎自一进门就适应了。跟她是平辈的人喊她是某人的老婆,比她年长的称她是某家的媳妇。她的名字只是记在了村里的户口册上。

一年后,她有了孩子。我们随村里人称她毛毛娘。待孩子满月后,家里的老人给孩子取名。老人们没有多少文化,斗大的字不识一筐,没有那么多的寓意,只是不能跟自己家里长辈的名字有冲突的,算是唯一的讲究。

将来的生活很遥远,包括对孩子的成长,没有过多的奢望,只盼望快快长大,争取早点做个正劳力,每天能挣到十六分的工分。对老人而言度过眼下的日子才是实实在在的生活。

那个毛毛跟我们一样,还没有明白时代是怎么回事,却先在名字里烙印上时代浓浓的痕迹。当然,这是对男孩而言。女孩的名字大多取自戏剧里面的旦角名字。老人唯一的文化生活便是看戏,才子佳人的结局让他们憧憬自己的孩子将来有一个好的归宿,于是,"珍"、"芬"、"萍"等成了女孩常用的名字。

终于,那个新娘子有了一个固定的称谓,她是某人的娘。村里人大大小小这样称呼她。似乎,她这时才真正在村子安了身,不再是刚嫁过来的。她开始跟村里其他女人一样,大声说着话,聊着家里的一些鸡毛蒜皮,也热心着别人家的事。她与村里人一样叫着我们的名字。我们在别人的称呼里知道了自己的名字。没有人帮我们解释名字的来历,包括其中的寓意。我们似乎也从不关心自己的名字。

村里最有文化的人不是队长,也不是书记,而是跟父母一样挣工分的民办老师。尽管他们下了课后跟村里人一样把裤腿挽得高高的,在自己的自留地里忙碌着。村里人见到他们,恭恭敬敬地称他们老师。没有人会随便更改对他们的称呼,哪怕这位老师没有转正,回到家还得握锄头,村里人对他恭敬如旧。当老师把你的名字一笔一画写在名册里,你这才算是有了真正意义上的名字。我们睁大着眼睛,看着老师把自己的名字写出来,觉得惊奇不已。尽管老师都知道村里孩子的名字极其简单,也没有什么特殊的含义,但还是认认真真地问带孩子来报名的家长,有的家长没念过一天书,不能把自己孩子的名字表达清楚。这时老师便根据家长的读音,取一个名字。

我七岁那年,母亲带我去学校报名。母亲把我的名字告诉

吕老师,吕老师拿笔在名册写上,然后问母亲是不是这样。母亲
伸长脖子,努力地辨认着。最后,母亲点了点头。后来,母亲看
了我作业本上的名字,说是我的"亚"跟我二姨妈的名字撞上了,
可因为当时吕老师让母亲看过的,她不好意思再说什么。其实,
我们好多人最后由老师一笔定名。

　　我们认识了自己的名字后,却在同伴间对父母的名字像神
圣一样保护起来,绝不允许同伴叫出大人的名字。父母的名字
只有长辈才可以称呼,如果被小辈随便叫着,似乎被人践踏一
般。父母的名字在长辈的口里,在大队的工分册里,在家里的箩
筐、八仙桌、椅子等上面。我们总有意无意地记着,像作为一件
武器那样谨慎地藏着,掖着,在紧要关头的时候拿出来对付比自
己强的人。

　　那天,阿明与阿国吵了起来。一个认为自己已经打着了弹
子,按照游戏规则,那颗弹子归自己。对方认为他的脚步踩出了
地上那根线,即使打中也不能算。因为没有第三方见证,谁也不
好给谁下结论。

　　不得已,两人模拟过程。进行到一半,一个抢着揭发,说是
刚才落脚的位置不是这儿,是那儿。我们顺着手指的方向望过
去,一看,不由自主地点点头。另一个赶紧纠正,手指偏了,应该
是那样。我们的目光移到他所指的地点,众人啊啊地附和他的

话。两人见左右分不出输赢，互相再次争执。一个推，一个搡。一个骂，另一个也骂。阿明是个口拙的人，骂出去的话跟打结似的，与阿国的尖嘴利舌不能对应。阿明在阿国强势攻击下，跺跺脚，从嘴巴里猛地蹦出阿国父亲的名字。阿国愣住了，我们也愣住了。说大人的名字对我们小孩来说是禁忌的，这比打骂还让人觉得"羞怒"。

阿国涨红着脸，使劲挠着头皮，越急越想不起阿明父亲的名字。阿明见状，不禁有些得意。阿国捡起一块断砖头劈头盖脸地抡了过去，幸亏阿明躲避及时，否则阿明的脑袋必定开花。阿明望着阿国变紫的脸色，慌忙逃走了。

旁观的我们没有人愿意帮阿国。后来，阿明还是被阿国打一顿。阿明到底没有告诉老师。我们始终没有插手这件事。阿国与阿明一星期后又在玩打弹子。

村庄里有养狗养猫的。它们白天在村里闲逛，到了夜晚才各就各位，看家的，护家的，谁也不会缺席。村里人从不谋它们的皮毛，按牲畜的待遇喂养着它们。不过，比起牛来，它们的待遇可差些。猫没有晚餐。吃饱了肚子的猫对抓鼠没了动力。狗中午是饿着的，晚上必须吃得饱饱的，在人们酣睡的时候，它们忠实地趴在家门口，随时对门外的动静作出反应。猫死了，装在一只破竹篮里挂到树上，让它在自己熟悉的村庄里慢慢风化。

狗死了,在自家自留地里挖一个洞,把它埋了。这些狗狗猫猫与我们一样热爱着这个村庄,它们从来只有一个名字,狗是"阿汪",猫是"阿咪"。只是,"阿汪"只接受自己主人的声音,谁叫它都没有用。从门前走过,它该吠还得吠。"阿咪"虽然有时会因一条小鱼,冲着你柔情似的叫唤几声,一旦鱼到嘴后,早已离得远远的。或许,它们有了名字,这个村庄更热闹了。

村西传来几声鞭炮,还有隐隐约约的哭声。我们涌了过去。原来,是根强的曾祖母过世了。我们都叫她"阿太"。她有一双小脚,鞋头是尖尖的,跟粽子差不多,走起路来一摇一摆,似乎是挪着移着。根强淘气惹她生气时,她欲教训几句,根强便挑衅似的,冲着她喊,追上来我就让你打。气得她晃动着手中的棍子,朝根强的背影打几下。"阿太"是寿终正寝,那年九十五岁。她的坟做在村西北。旁边是她的男人,不知道被埋葬了多少年。

几天后,我们从那儿走过,一想到"阿太"躺在这儿,不由自主地望过去。一块墓碑立在那儿,竖的两排,靠右的一排墨迹簇新,陈氏王桂莲,旁边是陈某某,一看就知道是根强的"男阿太"。"阿太"原来姓王。当一个人的名字几乎只剩下家里几个人知道时,也许她走的路已经很长了。最后的名字不是用来写与记,而是刻。虽然,刻比写更经得起岁月的风雨,只是,谁又能经得起别人的记忆?

什么季节吃什么果

　　春节刚过,桃树梨树开始长苞,先是一团团包在一起,然后慢慢分开来变成了一朵朵。我抬着头,望着桃树,希望那是花。老人告诉我,这不是花,而是叶。我不信。我等待着花早点开,果早点结。我天天去看桃树梨树,一朵朵里面还是叶子,嫩嫩的,带着一点青色。叶子一片片地长出来,我身上的衣服慢慢在变薄。当我脱去棉袄的时候,终于看到了花蕾。我按捺不住欣喜,跑去告诉小伙伴这个消息。小伙伴撇撇嘴,"奶奶早告诉我要等夏天才能吃到桃子梨头。"我忽然生气起来,好几天没理她。

　　一些家里有孩子的大多会种几分地的甘蔗,除了秋天里吃一点,更多的是留着冬天和春天里吃。春天实在没有什么好吃的。大人会在秋天收起来的甘蔗中拿出一部分来,然后挖一个泥洞,在底里铺上一层层的甘蔗叶,把甘蔗一捆捆地放进去,再在上面盖上甘蔗叶,最后又把挖出来的泥土覆盖甘蔗叶上。为了防止里面积水,在一边还挖了一个比泥洞还深的引水洞,一旦里面积了水就可把水引到这个洞里,以保证里面的甘蔗不变质。我和哥刚开始并不清楚家里有没有留着甘蔗,直到过年,母亲像变魔术一样每天给我们一支甘蔗,吃完了便没有了,只能等第二天。我和哥到处找那个泥洞,怎么也找不到。后来还是我眼尖,发现母亲把甘蔗藏在柴火里,尽管外面被棉花秆和大豆秆遮盖得严严实实,外面仍能看到甘蔗泥黄色的根须。当我们好不容易把甘蔗抽出来,一数甘蔗,不多不少正好五捆。母亲很快知道了此事,没有批评我们,只是告诉我们甘蔗吃完了就再也没有可吃的水果了。我们到底没有挡得住馋,甘蔗提前吃光了。

　　谷雨前母亲手里又有了一些甘蔗,被切成一段段或一节节放在竹篮里。我和哥开始兴奋起来。但母亲说那是甘蔗种子,不能吃,只能吃那些发不出芽的甘蔗。虽然也就几段而已,但毕竟还是让嘴巴甜了一阵子。

　　清明过后,屋前的三株桃树与两棵梨树终于开出粉嘟嘟的花,这个一片红来那个一树白,还有那旁边黄灿灿的油菜花,那颜色艳得让人饥饿。

　　整个春天我都忙着数桃花梨花,一朵朵的花能结出一颗颗果子。有时家里小花猫从树下窜过或爬上桃树梨树,不小心碰落许多花朵,这会让我心疼不已。在我眼里一朵花就是一个果子。虽然后来我知道有些花是结不出果的,而且还得摘掉一些才能保证结出更大的果子,但我依然对小花猫耿耿于怀,有好几天不给它捉鱼。当然最最难过的是下雨天,撑不住雨水打击的花朵,一朵朵地往下掉。那可是一个个将来的果实呀。但小孩的遗憾与心疼总会很快地被枝上结出的果儿过滤掉了。

　　一个月过去了,梨树枝上的叶子变得茂盛起来,春风过去,一颗颗果子闪烁在树叶里。此时的果子顶处还带着变干了的花蕊,等果子变成椭圆形时那些干花蕊便慢慢消失了。我和哥时不时地钻到树底下,仰着头数果子。如果有一天我们发现今天的果子数与昨天的不一样,就会着急起来,于是一起回忆前天的果子数,再确定昨天的数与前天一样后,便低下头在地上寻找那颗掉下来的青果子,直至找到了才放心玩去。母亲见我们每天都要猫在果树下,便告诫我们不能用手碰到果子,否则果子会掉下来。这一提醒让我们紧张了一阵子,我和哥互相把眼睛盯得死死的,数果子的时候只能让手指在空中虚晃着,且不允许直接去指。但就是这样,果子还是会掉落下来几颗,我们兄妹关系一段时间变得格外紧张。

我们的衣服一点点变薄,树上的果子在一点一点长大。父母在果树下面清空出一些地来,种上了瓜秧,小小的叶子先是两瓣,再渐渐长出三瓣四瓣,等我穿上跳舞裙的时候,地上长满了瓜藤,一朵朵黄色的小花呈喇叭状,羞涩地躲在绿色的藤蔓中。不过,我们还是很清楚每一枝藤蔓上长了几朵花。

夏天在我们挤挤挨挨的期盼中来到了,而树上的桃梨,地上的瓜还没完全熟透。我们已等不及了,偷偷地摘了两个桃子和两个梨,我和哥一人一个。这个数还是我哥经过很严肃的思考下的决定。毕竟年长我一岁,我哥看问题就是比我全面,他知道现在母亲已经在查看树上的果数了,而且数得比我们还精,每天进门前先去自留地,虽说是看看有没有虫子,其实是在检查家里的两条馋虫有没有活动。摘两个相对比较隐蔽,而且这两个还是树梢上面的,下面的绝不敢下手。

桃子上面还长着许多茸毛,梨头的表皮看上去还是疙里疙瘩,来不及迟疑我们在衣服上蹭了蹭就往嘴巴里送。桃子又硬又涩,比生大豆好不了多少,我们咬了几口,实在吃不出甜味才放弃继续咬的念头。梨头的水分足一点,但很淡很淡,跟池塘里的那些野菱角味差不多。尽管味不过如此,我们还是啃完了手上的梨。在父亲回家前,我们把果核与啃剩的桃子一一扔进池塘,那可是我们经常销毁有关"小偷小摸"证据的地方。

进入盛夏,才是真正的瓜果期。母亲开始一篮篮地从地里带回菜瓜、黄瓜、小白瓜,但也不保证每天都能畅怀大吃。母亲说每一个藤蔓上开花的时间不同,自然瓜熟也就有了前后。我们跟在母亲后面,希望能多摘一些。但母亲一看知道哪个瓜熟,哪个瓜三天后才能摘。地里躺了许多瓜,而母亲心里很清楚,每天哪只可摘,哪一只还没熟。母亲说瓜非熟不可。我不相信,偷偷地摘了一只,果然味儿完全不同。"强扭的瓜不甜",我们这些屁孩很早就知道。我们还学着母亲的样子用手指轻轻敲一下瓜,如果熟的,则会发出"咚咚"的声音,听上去沉且脆,而那些听起来响又感觉闷的表示还没有熟。

有一次,我悄悄溜进瓜地,东瞧瞧西瞅瞅,希望能找一个不太会被母亲发现的瓜,后来我发现有一个瓜从藤蔓上掉下来了,心想如果母亲知道我吃了这个瓜,我有理由为自己辩解,因为这个瓜不是我摘的。我为自己找到的这个理由感到很满意。只是这个瓜因为熟过头了,咬下去有点软软的,用手一掰,瓜很快变成了两半,闻起来却特别香。母亲到底还是没发现这个瓜,但我对落蒂的瓜有了隔阂,因为不够脆甜。

瓜藤慢慢变黄,再慢慢枯萎,地里露出了几只看上去有些蔫的瓜。于是我们的目光再次转向梨树与桃树，沉甸甸的果实压弯了枝头。这时果树最容易长虫，母亲赶在清理瓜藤前喷完最后一次农药。母亲摘完了最后一只瓜后，开始种上花生。树上的果子要等三周后才能摘。母亲不会让我们在这三周里让嘴闲着的。自留地里还有几十支甘粟，比甘蔗细长，顶上有一丛跟稻穗差不多的谷粒。等甘粟表皮蒙上白屑就可以吃出甜味来。甘粟皮与甘蔗皮最大的区别是前者不能和后者一样几节可以连成一根，但甘粟的皮很薄很软，我们常常用来做灯笼。

　　当夏天拽着尾巴进入秋天的时候，桃树只留下一片片略泛黄色的叶子。梨树上还有几只梨，看起来有些干僵瘪少。母亲说这样的梨不容易腐烂，还可以在秋天里多待上几天。秋天不会让我们感觉寂寞，还有一些水果。院墙角落里的枣树上摇晃着一颗颗枣子，我们称它"白婆枣"。当它的皮变白，且略有些黄时就可以摘下来了。枣是要打下来的，不能爬上去，因为枣树上长着一些尖刺，再则枣树打过后第二年长得更好。好像这一打，枣树长了记忆。更重要的是打下来的枣，嘎嘣脆。一株枣树可以让我们有了丰收的感觉。

　　在西北风开始光顾前，母亲把橘子树上的橘子全部剪下来，在家里铺上一层厚厚的稻草，橘子就放在稻草上面。这些橘子将是我们一个冬天的水果。外面刮着呼呼的北风，我们坐在灶膛前,帮母亲烧火做饭。当然,与其说帮着做家务,还不如说是想煨东西吃。我们把橘子放在灶膛里,上面遮一些灰,半顿饭的工夫就可以吃到一只酸酸甜甜的橘子。那些被烤焦了的橘子皮发出幽幽的香气,弥漫在小小的厨房里,与一缕缕炊烟一起飘出烟囱,在灰蒙蒙的天空染出一道橘黄色来,那是橘子的幻想?

藏钱

　　我们的口袋通常是空的。但母亲每次洗衣服的时候，都会仔细地把口袋翻出来，用手往袋里掏，然后朝外拉，衣服口袋像两只耷拉着的耳朵各挂在衣服的一边。有时母亲会掏出几张钱币，湿湿地粘在了一起。母亲小心地把纸钱分开，放在洗衣板的一角晾晒。偶尔也会有几个硬币不等母亲把手伸进口袋，直接蹦了出去，母亲忙低头去捉那几个硬币。

　　当然，这些只会出现在父亲的口袋里。母亲自己的衣服早就在洗前摸清了。即使不摸，母亲对自己的口袋也一清二楚。

母亲洗衣服，一搓二刷三洗，不会有多余的动作。包括我们的衣服，母亲一样不会缩减动作。

只是，我们的衣服口袋里从来没有看到过钱。但母亲花费在我们的口袋上的时间却并没有少。口袋的角角落落得洗个遍，里面藏纳的是一些渣滓，进水后黏成了一块。母亲得浸在水里用力搓才能洗干净。

我们自己也不知道到底藏过什么，但非常清楚地知道肯定不是钱。钱不会藏在衣服口袋里，即使有钱，那也只是在口袋间暂时放一放的。从口袋里洗出来的东西中母亲知道我们曾钻到过什么地方，豆壳、麦粒、油菜籽等，几天的行踪全躲不过母亲的眼睛。

因为我们的口袋里没钱，所以也没有钱袋。不过，没有钱袋并不意味着我们一直没有钱。我们也有有钱的时候，过年长辈给我们的压岁钱，这可是一笔不小的财富。

当我们第一次用钱买到自己向往的东西时，对钱有了直接的认识。那一张张花花绿绿不同面额的纸原来不仅可以让物品来来去去，还可以让日子流动起来，父母每天流汗的结果也就是在年底为了几十张"拿钢钎的工人"和"大团结"而已。

日子艰难的时候，"拿钢钎的工人"很难见到，几张"拖拉机手""车床工人"在家里也算不错的了（一元与二元的图案）。大人也很难确保口袋里有钱,我们屁孩自然不太可能超过有"车床工人"的数额,哪怕过年最多也在"拖拉机手"以下,几张"纺织工人"和"长江大桥"藏在衣袋里,不时地取出来又放进去,舍不得花掉。不过,我们到底还是会花掉一些的。

钱少下去,这日子却多起来了。每年差不多快要到年底时,父母总会感觉到钱会一下子紧张起来。队里的分红还没到,而年关却越来越近。人跟着日子过,日子跟着钱周旋。生活就在这一前一后中慢慢过去。我们说不上特别懂事,反正家里的日子明摆着的,父母不可能有给你零用钱的习惯,最多平时给你几张蓝色的"飞机"和绿色的"轮船"(二分和五分的纸币),就这些碎钱让口袋藏着也不太可靠,我们会担心嘴巴管不住这些钱。

父亲从竹园里砍来一根竹子,取了其中的一截给哥做了一个"节约筒"。"节约筒"留有三个竹节,父亲在中间的一个竹筒处挖了一个小小的眼,比五分硬币的厚度稍微大了一点,自然五分硬币以下的都可以塞进去。哥很兴奋地把他积攒的硬币一个一个地塞进去,每次响起"叮当"一声,他的脸上就会洋溢出一种带着光泽的笑容。父亲说,这钱丢进去后就拿不出来了,除非把它劈开。我一听,不由自主地把手伸向口袋,里面有几分钱,是母亲几天前给我的。我在口袋外又紧紧地攥了攥,硬币隔着布袋在手心里还是硬硬的。钱被我攥在手里,那些欲望才会或淡或浓地回来。

父亲问我要不要也做一个，我迟疑了一下拒绝了。转身跑进房内，掀开被褥，几张被折得整整齐齐的纸币躺在席子下面。这是过年时我留下来的压岁钱，有一半已经被我花掉了，其余的全在这里。我学着奶奶的样子食指在嘴巴里蘸了一下，用拇指与食指夹住纸币的右上角，一张一张地数了一遍，不多不少，一块三角。我从抽屉里找出一块碎布，把那几张纸币小心翼翼地包在里面，捏了捏，快速地放回原处。

哥和我都有各自藏钱的地方，只不过大家都比较隐蔽，谁也不知道藏在哪儿。有时要取钱了，便叫其中一个人要么走到外面去，要么闭上眼睛，不能偷看，实在信不过时还会让对方发誓赌咒几句，以确保钱被藏得安全。这种方法哥用过，当然，我也不会不用。不过，我有一个小心眼，每次动用一次钱后总会换一个地方，凡被我认为比较私密的地方我都藏过钱，甚至在马桶箱里也藏过。我不知道哥有没有在那儿藏过钱，只是后来我觉得钱在那儿藏过一段时间取出来有一股味就没再藏了。尽管我们指天指地发誓大愿，有时还是很难保证自己内心没有偷钱的念头，只因实在找不到藏钱的地方而无奈作罢。

哥自从有了节约筒后每天不再需要我去配合他的赌咒，而是大方地把钱筒放在睡觉旁的柜子上，还煞有介事在我面前抓着节约筒摇动几下,里面一阵噼里啪啦。清脆的声音告诉我竹筒里的钱其实并不多,可哥并不满足自己刚才的动作,还把耳朵贴在竹筒上,轻轻晃动,硬币碰撞声随着他手的频率从弱弱的灯光中传过来。我装出一副老成的样子,把自己的眼睛管得牢牢的,闪烁的目光尽量往屋顶瞟去,连眼角的余光也填得满满的。哥见我情绪稳定,似乎有些放心,又似乎有些失望,把钱筒竖起来后上床睡觉,留下我一个人还紧紧地收缩着目光。

哥得到零钱的机会比我多。因为他是男的,爷爷奶奶宠着他,父母疼爱着他,就是压岁钱他也总比我多几份。再加上他有了这个节约筒,他的钱渐渐多起来了,竹筒里的声音越来越闷,而且哥摆弄他的节约筒时得抱着。哥满足于每天从竹筒里传出来的"窣窣窣"声,有事没事提几下,有时还很夸张地侧着胳膊咧着嘴,意在提醒我竹筒很沉。这个时候我最喜欢做的事是让哥走到屋外,闭上眼,不准偷看。哥一见我提出这个要求,知道我又要去数藏起来的钱了,而且心里清楚我这有点挑衅,但又不好拒绝,毕竟他也曾经这样对付过我。哥在外面仰着头,一动不动地站在院子里,等待着我解除"警报"的消息。我在屋里坏坏地注视着哥的背影,并没有去掀被褥什么的,那些碎钱我不数也一清二楚。直到哥再三大声地问我好了没有,我才慢腾腾地走到院子里。

　　钱被我们藏着,掖着,心里时时鼓起一分兴奋,那是我们有支配能力的唯一证据。我们小心翼翼地攒着钱,一有钱的时候很少放在口袋里,一旦放在口袋里就不保证这钱能藏得住。然而,这种兴奋的过程却不够绵长,我们希望藏住钱,而更多时候钱却总躲着我们。

　　几个月后那些钱从手里溜了出去,一部分进了嘴巴,一部分变成了书。日子于是开始过得漫长起来。没钱可藏的时候,我们盼望着过年,那可是堂皇得到钱的一次机会。我们有时会动些脑筋,比如帮大人做些活,换些小钱;有时去捡知了壳卖到供销社。就这些办法也不能让自己感到满意。

　　我的脑海里不止一次闪过从哥节约筒里偷钱的念头。父亲说钱进去了就出不来的那刻起,我就不信这个说法。哥在我面前炫耀竹筒里的钱时,我虽然稳稳地收住情绪,但心里早在琢磨着怎么样把钱从竹筒里取出来。我想把节约筒塞钱的口子割大一点,便于把里面的钱用铅丝钩出来。很快,我发现这种方法太直接了,明眼人一看就看出破绽来。我思忖着怎么样能从节约筒里拿出钱来,但实在想不出不易被发现,而且又可持续"偷钱"的法子。

　　我盯着节约筒足足有十几分钟而无果后,一气之下,拎起节约筒狠狠地往下甩。忽然,一枚钢镚从里面跳了出来,摔在了地上。我惊喜若狂,一把抓住地上那枚硬币。虽然这只是二分钱而已,但我并不感到失望。自从这个方法被我知道后,我每天都要甩节约筒。结果好景不长,甩的声音太响了,惊动了哥。哥瞪着眼睛,虎着脸,责问我想干吗,我红着脸假装气鼓鼓地说:"我只是想试试你的节约筒是不是真的不会掉下钱来,干吗这么小气。"哥一听,得意地把节约筒举了起来,"当然啰,除非你把它劈了。"还故意在我眼前晃了一下。

从那以后,我再也没碰过哥的节约筒,甚至连眼睛瞧都不瞧一下。直到有一天,哥的节约筒已经塞不下硬币了,父亲拿来一把斧头,把节约筒劈成两半,哗啦啦的硬币散落在地上。哥捡着硬币,一脸的幸福。藏钱最后的程序是为了数钱,一叠叠硬币按照面额竖立在桌子上,哥专心致志地数着钱。一会儿把钱排成几排,一会儿又故意在叠起来的钱上面掉下一枚硬币,钱丁零当啷地撒了一桌。钱藏住了,却藏不住我们的兴奋。尤其在钱被如数亮相的时刻,积攒了许多日子的期待一下子缤纷开来,跳跃在脸上,闪烁在眼里,连同过去那些藏纳的心情一起飞扬。

念小学的时候,班主任在班级里设立了红领巾银行,大家有了钱可以存在那里。所谓银行,其实是班主任制作了一本笔记本,里面画了三个序目,存款人、日期和数目。我们小心地把钱交给班主任,看着他郑重地写下我们的名字,在后面填上钱的数目。那些钱是我们好不容易积攒下来的,但到了红领巾银行里时只变成了一个数字而已,大家你看看我,我看看你,似乎很不放心,但谁也没有说出那个意思。

班主任说,大家如果想用钱的时候随时可以取出来,可没有人随便地提取出来。班主任每个月会把本子里存钱的情况在班上通报一下,被报到名字的同学自然很得意,把胸脯挺得直直的,那些没钱存进去的人不由得缩了缩自己的肩膀。钱虽然存进去了,说到底也是被藏了起来,只不过有老师帮你藏着,意在让我们节约着花钱。

我不止一次地疑惑着,这钱怎么藏到最后成了一个数字?我们存钱的兴奋就为了那几个数字而已? 可惜的是,当我明白这个道理时,我没有了藏钱带来的那一份彻底的快乐。

过年那些事

　　大人的日子是在手上溜过去的,结下一个个老茧,磨蹭出一节节粗糙的手骨节。摊开手掌,上面黑黑的纹路纵横交错,像一道道小沟壑。大人用这双看起来是不太干净的手,把清贫的日子过得干干净净。

　　岁月遗留的东西谁也没办法抹去。有时大人在墙脚根晒太阳,晒着聊着,会拿起一把剪刀,对着手上的老茧一下一下地剪过去。厚厚的茧皮呈米色,一片片地从手掌上飞落下来,似乎剪的不是自己手上的东西,而是遗留在别人岁月的一段日子。一年过去,对大人来说不过是剪去的茧皮上又堆积了一层皮。

我们的日子是在嘴巴里慢腾腾地过去。一日三餐,也就让肚子不觉得慌,至于额外的零食,那可是非常稀缺。一年到头,大人图个生活,无非让小的又长一岁,离懂事越来越近。所谓懂事也就是能体谅家里的难处,能替父母担当一些不易。小的对过年是盼着又盼着,不在于自己添年岁,而是过年意味着由嘴巴到眼睛,里外一新的一段时光。一进入冬天后,我们积攒了一年的盼望开始一天天往上蹿。

村庄里的日子比较散漫,鸡该到打鸣时才打鸣,春天是这个时候,冬天还是这个时候。村里人按着节气侍弄着地里的庄稼,该种啥就种啥,谁也不会乱了节气干活。日子在不紧不慢中过去,而我们却觉得漫长起来。好不容易进入腊月,才感觉到日头突然一下子短了。人们开始采购年货,家里开始变得进进出出。储藏了一年的大豆、花生、葵花子等一一拿出来,晒上几天,再装入瓮。只有受到阳光的充分暴晒,才能保证炒起来又香又脆。攒了很长时间的钱,被母亲掂量着拿出一部分,去购置一些过年必备的用具、货物。临近年末,狭窄的村道让给了来来往往的人们。牛被拴在了栏里,睁着大眼看人们的忙碌,却并不清楚人的前面怎么还是人。

"廿三送送灶,廿四掸掸尘。"村里人除了信基督教的,每家每户在灶前贴有灶君菩萨像,那是一张红纸木版墨印的灶王爷图像,像的两边贴有对联,通常是"上天言好事,下界保平安"。横批是"一家之主"。胖胖的脸上挂着慈祥的笑容,几缕髯须不失威严地垂挂在胸前。这是我们看到过的菩萨像中最有亲和力的笑容,也是唯一可以用纸代替塑身的菩萨像。或许灶君菩萨真正懂得人间烟火,既不住龛中,也不坐殿前,而是直接贴在烟囱壁前,接受一日三餐的烟熏火燎。最多在贴像处的外面用四块砖围成一圈,其简易与其他神佛相比不可同日而语。平时也没有那么多的繁文缛节,一年中只有腊月廿三送他上天时才供奉一下。点烛,上香,六碗素菜,主人对着东南角恭敬地拜三下,转身回到烛前,再下跪叩上三个响头。起身,取出插在香炉中的三炷香,揭下灶君菩萨像,连同几张黄表纸放入一只废弃的铁锅中点燃。一束卷着青烟的红光瞬间蹿了上来,哒哒几声后,留下一撮还泛着点点火星的灰烬。很快,星星点点变成了灰色。

　　这是过年前举行的第一个仪式。过了廿三后,村里人习惯称"夜"。意在提醒主妇,岁暮临近,抓紧掸尘,祝福与过年诸事抓紧准备。河埠头上的水渍刚干,又湿了。主妇们一会儿忙灶前的事,一会儿又忙着洗洗涮涮,擦擦抹抹,得在年三十前把诸事安排妥当。墙上贴张小孩抱着大鱼的年画。村庄上空的炊烟从早上一直飘到晚上,早已分不清哪是你家炊烟,哪是我家炊烟,炊烟忙着在屋瓦上纠缠,似乎交流着谁家炒得脆,谁家煮得香。一家家煮的煮,炒的炒,备下一锅锅的食物,留着正月里吃。灶洞跳跃着火苗,映红了我们的脸,也映红了村庄的气氛。人们的心情随着跳蹿的火焰忙碌在年事里。我们乐于做大人的帮手,添点柴,递些东西。等母亲把炒好的瓜子晾在桌上时,不顾烫手,抓起几颗往嘴巴里塞,一边咧着嘴吹气,一边咬上几口。

母亲把一坛坛的豆子搬出来,白的扁豆,红的赤豆,黑如漆的黑豆,金色的黄豆,还有豇豆,用水浸泡一天,然后熬成一锅褐色的粥。吃起来时你已分不清哪是扁豆,哪是赤豆,糯糯的,一碰到舌尖,一下子到了喉咙。最让我们兴奋的是母亲做"多米糖"。先把买来的糖放进锅里熬成糊状,不断地用铲去搅拌,以增加黏性。等锅里的糖用筷子提上来变成一条丝时,赶紧把雪白的"落谷胖"倒入锅里。这时火不能小,也不能太旺,烧梨树枝是最好的,不紧不慢,火焰的上端呈淡青色。母亲挥动着双手,两把铲子左右开弓,以保证糖渗透到"落谷胖"。等差不多时,母亲又会加入黑芝麻、花生,再搅拌一会儿。出锅后摊在筐箩上,码匀,压平,砌成一条条,凉后变成了一块块又脆又硬的"多米糖"。

做"多米糖"的"落谷胖"是米。一到年底,村里就会有一位老人来做"落谷胖"生意。我们捧着母亲给的米或黄豆、年糕片,

　　在老人身后排成队。老人把我们拿来的原料倒入那只又厚又黑带了尾巴的锅里，密封后，一只手不停地摇着那只肚大两头小的家伙，另一只手不时往搁在下面的火炉里添煤块。我们把带来的粮食按先后秩序放好后，再也耐不住性子，一一个凑上前去，紧紧地盯着老人的手。老人一会儿顺时针摇，一会儿又逆时针转，双手一刻也没闲。我们不时地问好了没有，老人笑眯眯地回答："快了，快了。"原来锅后面有一只压力表，等上面的指针到了一定数字时，老人便停下手，把锅的口对准一只早已准备好的编织袋里，大喊一声："放——炮——哦。"我们忙用手捂住耳朵，"砰"的一声，锅口冒着白烟，而编织袋里散落了许多"落谷胖"。我们冲了上去，一人一把，满嘴香喷喷的。

　　这段日子裁缝师傅也是最忙的，每家每户总要请裁缝来做新衣服。虽说"新阿大，旧阿二，破阿三"，但做母亲的，总想方设法让自己的孩子过年时穿上一身新。裁缝是请到家里来的。那天父亲提着扁担早早出门，去邻村的裁缝家里挑来缝纫机。父亲到家后帮母亲卸下门板，母亲则从木箱里取出几块布料，一一摆放在蒙了一层被单的门板上。布料散发着刺鼻的樟脑味，可阻挡不了我们在门板前跑来跑去，不时地用手偷偷摸一下，比较着这块面料软滑，那块材质挺括，想象着穿在身上会是怎样的漂亮。裁缝是一位中年妇女，面容端庄，穿得干干净净，许是自己是裁缝，身上的衣服怎么看都比平常人来得得体。我们村里人大大小小称她裁缝师傅，这也是手工业里唯一的女性师傅。她来的时候，胳膊下夹着一只小抽屉，里面是尺、剪刀、划粉。进门后，母亲把一块块面料介绍给她听，这块是谁的，用来做什么。我们在一旁兴奋地等待她叫我们过去量尺寸。裁缝师傅拿皮尺量时，我们一会儿乖乖地举起手，一会儿又顺从地转过身，心里的高兴一下子从嘴巴旁露了出来，又很快挤到了眼睛里，几乎谁也不敢多看，硬是让眼睛含住笑。

新衣服做好后，再也舍不得放进箱子里，挂在了蚊帐里，过年前的几天中时时瞧着，看着，有时还偷偷地试穿几次。"大年三十一餐饭，正月初一穿一身"。新衣服初一才能穿，那是村里最艳的一天。人人都穿戴一新，各种色彩在新年的第一个早晨全集中起来，村庄里不再是灰扑扑的，而是鲜亮得让人眩晕。

这是我们的情绪在一年当中最受到鼓舞的一段日子。这期间哪怕我们多淘气，惹下不该惹的麻烦事，大人也不会打骂我们。村里也不见任何口角的事，大家脸上挂着从容的神情。打骂、脏话属于禁忌的事，如果谁犯了这个规矩，谁就会被村里人拒之门外，甭想串门、借东西。大人的语言开始变得文雅起来，听不到任何有失礼的话。那些有杀气的词也不能说。杀鸡宰羊，说成"谢鸡谢羊"，而且必须逢单日。

　　大年三十夜是村里最祥和，也是最热闹的一天。鞭炮声此起彼伏，一缕缕青烟裹着纸灰飘荡在上空，家家忙着开始祝福的仪式。一般人家用三牲福礼，条件好的用五牲或七牲。把煮熟的鸡鹅放在红漆木盘上，插上筷子，并放一碗牲血，寓为全鸡。摆放还有很多讲究，猪头的嘴须朝上，鸡、鹅要屈身跪腿，头朝外，以示恭迎福神。所用的鱼须鲜活，并用红纸贴眼。外加年糕和汤圆，寄托一家人期待新年"年年高"和"头头顺圆"。家里小孩读书的，放上一串粽子，希望孩子"中状元"。村里做祭祀唯一不能用的家畜是鸭子。鸭子走路、凫水、吃食，都合不上它的扁嘴巴，有多嘴多舌之意。村里人说女人间的吵，直接拿鸭子说事，"三个女人一群鸭"，寓意女人间不仅话多，而且又各说各的，谁都愿意当成听众，但谁都不把对方的话记在心里。

　　三茶六酒，依次摆放在桌的三面。祭桌按"横神直祖"的惯例，依木纹横向置放，朝外祭拜。一对大红蜡烛点燃后，开始祭祀。主持祭祀的是男当家，之前必沐浴、理发，穿戴一新。每次斟酒完毕，必跪拜一次，其间的间隔比较快，三巡后即烧佛经、元宝。这时候大人不准我们碰桌子，也不让大声说话，家里一片肃静。烛火跳跃着，结出灯花，常令主人感到满意。祝福仪式结束后，马上举行祭祖，俗称"回堂羹饭"。撤去三牲，把蜡烛移到"下横头"，不能吹灭，须点上几个小时。祭桌转向直纹，摆上一些素菜,同时放上凳椅,重新点上一对蜡烛,朝里叩拜。主人一边叩拜,一边向祖宗讨福,不外乎保佑全家平平安安,读书的聪明,劳动的有年成。祭祖的时间很慢,村里人有"快菩萨,慢祖宗"之说。快慢原来全在有没有凳椅。或许神不需要位子,脚下有祥云,来去方便。再或许那么多家在同一天举行祭祀,神顾不得停留,忙着赶场子呢。当然,这只是我们的猜想,大人从来不允许我们多嘴。

不管快慢,这祭祀的时间总是有限。一旦结束,我们的嘴巴与腿早已活络开来。搬走祭祀用的物品后,我们赶紧摆放上吃的、喝的,准备年夜饭。这是一年来最惬意的时刻,大人不等你开口,从口袋里摸出一只红纸包。虽然大人一再关照要等第二天才能开启,我们哪能按捺得住,一个个急着开封数钱了。这个钱不能用,得放在枕头下,压过后会起到辟邪的作用。所以那天我们有时能得到双份钱,买甩炮的是母亲另外给的。

年在我们的嘴巴里化作了一道美味,却又长久地停留了下来。年又在我们的身上变作了一件衣裳,把过往的期盼缝进下一年的日子里。

一年到底要过去了。深夜,父亲放好关门炮后,我们钻进被窝,摸摸枕下的压岁钱,看看挂在一边的新衣服,满足地睡去。

拜坟岁

"乒——乒——乓——乓"外面此起彼伏的鞭炮声硬是把我们惊醒过来。我们揉了揉眼睛，支起身子，问母亲几点了。母亲隔着蒙蒙一丝光亮，说是还早呢。我们倒头睡去，而村里的大人们在晨光与夜色交替之间继续忙碌祭祀的事。刚才响的是开门炮，照例是"请大菩萨"。只不过，祭祀的程序没有大年三十来得复杂，大多家庭请的是素菩萨，祭桌上摆放六碗素菜就行了。也因为这个，这天早上大家都吃素，就连我们小孩也一样，以示对菩萨的敬重。

等鸡叫过三遍后，母亲就催我们起床了。平时母亲还允许我们睡懒觉，但初一不行，得赶早去拜坟岁。我们起来后，灶上已经贴好灶神菩萨的像，还是那句"上天言好事，下界保平安"对联，只不过跟我们一样穿了一身的簇新，特别醒目。像前的蜡烛和香还点着，前面摆放着几样供果。那都是刚拆封的。供奉菩萨的都必须是原装品，就是菜也是母亲烧好后第一碗盛的。如果一不小心被我们偷吃了，这碗菜不能再摆上去，得重新再烧一碗。灶神前还得摆放一碗糖水和一碗母亲大年三十做的"团子"，寄寓着一年甜甜蜜蜜和团团圆圆。我们琢磨着，可能一碗糖水能让灶王菩萨上天时说些吉利话，不至于说坏话吧。不过，灶王菩萨有糖水喝，接下来我们也可以喝上几天的糖水。随便跑进哪一家，主人肯定会泡一杯糖水给我们。正月里，尤其初一说话得甜着点，大人绝不允许我们说脏话、粗话、不吉利的话。有时，我们一不小心说了不该说的话，大人忙让我们连声"呸呸呸"，然后泡一杯糖水给我们漱口。当然，我们是舍不得吐掉的，还没弄湿嘴唇，早被我们咽了下去。我们稍大一点知道了村里的这个习俗，怎么着也要守住嘴巴。主人一杯糖水递过来，我们一下子有礼貌起来。过了正月十五后，这糖水从桌上消失了。但糖水好像有了记忆，我们居然还能中规中矩。

吃过母亲过年前熬的粥后，我们穿戴一新随大人一起拜坟岁。来到祖宗坟前，大人点烛，上香，也没有供品，跟平时的祭祀比简单得多。一边放鞭炮，一边点燃带来的纸钱。大人对着墓碑三拜后，嘱我们一一对着祖宗的坟头拜上几拜。我们一边拜，一边有些心不在焉。家里有老人的，我们初一一早起来后就会跑着过去，跪在"踏床凳"前拜上三拜，躺在被窝里的老人就会从枕头下取出一只红包。我们领过后再拜几拜，赶紧溜出屋，到外面数钱去了。可对着坟头拜自然得不到红包。大人知道我们的心思，便叮嘱我们只有拜过坟岁后才可以去拜家里的老人。

　　早几年有一种说法，拜坟岁去得越早，越早发财。这样一来，村里人有的摸黑去拜坟岁。小孩从睡梦中被拽了起来，胡乱洗理后，随着大人打着手电筒来到祖宗的坟前。村里有一种习惯，祖宗坟大都安置在自己房屋旁边或后面。尽管每个村有属于自己的公墓地，但村民愿意在自家的自留地上留出几厘地作为祖宗的坟地。村里有老人过世，出殡后有许多的仪式，甚至怎么哭、什么时候哭都有讲究。送葬的以及抬棺材的在外面转一圈后，仍然回到了村里，那块坟地还是过世老人曾经劳作的地方，留下过的汗水和足迹还在散发着熟悉的气息，逝者与生者相隔的不过是一道烟火味。祖先还是与我们一起生活着，似乎停留在空气里的气息会时时飘进屋里。也许因为这个，我们白天敢去坟头挖野菜，摘花。

后来又不知是谁从哪里听来,说是不能在鸡未啼之前去拜祖宗,只有野鬼才接受这种祭拜。大家一听觉得有道理,从此再也不摸黑拜坟岁了。之后,我们听一位上了年纪的老人说,正月初一拜坟岁风俗由来已久,大概明朝的时候,现在的慈溪余姚上虞一带,地处滨海,经常有倭寇侵袭,朝廷派兵,屡镇不禁。有一年的除夕,百姓正值过年,大家团圆欢乐之时,倭寇乘其不备,突然侵袭,慌乱中妻离子散,家破人亡。其中部分老百姓弃家而逃,待第二天回来,亲人多已死去,村庄洗劫一空。这些活着的人只能草草掩埋亲人,同时大家都约定,每年正月初一作为死去亲人的忌日,上山祭奠。几百年来成了习俗。

虽然,村里早已废止了摸黑拜坟岁的习俗,但去坟头拜岁的时间也不能过迟,而且下午不能去,只能上午。按照母亲的说法,祖宗正等着我们去拜年,拜过后祖宗一年内都会在路上跟着你,保佑你平平安安。如果谁不去,或拜得不认真,甚至纸钱烧得不够多,祖宗就会以托梦等诸多方式来传达。离我们村约十里路有一位神婆,我们俗称"肚里仙",过世的亲人可以通过她进行交谈。我和哥曾随母亲、姑姑一起去过那儿"关仙"。"肚里仙"是位五十多岁的妇人,身材矮小,面容清瘦,后脑梳着一只髻,穿一身藏青的土布衫。母亲报上爷爷坟墓的方位,以及爷爷过世的时间、年龄等后,"肚里仙"焚香,闭眼,端坐。我们在大人的授意下大气也不敢出。屋里寂静过后,"肚里仙"开始打嗝。我们既好奇,又感到一丝惧意。一会儿,"肚里仙"张开眼,愣愣地看一下周围的人,目光里的神情似乎有些滞涩,看得我们有些害怕,仿佛一不小心就会掉进去再也出不来。"肚里仙"的声音也变了,比刚才显得有些粗糙。母亲与姑姑见状就问起话来,有几个孩子,家里好不好,等等。"肚里仙"用唱的形式回答着问题,我们听不懂,可不敢问。母亲与姑姑正虔诚地听着,时不时地点头。一炷香快要点完时,"肚里仙"打起呵欠来。母亲忙问,还有没有需要交代的事,"肚里仙"断断续续地说了几句话。这次我们有些听懂了,意思是说你们每年都记得祭拜,没有落下过。我们睁大眼睛,原来爷爷真的知道我们拜坟岁的事?!从此,再也不敢在拜坟岁的时候表现得随随便便。

一缕青烟从坟前飘起,碰到了墓碑又折了过来,慢慢往下走的时候,又从容地升了上来,萦绕在坟的四周。风似乎被绊住了,一个趔趄,踉跄着从烟的身旁穿过,直到与另一缕青烟缠绕才慢慢返回到自己的脚跟。空气里渐渐积淀了一层回忆。母亲指示着我们这儿拜三拜,那儿拜三拜。我们认认真真地拜着,母亲在一旁絮絮叨叨着,这是男阿太,这是女阿太。小的时候男阿太抱过你们,女阿太帮你们洗过尿片……母亲仿佛沉浸在往事之中,连我们几个月大尿过都记得一清二楚。我们很惭愧,母亲讲的事一点都没有印象。家里除了有爷爷的遗像外,阿太们的照片一张都没有。母亲见我们懵懵懂懂样,认为我们拜得还不够有情感,于是描绘起阿太们长什么样,曾怎样亲近过我们,似乎努力激活我们遗留在记忆外面的元素。我们听后,不知怎地,肃然敬重起来,恭恭敬敬地对着祖先的墓碑拜。母亲当然不会忘记对祖宗介绍我们,这是谁,多大了。还不失时机地向祖宗讨福,保佑小的聪明,健康。

拜坟岁也是根据长幼辈分来拜的。平辈人之间不能拜,爷爷过世后奶奶只给我们准备好纸钱和香烛,可自己从来不与我们一起去。所以拜坟岁一般看不到年纪大的,都是些小辈。这辈分的事不管哪一界都得遵守。而且这一天,不管你心里对已故亲人多么思念,也不能表现得忧伤。要把拜坟岁看成给长者拜年一样,欢欢喜喜。

鞭炮声次第响起,从这家屋后传到那家屋前。淡淡的青烟顺着一串歪歪扭扭的脚印,从坟头一直到家门口,盘旋着,再慢慢散去。回首,青烟似乎又回到了来时的地方。这时,拜年的热闹声渐渐在村庄里扩散开来。

正月十四夜

　　这天,村庄里的烟囱又慢慢热闹起来,从几天前的稀薄恢复到了过年前的稠密,可以从早上一直到晚上冒着青烟。整个村庄上空蒙着一层淡淡的烟云,青色里裹着一点灰。我们习惯称它为烟火色。老人经常说,人只有沾上那种色才叫过日子。村里的老人过了六十岁后眼睛看起来有些浑浊,眼球的颜色跟我们也不一样,不是黑色的,而是灰色的。他们慈祥的笑容让眼里的灰色显得更深。

　　这是村里过年后的又一个重要节日,称为"小年夜"。于是村道上的脚步声厚过了落下来的尘埃,外面走亲戚的这天一定要赶回村庄里来。新媳妇自初二回娘家后,做丈夫的早盼着这一天。要远行的人开始为出门做准备。年长的要为出远门的人掐日子,几经斟酌,选择一个宜出门又没犯忌的"日脚"。窝在别人家打牌的男人这天得从牌桌边回到自家的灶前,由妻子差遣,该往灶膛里添火时就得添火,要担水时得挑起水桶把缸里的水蓄满。女人把过年前烧下的一锅锅肉与鱼重新煮一次,那些瓮里的油豆腐倒入锅里滚过后再让它打冻,可以一直吃到正月底。年三十祭祀用过的饭、菜从米瓮里拿出来,根据有没有变质进行分门别类地处理。

　　一天的忙碌并非要举行大的祭祀活动,大家之所以约定俗成,其实也就是给大家提个醒,正月一半过去了,抓紧时间理理头绪,节后该往园子种些啥,农田里忙点什么理应开始考虑起来,而且可以在此刻互相交流些想法。村里有这样的说法:"火烧门前纸,大人做生意,小的捡狗屎。"一根从初一松下来的弦开始慢慢绷紧,勤快的男人会从旮旯里取出藏了一个月的锹儿镢儿,拿起一块磨石在刀嘴上磨起来,嚓嚓嚓的声音非常刺耳,却喜坏了家里的女人,知道自己的男人闲着的心又收回来了。

　　过了正月十四就是元宵节。会缠的孩子这时使出浑身解数,让大人给自己制作一只花灯。拧不过孩子纠缠的,会给孩子做一只五角生肖花灯。夜晚点上生肖灯"照五角"，边照边念："正月半照五角，角角落落都照到。照得缸缸满。蛇虫百脚照出去，金银财宝照进来。"但大多数孩子对花灯不是十分在意，也不指望大人替自己做一盏灯。毕竟做这样的活既不能缺闲心，又不能少闲时。大人刚忙活好年事，哪有多余的时间去做这些细致活，何况还要准备竹篾、彩纸、蜡烛等。所以我们不过元宵过十四。

其实，早在大人忙灶前事的时候，我们也忙开了，只不过我们是忙灶后的事，把稻草捆扎成一束束，又找来几根竹或木棍，做成火把。当然，做这些事无须瞒着大人，因为这晚是我们的节日。我们在村庄里玩水玩泥，大人由着我们，但不允许我们玩火。一来担心会发生火灾，二来是怕我们晚上尿床。我们哪一天尿床了，大人在打我们屁股的时候肯定会厉声责问白天是不是玩火了。在得到肯定时免不了加重地打上一顿。但在十四晚上是一个鼓励我们玩火的日子。

傍晚后村庄里的炊烟渐渐停歇，就等着菜地里的火光亮起来。我们兴奋地从一家跑到另一家，观看其他同伴准备的火把。条件好的会绑上一团棉花，燃烧起来特别容易，火花也漂亮，但实在不耐烧。很多孩子是用稻草加一些废棉布，然后蘸上煤油或柴油。不过，这也只能引火用，谁也不敢多浪费。我们有时也偷点生产队里的柴油,谁的火把燃烧的时间长谁肯定偷用了柴油。大人心知肚明,也不怎么去责罚孩子。这是一年中我们最轻松最惬意的一晚。

我们出门前,被奶奶拦住,说是必须先去竹园里摆一摆竹子,意在祈求新的一年里自己像竹子一样快快长高,边摇边唱:"嫩竹爹,嫩竹娘,你长高,我长长!"竹林被摇得哗哗作响,我们的心也像竹子一样扑扑直晃悠。念过三遍后忙举起扎好的火把冲向菜地。早来的孩子已经举着火把在跑了。一时,火苗东一串西一簇,看不见下面的人影儿,却见火光一会儿这边旺着,一会儿在那边蹿着,像天河的星星撒落人间,又像春天千万朵花儿开遍大地。我们一边举着火把跑,一边大声喊着"正月十四照蝗虫,人家的榨菜像臭虫,我家的榨菜像斗篷"。我们谁都知道自己脚下在跑的是生产队里的农田,根本不是自家的,但依然兴高采烈地喊着那句不知传了几辈子的话。直到有一天,我们在自家田里举着火把重复这句话时,所有的心思并不在于自家的榨菜能不能长成斗篷,而集中于时时会跳蹿上来又会随时消散开去的火上。村里的人全靠天吃饭,洒在农田里的汗水谁也不会少,经过手的活凭借老农民的经验都离不了八九。没有因为我们的"诅咒"而真让别人的年成像"臭虫"一样瘦弱。风吹偏了我们的"诅咒"方向,分不清你家我家。我们的欢乐渗进了土壤里,变成了庄稼的记忆。

我们跑过去的风把火苗分散下来,成了一些火星,在头上哗哗直响。我们大叫大喊着,左右躲闪着掉下来的火星。不是怕火星烫自己,而是担心烧到身上的新衣服,谁也不敢保证明年过年时的新衣服不会是这件。农田还没有解冻,硬硬的土壤里留存着过年前的雪渣,来回几次后竟然沾上了泥巴。我们手上的火把让土醒了过来,地气开始跟上我们脚步了。一束火把最多烧上十分钟,过后得立刻接上另一束。好在我们事先都做了准备,随时可以继续我们高昂的情绪。

村子里黑漆漆的,没有人会错过今晚的火把。大人们都站在屋檐下观看着我们,从依稀的人影里辨别着自己的孩子,期待着今年有个好年成,鼓励着孩子们能跑得远远的,希望把整块田都能跑上一遍。举火把的只能属于小孩。家里没有小孩的,便在自家菜园里插上红烛,一滴滴掉下去的烛泪濡湿了结板的泥土。似乎滴下的不是祝福,而是一种期待。我们有时会在大人的授意下跑进这些没小孩的菜畦里,为他们照一照蝗虫,回去时口袋里鼓鼓的。

当我们带着一身兴奋意犹未尽地回到家时,母亲开始张罗请"屙缸姑娘"(即厕神)。所用物品很简单,一对蜡烛,三炷香,在厕所的一角点上,也没有什么供品,烧几张奶奶平时念的一叠佛经。平时敬佛很快,有"快菩萨,慢祖宗"的说法,但请"屙缸姑娘"很慢,得让蜡烛与香点完了才算结束。母亲一边拜一边念念有词,但声音很轻,几乎听不到她在念什么。不过,既然是请神,无非是祈求得到保佑吧。

有一段时间,村里的婶婶们学会了请"唐山姑娘",也在正月十四夜里举行。在一张八仙桌上放一只大盘子,里面放一层米,然后由三个婶婶托着一只淘米盛饭的筲箕,再在筲箕上蒙一块象征头巾的红布。筲箕口上绑着一根筷子,好让"唐山姑娘"用它在沙盘上写字。焚香,跪拜,对着蒙上红布的筲箕报上村庄的地名与方位,祈求她的到来。二十分钟后如果还没有动静,重新再焚香,跪拜。如果请来了,那块红布会动一下。然后大家就问她今年的年成怎么样,沙盘上会出现"好"字,如果不好则沙盘上面很胡乱。你问她多大了,她就会在沙盘上写上自己的岁数。当沙盘上出现"我要走了"字后,屋里人不能再问下去了,由一个持香的在前面引路,后面几个端着筲箕送到门外。

我们听说这件事后很想亲眼看看,但母亲说请"唐山姑娘"得在后半夜。我们自然熬不住瞌睡,早已枕着火把的余温沉沉入睡。这件事在村里传得活灵活现,可往细处打听时,大人又神秘地闭上嘴巴,不肯多透露一点消息。大人的神事自然对我们的儿事影响不大,到后来也没有人去打听这些事的真与假。

　　正月十四夜的村庄上空飘起淡淡的青烟,披着我们的欢笑,
从烟囱钻进来,化成了家里的烟火。有一天,当我们不能再玩火
把的时候,我们的眼睛也就慢慢被烟火熏成了灰色。

红灯笼黄月亮

　　不知是阿标哥的车技不好，还是我跟阿娣姐两人的重量让他吃不消，一路上车子总感觉歪歪扭扭。我坐在车子前面的横档上，如果路面平稳还好，最多有些麻而已，一旦遇上坑坑洼洼，那根硬铁像是上下活动起来，抽打着我的屁股，疼得我不由得发出"啊哟啊哟"的声音。

　　阿娣姐坐在后面的书包架上，直立着身子，两只手死死地抓着座位底下的铁架。车子每晃动一下，阿标哥像喘气的老牛，重重的呼吸声让我觉得头上有些痒痒，也有些好奇。我扭过头去，阿标哥的屁股向后扬了一些,而阿娣姐似乎向前倾了一点。车子一晃,两人不由自主地碰到了一起,又似乎努力地挣脱着。

一颗又圆又大的月亮悬在我们的左前方,静静地流泻着柔和的光芒。黑黑的影子拖着我们,一会儿跳跃成一坨,一会儿又长长地映在草垛上,那个叠在一起像个逗号的是阿标哥与阿娣姐的影子,而那个孤零零的顿号是我的。四周静悄悄的,空气里散发着一股清香,那是阿娣姐身上发出来的,出门时我就闻到了。

傍晚,吃过汤圆,我正准备出门找伙伴玩去,阿娣姐出现在我家门口。她问我想不想去看灯会,我疑惑地问她,哪里有灯会? 她说,区上有。我们村离区上少说也有十多里路,走着来去还不得半夜了。于是我拒绝了。

阿娣姐见状,忙说骑自行车去,方便得很。

"你又不会骑自行车的。"我脱口而出。

阿娣姐红着脸说,有人会带我们去的。我来了兴致,问她还有谁,是不是阿芬她们都去。阿娣姐支支吾吾地说,也就几个人吧,自行车带不了多少人。我晚上最多在自己村庄里转悠,从来还没有出过远门,这得由母亲做主。阿娣姐忙跑进母亲的房里,两人好像嘀咕了一番,最后母亲同意让我跟阿娣姐一起去看灯会。

今天是元宵节,村里人习惯吃汤圆,却没有人做灯笼挂灯笼。或许是大家被生活消耗掉了大半情绪,留下来的不是风花雪月,而是柴米油盐。我们渐渐有点淡忘这个节日。毕竟,嘴巴才是用来过日子的,而眼睛能明白个黑白也就行了。

阿娣姐让我六点半在家等,她会来叫我。我往口袋里塞了一些花生,还跟母亲要了一张"长江大桥"。母亲叮嘱我,一定要紧跟住阿娣姐,千万不能分开着走。我一边应着,一边在心里笑母亲少见多怪,也就看几只灯笼而已,有什么可以紧张的。

阿娣姐准时站在我家门口时,我一时惊呆了。阿娣姐穿了一身新衣服,上面是黑底红花的夹袄,下面是黑色的"涤纶"裤,脚上是一双新棉鞋,头上抹着"松发油",亮亮的,头发朝一边笔挺地贴在耳朵边。我张大嘴巴,"你真像新娘子。"阿娣姐的脸一下子红到了耳根。出门后,我还在想要不要再叫上几个人,否则第二天阿芬她们知道我一个人去看灯会,一定会生气的。路过阿芬家时,我正想去敲她家门时,阿娣姐忙拉住我的手,"别叫她了,车子坐不下。"我动了动嘴巴,最后还是妥协了。

村口的石桥上站着一个人,旁边立着一辆自行车,估计白天擦得锃亮锃亮,在月光下泛着银色。走近一看,原来是阿标哥。阿标哥也是一身新,隐隐还有一股樟脑味。我惊讶地问他,你怎么一个人在这儿? 阿标哥低着声音说:"我带你们去看灯会。"他一边说,一边放下自行车的撑架。他们两人似乎没什么直接对话,都冲着我说,再由我的话把他们的意思连接起来。我成了一盏灯,阿标哥是电线,阿娣姐是开关。

等月亮升起两丈高的时候,我们总算到了区里。远远地,我们看到几条龙,左右腾跃着,前面有一盏大红灯笼引路,旁边还有数十盏灯笼。再远些,还有一些点点红光,正慢慢移过去。步行十分钟后,我们来到了灯会的现场。这是区里的一条直街,纵深约有三百米左右。街两侧的树上挂满了许多灯笼,街上站满了许多人,影影绰绰。月光在这里染成了黄色,看灯的人,展灯的人,舞龙的人,把一团团月光从地上一直挤到树上,再一起藏进灯火中。一条叩龙,长约十五米,高大的头,几根龙须潇洒地凌空而起,一对眼睛活灵活现,非常威严。一身金黄,有十多盏灯笼巧妙地设计进腹部。下面有二十多个人用木棍撑起龙的躯体,看不清他们的脸,然而清一色的黄裤子,整齐地行进在人群中。叩龙每到一处,便向人群点点头,意为向人们祝福。这时,很多人会相拥到跟前,希望得到它的福佑。另一条龙是拜龙,全身用布做成的,通体是红色,鳞片层层叠叠,嘴巴一张一合,里面还衔了一颗珠子,一会儿欲从嘴巴里吐出来,一会儿又像含在嘴里,惊得观看的人群个个张大嘴巴。拜龙前面有人敲锣打鼓,还有一人提着灯笼作指挥。当灯笼往上提时,后面的人开始舞动龙身,像卷起波浪,一层一层地由前往后扭成"S"形。灯笼往左右转动时,布龙便向人群拜上三拜,人群照例响起欢呼声。舞过龙,人们的注意力转到后面的花灯与踩高跷。花灯的造型非常奇特,有观音送子,有仙女散花,也有十二生肖,惟妙惟肖。最累的是那些花灯下面的人,有的是抬着,有的是扛着,最轻松的是背着的,总之没有一个人是提的。他们的行走得靠前面锣鼓的节奏,稍有不慎,就会被前后绊住脚跟。踩高跷的个个浓妆,许是故意,或许是业余水平,化的妆非常夸张,也非常粗糙,但他们自如的步伐不得不让人敬佩。

因为怕我弄丢,阿娣姐与阿标哥一人一手拉着我。我兴奋地跳着,喊着,有时伸长脖子往前看,有时蹲下身子朝人缝里张望。然而,阿娣姐他们却出奇地安静,在我边上几乎感受不到他们对灯会的热情。我有些纳闷,不由得抬起头。阿标哥正望着阿娣姐,脸上一团白乎乎的月光在他的眼睛里闪闪烁烁,而阿娣姐微微别过头去,看着天上的那轮明月,目光里蒙上一层热乎乎的白气。我左右摇晃着他们的手,"你们在看什么呀,这么好看的灯笼不看。"他们像是被人刺了一下,各自忙着收回目光,又慌乱地向人群投去。我发现阿标哥眼里的月光不知什么时候跳到了阿娣姐的双眸中,碎碎银光似乎随时会流下来。

整个灯会是流动的,沿着直街来回几次,后转入巷道,于是人流跟着涌动。上了年纪的人到了巷口,便不往里面跟了,而那些后生们情绪更高涨。一个个趁机你推我搡,人群里不时传来姑娘们的尖叫。事实上,一声声尖叫让小伙子们更充满激情,起哄似的往里挤。阿娣姐有些犹豫,不想跟上人群。阿标哥鼓励她,认为难得看灯会。阿娣姐紧紧地拉住我的手,几乎贴着墙面。可还是被人们挤了一下。吓得阿娣姐不由自主地往阿标哥身上靠,阿标哥一边攥紧我的手,一边伸出手来搂住阿娣姐的肩。等涌过来的人流慢慢松散开去时,阿娣姐立马直起身子,与阿标哥保持了一定的距离,阿标哥的手移到了我的肩上。两人呼呼的白气沾着月光在我周围移来移去。

突然,我看到村里另外几位哥哥姐姐,他们也被人群挤到了一块儿。我还看见一个小伙子从人群里挤出来后,又折身使劲在朝人群推了几把,一阵喧哗后,那个小伙子的手上多了一位姑娘,正惊魂不定地靠在他身上。我刚想对阿标哥说那个人赖皮,阿娣姐压低着声音说,阿英她们也来了。阿标哥忙拉起我的手,匆匆挤出人群。

回去的时候,阿标哥没再骑自行车,而是推着走,阿娣姐默默地走在一边。我还是坐在横档上,但舒服多了。圆圆的月亮悬挂在我们的头上,像瀑布一样把我们裹了起来。路边的杂草毛茸茸的,忽闪着片片月光。我还沉浸在刚才的兴奋中,跟阿娣姐说这说那。阿娣姐若有若无地回应着我。我很不满意阿娣姐的声音,让她跟我并排走。阿娣姐迟疑了片刻,跟阿标哥靠拢了些。

　　阿娣姐到底没有跟阿标哥走到一块儿,她嫁到了另外一个村。我那晚看到的两个姐姐也没有在村里留下来。

　　也许村里有自己的灯会,哥哥们一定会留住姐姐。

　　那年,阿娣姐十八岁。

清明的青

　　很多时候,这天的早上天空蒙着一层细雨,但又总下不大,我们村里习惯称它为"羽毛头雨"。从家里到河埠头也就几分钟而已,头发便沾满了灰白的水珠,像是被谁用喷水壶喷洒了一下,用手一捋,感觉黏黏的。偶尔有几片淡淡的灰云,从村东慢慢向村西移过去。半个小时后,那几片云才出现在村西的大樟树上面,许是缠绕着徘徊,许是变幻着迷离,渐渐失却了村东时的模样。

　　我们已经来回村庄里好几次了,一会儿受母亲的差遣去婶婶家借蒸笼，一会儿又去眨眼爷爷那儿要风筝。村里的那几条小路变得泥泞起来，歪歪斜斜的脚印不像是踏出来的，倒像是跟猫一样踮着脚。脚印的趾头部分是一坨坨的，而后面则是轻轻地跟过来——我们穿的雨鞋，少说也有几年光景，虽然看起来还不至于破旧，可鞋底处弯弯曲曲的胶纹已消磨得差不多了，摸上去，一点都不糙手。如果不用脚指头向下抠着点，说不定会一步一倒。

　　回到家，母亲正忙着清理艾青叶，旁边的红漆盘上放着一堆雪白的糯米粉，借来的蒸笼正准备做艾青团。

　　艾青既不占地，也不让人费心，无须像庄稼一样需要经营，长在每家每户灶房外的出水沟旁边，用洗锅洗碗水就能养活，而且连像样的关照都没有。靠近灶台的墙壁上留着一个口子，外面还盖有一张瓦片，像是开了一张嘴巴，洗锅水连同一小撮的饭渣，顺着灶台穿过这张嘴流到那边挖好的小沟沟里。这水沟里混杂了许多东西，有煮饭时冒出来带着黏稠的饭浆，有变味的饭菜，老鼠光顾过，蚂蚁停留过。艾青就在这样的环境里抽芽泛青，开开又萎萎。艾青的秆瘦瘦长长，初是呈棕色，长得郁郁葱葱时成了褐色。它是羽状叶裂成三叶锯齿的模样，一面是绿得深深，另一面是白得汪汪。

　　母亲把艾叶倒入锅中用水煮开，捞起，放入一点碱，和在糯米粉里，一下一下地往下压、捏、揉，直到把雪白的糯米粉揉成碧绿。母亲把糯米粉掐成一段段，再搓成一团团，大拇指在团上面压几下，裹进白糖芝麻。母亲把艾青团放入蒸笼时，我们抢着烧火，一个往灶膛里添柴，一个在边上拉风箱，二十分钟后一股渗透着艾青的清香慢慢从蒸笼里洇开来。我们不由得放慢手里的活，伸长脖子朝灶前看，还用力吸几口，不由自主地咽下口水，屏住了气，似乎那香味留在了肚子里。

艾青团蒸熟后变成了乌青，而且非常黏稠，得在冷却一段时间后用沾着冷水的手才能一一拿出来。我们紧张地盯着母亲的手，既担心她不小心让艾青团露了馅，又希望她能弄坏几个。因为母亲会把第一份放在灶君菩萨面前，第二份用来祭拜祖先，而我们要么只能吃那些流着乌黑芝麻馅的艾青团，要么就等着母亲把所有的仪式完成后再吃。所以，我们总是忍不住坏坏地希望母亲的手不那么麻利。

村里一直有这么一个传统，亲人过世后的三年里清明一定要上坟，除了在坟前上香点烛烧纸钱外，还要每年在坟上放一堆上圆下略钝的土，有时一看到坟上的土堆就可以知道这是老坟还是新坟。三年满后再不必上坟，但必须在清明那天祭祀过世亲人，村里人称为做羹饭，认为这天阴阳两界可以相会。过了这天，村民就会去"肚里仙"那里询问亲人在阴界的情况。机灵的

"肚里仙"自然不会忘记说清明节来过家里,家里人又是怎么厚待他,等等。

中午的时候,母亲把做羹饭的一切都安排妥当,等父亲从田里一回来就举行祭拜。这清明羹饭跟其他祭祀的仪程大同小异,照例由父亲先跪拜,后母亲,再轮到我们。母亲不准我们碰到祭桌,也不让我们大声喧哗,在她眼里香一点上,祖宗们都一个个回来了。

半小时后,母亲开始在铁锅里点燃几叠纸钱。桌上供奉的三炷香,连同纸钱燃烧时的烟雾,一起在堂屋里缭绕。我们屏住呼吸,尽量不显露情绪上的不快,否则母亲会责骂我们不懂事,祖宗对家里的事和人都看得一清二楚。当我们最后一次对着祭桌跪拜的时候,屋里的烟渐渐散去了。从桌上撤下来的三炷清香放进了铁锅,与慢慢变成灰烬的佛经烧到了一起。片刻,一缕青烟从铁锅边盘旋后,飘到了灶前,很快,烟由青变成了轻,空气里浮着些许银灰色,似乎屋里的说话声、脚步声可以随时让它晃起来,又随时可以聚在一起。父亲给灶膛里塞了一把火,一股浓烟趁势腾了出来,笔直地升起,后软绵绵地往四周蒸腾。刚才还浮在眼前的轻烟,一会儿不见了踪影,许是化作了炊烟,正在村庄的上空诗意地缠绕。那一刻,我们飞快地奔向桌子,抓起艾青团往嘴巴里送。一边嘟囔着好吃,一边不停地张着手指,艾青团把手都要粘在了一起。

　　中午吃饭的时候,桌上多了一碗菜,碧绿碧绿的,细细的茎上有数片像小扇子一样的叶子。不过,此时叶子都叠在了一起,盛在白色的瓷碗里,似乎镶嵌了一块翡翠。我们都认得这个菜,却不知道它的学名,村里人称它为"草子"。第一年的深秋,村民把它的籽撒在被耙得细匀的泥土里,赤着双脚密密地从垄头一直踩到垄尾。我们有时也会去帮忙,学着大人的模样背着手,双脚有节奏地一起一伏,一左一右,慢慢地移过去,努力把浮在泥巴上的籽踩进土里。其实,大人对我们干这种活并不十分支持,或者说不太满意我们的踩法。他们认为踩籽时得控制住脚上的力,太重了不行,种子不容易发芽,太弱了更不行,风一吹,雨一来,撒下去的籽就会随风飘落,跟雨行走。怪不得,有时在田埂上、沟渠边,甚至在村道旁都会看到一株株的庄稼,顶着一头的阳光很显眼地长在同伴跟前。有经验的老人只要瞟一眼,就会知道这人踩得老不老到。按照老人的说法,只有踩出瓷实的分量,这种子才长得自在。

　　"草子"的长法跟花生有点类似,起初是一株株的,后来变得一丛丛的,从根上分成数茎,再在茎上长出许多带柄的叶子形成冠。我们吃的是"草子头",也就是冠上面的一层叶子。"草子"可以割几次,尽管清明前已经长得郁郁葱葱了,但非得留在清明,而且这天每家都要炒一碗,意为"亮眼草子",认为可以明目。青绿的"草子"被我们刈去了,我们却用它来寻找更多的青、更多的绿。

　　下午,天空散去了灰蒙蒙的云层,太阳还能偶尔露出脸来。村庄的上空一时明一时灰,风也不时地紧缩着,我们不免担忧起来。大人们同意我们下午去放风筝,而且到时候还要来看我们谁放的风筝高,在空中停留的时间长。我们的风筝都是眨眼爷爷做的,每年的春天他最忙,白天没空,只有晚上帮我们做。他是做风筝的高手,村里还没有人能比得过他,经他手的风筝不知有多少。因为他说一句话可以眨眼十多次,让听着的人不由自主地也跟着眨起来,话的意思还没明白过来,而一旁的人早已头晕眼花,所以很多人害怕跟他说话。不过,眨眼爷爷做风筝的手艺可是一流的。他从风筝所需的竹篾、纸、糨糊到图形的确定,没有人能够比得过他的细心与耐心。眨眼爷爷做的风筝几乎没有一只不放上天的,而且各种形状的风筝都有。只是他从来不收钱,大人便让我们捎带些花生、玉米什么的,眨眼爷爷也乐得收下。

　　一会儿,晒场上出现了不少小伙伴,大声嚷嚷着,咚咚的脚步声似乎能把田野里泛着油光的青色赶到村庄里。我们平时不在晒场上放风筝,嫌它跑不开。但今天没办法,村东的那条泥路更束缚我们的双脚。虽然,我们都知道手里拿着的风筝都出自眨眼爷爷的手,可还是叽叽喳喳地评论一番。我们拿着风筝沿着晒场的水泥门汀跑起来,一边把风筝扔向天空。运气好的话,还没跑一圈,风筝就可以飞起来。也有些伙伴,跑了好几圈后,风筝还在手里。于是不免又气又急,抱怨起眨眼爷爷来,认为他给自己做得不够好。对此,另一些伙伴不以为然,鼻子里出来一个"哼"字,然后一个劲地赞美眨眼爷爷的手艺。

　　眨眼爷爷喜欢用青色作为风筝的主色,有的是淡青,有的是深青,连最普通的瓦片风筝居然也使用上了青色,仿佛把整个村庄的天空往上抬高了许多,把旁边的云朵都挤占了过去,丢在了田野里,掉在了小溪中,跳跃着渗透进了大地深处。风筝上天后得用绳线牵引,而且只能用三分实七分虚的力掌控,太重了会拽下风筝,太轻了会影响风筝的御风力度而掉下来。左一片青色,右一片青色,我们牵引着一大片青色,忘记了这是天上,也忘记了脚下的青色。原来,村庄的青不仅仅可以涂,还可以挂上去。

　　临近傍晚的时候,我们拿出早藏在身上的一把薄刀片,极不情愿地割断风筝的绳线。风筝一只只飘动着,慢慢向远处飞去,刚才还是青色的天空只留下几个小黑点。父母在我们出门前叮嘱,一定要把风筝的线剪断,让风筝把一年的晦气都带走。

　　我们觉得很可惜,而村里的规矩谁也不敢破。

端午端午

母亲伸长手臂,侧过头去,眯缝着眼睛,而目光却死死地盯在砧板上。左手按着一只癞蛤蟆,右手举着菜刀,一边叮嘱我们别靠近,一旦癞蛤蟆头上的毒汁溅到眼睛非瞎了不可。刚才还围着母亲转的我们,赶紧往后跳了几步,用手把眼睛蒙起来,又悄悄把手指移开一点点,留下几条缝,透过这几道指栅栏,还是能把母亲宰杀癞蛤蟆的场景拼起来。

母亲不敢把举起来的菜刀砍下去,身子离砧板那么远,而且还偏着头,不能保证这菜刀不会砍到自己的手指上。那把举起来的菜刀慢慢垂下来,悬在癞蛤蟆的头上,又挪了挪刀,靠近左手,伸了伸脖子,确认菜刀没有放错位置,似乎下了一定的决心,用力往下切了下去。我们连忙并拢手指。好半天没有听到什么动静,于是小心翼翼地张开手指,只见母亲正拿刀使劲地在癞蛤蟆头上来回,旁边渗着乳汁一样的东西,估计就是母亲所说的毒汁吧。而那只蛤蟆可怜兮兮地蹬着后肢,前肢被压在肚子下面,身子左右蠕动着。我们想凑过去看清些,母亲大声呵斥,吓得我们一下缩回了脖子。

我们问母亲杀癞蛤蟆用来干吗,母亲回答,煮熟后给我们吃的。我们一听立马一身疙瘩,似乎蛤蟆的褐色疣粒长在了自己身上,大喊大叫着不要吃,连观看的兴致也顿时全消了。

这些蛤蟆是父亲前一天从麦田里捉来的,而且还费了好大的劲。按母亲的说法,蛤蟆避端午,这天影都难找。村里的男人都为自己小孩去捉蛤蟆,端午吃下去清热解毒,夏天不会长痱子。

这天,大人总会弄出一些奇奇怪怪的事来,什么用雄黄酒在我们眉心写上"王"字,什么采摘露水洗眼睛,总之搞得神神叨叨的,但又不见做祭祀之类的事。不过,我们也懒得向大人寻根究底。问多了,大人其实也说不上来,一句祖上就这么传下来的把我们的提问全堵了回去。尽管如此,我们一如既往地热爱着村里的每一个节日，它带给我们短暂的满足和长久的回味，把一个个希望叠加在日子的缝间。

最有意思的是跟父亲去捉黄鳝。拿着家里唯一的家用电器——手电筒，与哥支支吾吾地跟在父亲后面，这声音从家里就一直没停住，两人为谁拿手电筒争论不休。在我们眼里拿手电筒是一种身份的象征，茫茫黑夜里爱照哪儿就照哪儿，那份快乐里潜藏着某种权力的支配，一会儿朝远处照，在黑暗中劈开一道路来；一会儿把手电筒往近处拧，地上雪白的光聚成一块，把周围的黑色刷成一坨。我认为我年纪小，应该由我享受这份殊荣，我哥认为自己是家里的长子，理应是他担当这一使命。我们先是争执，后是抢，最后用石头剪刀布解决问题，结果我输了。哥一脸的得意外加坏坏的神气拿起手电筒，装模作样地向空中晃了几下，然后捧着手电筒尾随父亲而去。手电筒是关着的，谁也不敢浪费电池。我极不情愿地跟了出去，但还是幻想着哥能像其他事情上一样让我一下。

捉黄鳝有两种方法，一是用夹，二是用钓。黄鳝夹像一把大剪刀，两片竹铰在一起，中间呈锯齿状。这种工具差不多每户人家都有，制作很简单，更重要的是根本不费钱，材料现成的。天气渐热后，黄鳝在黑夜里会浮出水面，头笔直地立在那儿，一动不动，保持着非常好的身姿，似乎仰望着什么。我很想看看黄鳝的身子在水下是立着的呢,还是盘在一起的,或者是头昂扬着,而身子却扭动着。可惜,我从来没有见到过黄鳝水下面的情形。黄鳝不像青蛙一旦被灯光照住就木在那儿了,它只要有一点动静那笔直的头立刻掉转,钻进水,害得我们互相埋怨起来。我责怪哥手电筒拿的方法不对,言下之意该由我来纠正。哥抱怨我脚步声太响,把黄鳝惊走了。突然,父亲用力一挥手,把我俩的声音全挥了个精光。我们马上警觉到有情况。果然,顺着父亲的手指,我们在茭白丛中看到一条黄鳝,比刚才溜走的还要大。我们轻手轻脚地过去。父亲把夹子张开,一点一点地伸过去。我们不由得屏住呼吸,紧张地打着手电筒,一动也不敢动。离黄鳝还有约几寸时,父亲的身体猛地一抖,手臂一提,黄鳝扭动着身子出现在我们眼前。我们慌忙把水桶拎过去,好大的一条黄鳝,有我们三个手指粗,差不多二尺来长,全身黄黄的,尤其肚子黄得很艳。不仅我们啧啧称奇,连父亲也觉得用夹子夹到这么大的黄鳝是件稀罕事,有时用钓倒能钓的到。黄鳝钓跟鱼钩差不多,不过没有那么弯,可能黄鳝是直肠子吧,从嘴巴里进去不需要经过那么多的关口,要不然,它怎么可以笔直地立起来呢?钓黄鳝比钓鱼还要省事,翻翻泥土就能找到诱饵。上面挂一条蚯蚓,系上一根尼龙绳,绑在一块小木桩上,找一个位置放入水中,把小木桩插入岸上的泥土里,等第二天蒙蒙亮的时候再去收那些钓钩,如果运气好的话,可以钓到好多条,如果差的话,有可能一条都没有。

平时去捉黄鳝,父亲从不与我们一起去,只有端午节前的那几天他会亲自出马,为了端午这天能保证我们吃上黄鳝。母亲有时用蒸的方法,让我们蘸着酱油吃,有时炒着吃,把我们的嘴吃得油油的。村里有端午吃五黄的说法,但我们从来也没有见到过完整的五黄,而且哪五黄各人的说法也不尽相同,倒是其他的几种习俗却一直没有出现过遗漏。

一大早,我们受母亲的差遣去拔艾青。这时的艾青已经长得很壮实,棕色的秆上以左右秩序长着叶茎,叶子绿得很深,而背面却越发地白。我们用镰刀把艾青的秆割断,留下它的根。明年它继续会郁郁葱葱,长得一表人才。我们摘了一些艾青叶,准备晒上几个日头,夏天用来驱蚊。那些割下来的艾叶秆被母亲捆成几束,分别挂在大门偏门前。斑斑驳驳的木门瞬时变得好看起来,绿莹莹的艾青叶像一块绸缎,绾住了一屋子的零碎。池塘里的菖蒲也是我们采摘的对象。奶奶说,那是关公的刀子,可以斩魔除妖。菖蒲的叶子有些扁扁的,用手沿着叶子一端滑下来,还真像刀片,很锐利的。它的上半部分是翠绿的,而下半部分则是米色的,估计是长在水里的缘故。菖蒲也是用来挂的,只不过它枯萎后不如艾叶来得有价值,艾叶还可以用来点燃,而它最后只能萎成一缕,瘟头瘟脑地缩在一边。

　　我们跑进跑出的时候,母亲把昨天浸泡的糯米端上桌子,又把一清早浸在水里的苇叶捞出来。裹粽子是村里人过端午必备的习俗,家家户户这天都要吃粽子。至于为什么要吃粽子,也有很多的来历。我们都喜欢听"四只眼"阿爷讲这方面的故事。"四只眼"阿爷是村里最有文化的一个人,据说他原来是个大户人家,念过洋学,肚子里有许多墨水,他眼睛之所以近视是因为看了很多的书。他戴副木框眼镜,眼镜架旁边缠着两条橡皮膏,镜片与镜架早分离了,不得不用橡皮膏固定起来。所以,他最怕出汗,汗一来橡皮膏就失了黏性,到了夏天他万不得已时才戴一戴眼镜。他是唯一戴眼镜的人,村里人称他时前面加一个定语"四只眼",他也乐得这样的称呼,因为只有他才有资格戴眼镜。原来,我们那一带还有这么一个故事跟端午的粽子有关系:曹娥十四岁时,其父溺水身亡,她在江上寻了十六个日日夜夜后跳入江中,后来上天为她的孝心所感动,她终于寻找到了父亲。这天因为正好是端午,于是大家吃粽子来纪念这位孝女。我们从来没有怀疑过这个故事,因为我们所在的乡就取名于曹娥女的名字。即使是故事或传说,因为年代久远,就有了历史的质,而每年的端午却让这个故事跟飘香的粽子一样黏性十足。

　　母亲把两片苇叶折起来,左手握成空拳状,折叠成漏斗形的苇叶放入食指与拇指间,右手用调羹把糯米放进苇叶中,再在中间插上一根筷子,用力握几下苇叶,筷子配合着往下戳,再把上面多余的糯米倒入脸盆,在底部折左折右卷形成圆锥体,一根棕丝前后绕了几圈,一只粽子便完成了。我们学着母亲的样,而且一个步骤都不落下,可等裹起来时不是这边糯米漏出来了,就是那边苇叶折不成角,没有一只粽子是完好的。即使好不容易把糯米包住了,但左看右看不像是粽子,原来粽子得裹而不是包。

其实,母亲裹粽子还不是最好的,隔壁几位婶婶裹的粽子那可又快又好。阿花婶婶喜欢背坐在椅子上,顺着系在椅子上的棕丝把一只只粽子裹下来,可以裹成一串,从锅里煮熟后拿出来时既省力又能确保粽子不会挤坏,凉透后用剪刀一只只剪下来便成。粽子分成两种,一是有馅的,二是无馅的。有馅的,在裹的时候就放进去,很多人喜欢用红枣、红豆、豆沙,奢侈一点的用鲜肉。其实,那些没馅的粽子也很好吃,剥掉粽叶后,雪白的糯米粽子蘸上白糖,送到嘴里甜甜的、糯糯的,尤其那种凉丝丝的,一含在嘴里糯米由黏变得滑滑的,非常的入味。母亲有时图方便,直接用一条干净的毛巾,把糯米包在里面,煮熟冷却后用一根线把糯米切成一片一片放在盘子里,蘸糖吃,一样的好吃。

端午这天我们还能吃到鸡蛋。不过,我们舍不得吃,拿来跟小伙伴比赛碰蛋,跟比赛腕劲差不多,蛋顶着蛋,在"一二三"后开始用力顶,谁的蛋壳破了谁就输,赌注是口袋里的"倭豆"。"倭豆"是我们那边的叫法,实际就是大豆。据说,当时明朝的戚家军杀倭寇,以一颗豆代表一个倭寇的人头数,为纪念戚继光大将军抗击倭寇的英勇事迹,遂将大豆称为"倭豆"(戚继光在我们沿海一带曾驻兵抗击过倭寇)。蛋破了可以塞到嘴里,可口袋里的"倭豆"就不那么容易下嘴了。我们玩"打豆翁",多个人都可以参加,拿出的豆粒数一样,抓在手里往下一撒,手指在两颗豆中间画一条线,如果碰到了这一轮就不能参与,然后用拇指顶在食指上,轻轻碰到豆上,向外弹去,那颗豆击中了另一颗,被击中的那颗便是你的。大家都喜欢玩这个游戏。只是很多时候,小的肯定玩不过大的,半天下来,舍不得吃的那些豆豆从口袋里少下去,那赢的人鼓着口袋非常得意地向你展示,气得你只能咬咬嘴唇,暗暗地骂一句"待会儿臭死你"。果不其然,那个多吃了一些"倭豆"的人开始放屁,由于憋着气,声音仿佛被切成一段一段的,持续了一会儿,大伙儿在嘻嘻哈哈中忘记了输豆的肉痛事。

　　突然,院子里几只鸭子与公鸡争夺着什么,公鸡尖尖的嘴巴正往鸭子的扁嘴巴那里啄,鸭子死死地合着嘴往里吞,外面残留着一张看上去黑糊糊的皮。公鸡歪着头一会儿啄啄这边,一会儿又侧过去啄啄那边,鸭子躲闪着,一边还不忘记把脖子往里缩。公鸡见状,转移视线,往鸭子的脖子处啄,鸭子伏下身子,把嘴巴抵在地上，公鸡趁势把那张皮啄了一口。我们好奇地张望了一下，这不是癞蛤蟆的皮嘛。啊，原来我们中午吃的不是田鸡肉，是癞蛤蟆肉。再一看，旁边还有几只蛤蟆头，一对眼睛还鼓在那里。我们似乎一阵恶心，可干呕了几下，回味出来还是田鸡肉的味道。回头一看，鸭子与公鸡各自一旁正津津有味地吞着，啄着。也许，这回家里的鸡鸭也都不愁夏天的热了吧。

七月半

　　对于村庄里的黑夜，我们从不远离。一进入黑夜，我们就显得很自信，哪怕不给我们一点儿光，我们也能在村道上摸索前进，自认为懂得村庄的经络，熟悉村庄的气息。

　　饭后至睡前这一段时间，父母由着我们出门去闹，去玩。约上几个伙伴从村东玩到村西，咚咚的脚步声把黑夜的村庄穿成一串项链，而我们则是挤挤挨挨的珠子。很多时候，我们一直以为自己是在黑夜里长大的，而白天只不过发现了一个身高罢了。

　　但是，一年中却有这么几天我们得让出黑夜。父母一到黄昏,就不让我们单独出门,早早地让我们关门睡觉。因平时习惯在晚上出去玩,这么早就上床,自然难以入眠。脑子里全是老人讲过的关于这几天不能出门的零零碎碎故事,想着想着,由最初的兴奋渐渐变得紧张,甚至是恐惧,不由得隔着夜色叫爹喊娘的。在得到回应后稍稍镇静了片刻,又控制不住把那些零碎的故事拼成了一个完整的镜头,赶紧用被单蒙上头。

突然,听到门吱呀一声,吓得缩成一团。我踢踢哥的脚,他碰碰我的胳膊,谁也不敢吱声。压着声音喊了喊"娘",没有应答,吸了一口气,屏住,又喊了一下,声音似乎被谁扔在了黑夜里,根本没有人接过去。两人裹着的被单不知什么时候弄出一个大窟窿来,膝关节露在了外面,全身就这地方显得空荡荡的。在无形的惧怕下却不由自主地挪了一下被单,把头伸到边上,外面黑乎乎的。壮着胆子,朝灶间喊了几声"娘"。如果没猜错的话,母亲这时候应该在那边忙碌。果然,母亲应了声,马上叮嘱我们待在床上别起来。

母亲虽然没告诉我们她晚上要忙什么去,但在吃晚饭的时候,我看到了她在准备的东西。两只煮鸡蛋、一团米饭、几块香干,还有一些纸钱。母亲把这些东西一并放在筛子上面,放在门背后。我紧紧地盯着那两只鸡蛋,问母亲可不可以吃。母亲说,这个晚上要派用场的。我咽了咽口水,不甘心让鸡蛋就这么从我眼前消失,继续问母亲用场派过后可不可吃,因为我知道母亲所说的派用场是什么意思,祭祀一完,桌上的供品全归我们享用。母亲猛地转过身来,很严厉地对我说,这几天村庄里的路边肯定有一些鸡蛋什么的,绝对不可以拿来吃的,否则会得病的。我张了张嘴巴,差点被里面的口水噎住了。

早上起来的时候,母亲刚从集市上回来,"杭州篮"里盛着许多平时难得一见的下饭菜。我们很惊奇,以为今天家里有什么重要的客人来——只有客人来了才能见到鱼肉。母亲说,今天要做羹饭。我们又是一阵惊奇,清明不是刚做过吗?母亲回答,七月是阎罗王开地府的日子,允许所有的鬼回到阳间走走,吃喝一番,但先要做羹饭请祖宗,后请野羹饭。我们懵懵懂懂,搞不清羹饭与野羹饭是什么意思。

有次,杏花婶婶的一只鸡不知自己跑没了,还是被别人偷去了,她差不多把整个村庄都寻遍了,还是没找到。她痛惜那只鸡马上可以下蛋了,就这么不见了,一边"哆哆哆"的唤着鸡,一边狠狠地骂开了,"不知哪个野羹饭把我的鸡偷去吃了,前世是野羹饭,今世还是野羹饭。"杏花婶婶的骂声把一村人的心情都搞得毛毛的。可别人又不好劝说什么,毕竟丢一只鸡比少一件农具更让人肉痛。

奶奶告诉我们,说是孤鬼野魂吃的是野羹饭,而且一年中只有七月半这么几天才能从阴曹地府中出来。所以,杏花婶婶骂偷她鸡的人,其实也是一种诅咒,意为以后不得好死,死后也只能靠别人的施舍吃点路边食。这也算是杏花婶婶最解气的一种骂法。

村里人不太喜欢谈鬼的事,按照老人的说法谁在白天议论鬼,晚上鬼就会去找他。不过,我们还是断断续续地知道了一些七月半的故事。

阿玲的爷爷是一位会画符念咒的老人。我们这些人没少在他那儿叫过魂。谁要是突然发热拉肚子,四肢无力,精神萎靡不振,父母先想到的是让阿玲爷爷叫一下魂。阿玲爷爷平时在桌前的观音菩萨面前念佛,旁边放着一套文房四宝,不念佛时就在黄裱纸上画画涂涂。我们去她家玩的时候,有时也会拿他的笔,模仿他的样子在纸上画。阿玲爷爷总是一脸的和气,在一旁由着我们在他的纸上又画又涂。

村里人让他帮忙叫魂时,他便先在灶君菩萨面前点上一炷香,拿一只酒盅,装满水,用一张黄表纸盖在上面,然后端着酒盅在被叫魂的头上念念有词。阿玲爷爷虽年过古稀,但声音洪亮,气息平稳。尽管听不懂他在念什么,但有节奏的念词听起来却让人聚神。一会儿,他把酒盅放在灶君菩萨面前,香燃到一半,端下酒盅,仔细端详后让旁边的大人一起察看,如果酒盅里的黄表纸往下凹,表明确实把魂吓出去了,否则认为是实病,不能耽搁。说也奇怪,我们这些屁孩遇上发热、神志迷糊时,十有八九出现丢魂的事儿。阿玲爷爷重新再念一遍,然后让前来叫魂的人喝下酒盅里的水,并把那张黄裱纸揉成两团,分别塞到两耳当中。第二天,热退了,人的胃口也好起来了。阿玲爷爷从来不收别人的钱,村里人也没把麻烦他的事放在心上,只不过有时家里有什么新鲜蔬菜时,让小的送点过去那是有的。

听阿玲爷爷讲鬼故事是我们的一大乐事。不过,他很少讲。不知是担心我们听了会怕,还是他本不想涉及鬼事。唯一跟我们讲的是七月半的故事。他说,七月是鬼出地狱的日子,前半个月是一般的鬼,比如平时有人给它做祭祀能烧纸钱的一批鬼,七月十四后出来的是一批孤魂野鬼,为了防止它们眼红而捣鬼伤害人,村里人要舍得烧些纸钱给它们。这段期间,"毫光"大的人,鬼也怕,而"毫光"低的人,晚上出门容易被它们跟上,一旦跟上,人就会惹些晦气,得个小病,闹个小灾什么的。

母亲端着筛子出门了,手里还拿着一束香。我和哥不由得溜下床,趴在窗沿上张望。虽说应该是月圆之夜,也不知为什么,每年的这几天月亮总躲在云层里,有时还会有台风,天空一会儿明,一会儿暗,风紧的时候仿佛是压着地面向村庄吼过来,而风急过后的一小会儿,村庄一下子静得很空洞,跟失了分量差不多,这光景比没有星光的晚上还要阴惨吓人。

此时,云层压得很低,月光稍一泄漏,就能看见一团团的铅云在村庄上空飘过去。母亲低下身子,点燃火柴后忙用左手把火捂住,火苗左右跳了几下稳住后,赶紧把放在一边的香伸出去,放在火柴棒上,依着火势向下转一圈,香头蹿出火星。母亲往下甩了甩,香上面的火变成了烟,插在了地上,并依次把筛子里的食品拿了出来,然后点燃纸钱。火焰一碰到纸钱,刚才还一束的纸钱好像被谁抽去了重心,立马往下瘫了下去,偶尔飞起几片灰烬,可很快被夜色裹走了。我们借着火光,看到母亲嚅动着嘴唇,虽然我们根本听不到她在说什么,不过我们也能猜想到她会说什么。

母亲进屋的时候,我们喊了一声"娘",倒把她惊了一下。我们问她,怎么刚才没看到蜡烛?母亲说,野羹饭与平时家里请祖宗的仪式是不一样的,既没有位子可坐,也没有蜡烛来引路,野鬼谁碰到谁就可以拿。我们不禁追问了一句,这不是让它们去抢嘛。所以村里人大多都会在自己家门前的路边烧些纸钱,这样它们或多或少都可以拿到一些,母亲回答。

七月的几天里,我们除了晚上不能随便出门外,还有许多的禁忌。比如,晚上不能让衣服在外面过夜,野鬼会把你的衣服借走,而留下它的气息影响你的运气;睡觉前不能把鞋头对着床,否则容易引来鬼;晚上不要随便叫喊一个人的名字,如果被鬼记住了那就麻烦了。诸如此类的事还有很多,被关照的事比过年前后还要多。村里人谁都不知道这些禁忌是怎么来的,总之都认为是老人传下来的,谁也不会去求证。再说鬼事,更不好拿自己去证实。老人怎么说,我们就怎么做,也就几天而已。

　　不过有一件事还挺奇怪的。有一次,住在村西的阿健来村东玩牌,回去的时候已经夜半,月亮一会儿出来,把村庄照得像白昼,一会儿又隐入云层,村庄一团漆黑。路过池塘前的一条横路时,他看见有人蹲着在捡什么东西。他觉得奇怪,这么晚了有什么可以捡的。他走过去,可根本没有人。他以为自己眼花了,当时也没在意。走了几步后,他忍不住回头望了一下,刚才的那个人影又出现了。这时正好月亮隐进云层,眼前一片漆黑。这半阴半阳的氛围,再加上他出来时母亲坚决不同意,说是这几天野鬼正在村庄里游荡,万一碰上了会惹上晦气,一联想到刚才那个蹲着捡东西的人影不由得打了个冷战。恐惧迅速从脚下蔓延上来,并瞬间揪住他的腿,狂跳的心已经不能使唤他的双脚,软绵绵的,怎么也迈不开步。到家后他瘫成一团,话也说不出来。为此,他母亲又是让阿玲爷爷叫魂,又是烧纸钱赔不是。这件事成了村里大人告诫孩子七月半晚上不能出去的一个事例。我们有些怀疑,曾找过阿健询问。结果,阿健一听我们提起那件事,神情紧张，头摇得像拨浪鼓，坚决不肯吐露半个字。

七月半过后，我们一直觉得村庄里少了些东西，让我们的心有一阵子的空洞，可我们又说不出少了什么。

后来，我们明白，村庄里只要烟火气息存在，谁也不能把村庄的分量减轻。

中秋儿女事

"哆—哆哆—哆⋯⋯"

"咯—咯—咯⋯⋯"

有人在唤鸡，鸡却忙着躲闪。

大清早的唤鸡无非是两件事，一是抠鸡屁股，检查有没有蛋；另一件事，来了个阉鸡的。前者属于母鸡的事，而后者只能属于公鸡的份。公鸡与母鸡的声音不相同，一个是能把声音提上去，而且还会有一个"喔"字，而母鸡最多在下完蛋后撒撒嗓子，更多的时候则是安安静静地专注于地上的食物。看来那人在唤公鸡，只是现在不是阉鸡的月份。

突然，唤鸡的人压低了声音，变换了另一种声调，"哆—哆—哆……"似乎充满了丝丝柔情。也就几秒钟，一下子又没了声音，四周出奇地安静，让人怀疑刚才那些声音是不是真实地存在过。

紧接着，一阵鸡飞人追的忙乱，鸡扑打着翅膀，惊慌失措地叫着，刚才还温柔的唤声瞬间替换了重重的脚步声，迅速从地上压过来。当鸡把"咯"发成"够"的时候，想必已经让人捉住在手了。村里人不会随随便便唤鸡，即使喂鸡食，也不会正儿八经地唤，一碗鸡食在地上一撒，鸡自己屁颠屁颠地跑过来，很没出息的样子。鸡被人唤时，那是主人准备捉它。

很快，有人对着前院的阿娣婶婶说话。刚才是她在唤鸡。等我们去河埠头洗脸的时候，她已经蹲在对面的河埠头麻利地剖着鸡。一只很肥壮的公鸡，脖子处露着一个血红的口子，两只煺了毛的腿直直地伸着，露出结实的肌肉。

中秋节杀鸡很稀罕，也很奢侈，村里一般只有在过年的时候才会宰鸡。母亲很惊异，我们也很惊讶。阿娣婶婶是村里出了名的节俭，平时舍不得花一分钱，一年里难得去集市买菜，今天竟然大清早的杀鸡，而且刚才那唤鸡的声音是那么的柔情，估计是真心实意地要把鸡捉了。

别小瞧了唤鸡的声音。我们见过很多人，家里来了亲家或舅爷什么的，男主人要捉鸡宰了请客人吃饭，而女主人则是貌似配合着捉鸡，实则却是在赶鸡，那"哆—哆"的声音怎么看都像是"嘘—嘘……"，知趣的客人见此场面，自然一边极力劝阻，一边起身告辞。阿娣婶婶其实就是这样的人。

有一次，她的小姑大老远地从百里之外赶来看望自己的娘，她男人见到自己的妹妹回趟娘家不容易，非要杀鸡招待。阿娣婶婶不好明说不肯，只好由着她男人去捉鸡。她男人捉了一只母鸡，阿娣婶婶面露难色，认为母鸡可以下蛋，杀了可惜。她男人觉得有理，把母鸡放了，转身去捉一只养了两年的公鸡。

那公鸡平时没见人招它惹它，一见有人去捉就到处乱蹿。好几次，阿娣婶婶的男人快捉住了，阿娣婶婶故意拿扫帚去摁鸡，结果摁在了她男人的手上，痛得她男人忍不住抽出手，公鸡立马跑开了。

阿娣婶婶一边挥着扫帚作捉鸡状，一边大声地骂着："这个吃白食的，过年时一定要宰了你。"话到了这份上，做小姑的再怎么不懂，也听出来话里的意思，忙着劝阻嫂子别宰鸡了。阿娣婶婶顺势收住了扫帚，堆着一脸的笑容对小姑说："晚上我们吃全鸡全鸭。"

后来我们才知道所谓的全鸡全鸭是一只炖鸡蛋，一只炒鸭蛋。这件事还是她婆婆传出来的,婶婶们都觉得好笑,但没在她面前说起过。大家都知道她除了节俭外,人倒是个热心直肠子的人。

这次看到她耐着心,仔细地清理着鸡,不免有些意外。阿娣婶婶一边用盐揉搓着鸡肫,一边咧着嘴,"今天阿英的对象要来送节。"池塘边上不约而同地响起"噢"。杏花婶婶说,"老话总勿错,丈母娘看女婿越看越欢喜。""毛脚进门,蛋壳一畚斗。"阿翠嬷嬷冲着阿娣婶婶笑着说。阿娣婶婶满脸喜气,由着河埠头上的女人们说笑。

阿娣婶婶的毛脚要来这件事一下子传遍了整个村庄。最热闹的还是阿英的小姐妹,她们三三两两地来到阿英家,打听毛脚的样子。阿英红着脸,满脸羞涩。

阿英姐的这位对象是她亲戚做的媒,听说曾随媒人来过村子一次,但左邻右舍谁也没见过。很长一段时间后没听她家说起过什么,阿英姐每天在织布机前忙碌着,从未见过她离家一步。大家都认为这事肯定黄了,不想他今天要来送节。那么这事基本上已成定局。

村里的男女青年很少有自由恋爱的,大多靠亲戚朋友或邻舍做媒。有没有确立对象关系,就看对方有没有送中秋节。一旦中秋节这天送节来,说明恋爱关系从此定了下来。

　　村里的一些婶婶与伯伯不允许自己的女儿自由恋爱，哪怕双方已经确立了恋爱关系的，我们也很少看到他们能自由地来往。他们仿佛是一对既陌生又无法陌生的男女青年而已。一个恭敬地坐着，一个客气地递茶端饭。偶尔的相视，两人都会紧张、兴奋。递过去的茶杯一会儿在手里使劲地握着，一会儿又放在桌上却到处寻找着。女的则给自己对象洗过的毛巾泼了出去，而水却端了进去。一个喃喃地说，有没有需要干的活。另一个低低地说，这么远的路赶来累了吧。来不及回话，女的早已进厨房给自己的娘做下手，男的则局促不安地起身，挑起水桶把水缸里的水担满。这在老人的眼里属于姑娘有规有矩，小伙子有教养，符合礼数。最最让他们看不惯的是男女不经过自己的父母同意自由交往。

　　村里有一对青年，两人已经暗地里好了很长时间。女方父母也知道这个情况，但不知道怎么回事，男的一直没有到女方家送节。有一天晚上，女方父母突然拿着一根棍子，气势汹汹地冲进竹园，一边骂自己的女儿，一边打那个小伙子。旁边有两位姑娘劝着被惹恼的两位老人，不停地劝说："他们没在一起，是我们在一起聊天。"小伙子见状慌忙逃走，留下气咻咻的老人和流着眼泪的姑娘。不过，这门亲事到底还是成了。只是姑娘的父母一直觉得这门亲事有点亏。原来，他们之所以阻止自己女儿跟小伙子来往,是害怕到时候要不到彩礼。男女青年感情一深,自己女儿还不护着对方。

女儿出嫁的时候都得过哭嫁这一程序,哭得越凶说明越孝顺。我们看到过那些姐姐的哭,有的是真哭,那哭声像是被谁从中掐了,一段一段的。用一块手帕捂住嘴巴,而眼泪跟断了线的珍珠一样滚落下来,哭得让旁边看的人都眼泪汪汪。而有的是假哭,哭声很响,咧着嘴巴,紧闭着眼睛,仿佛是干号,却半天没见一滴眼泪。

时间一长,我们理解姐姐们的哭声。那些真哭的,听从自己父母的教诲,平时跟自己的对象来往不多,有的甚至谈不出什么话来,如今就要跟那个男人过生活了,谁不会在心里有个担忧。假哭的,其实心里充满着做新娘的喜悦,但又不得不装出不舍的样子,否则谁也不能保证没人在背后戳脊梁骨。除了哭嫁,还有一个习俗可以看出来姑娘对自己的对象有多少感情,即拉轿。男的到女方家来迎接新娘时,女方的亲戚就会在门前拉住,提出一些要求,如果满足不了,不能把新娘接走。这些要求多是物质方面的,如拿出几条香烟、几包糖。这时,是不是真哭一看就明白。如果这时新娘停止了哭声,还意欲探询外面情况,甚至让自己的女嫔出去帮忙的,那就是对自己未来充满自信与憧憬的新娘。

　　似乎村里姑娘的恋爱与结婚，不是她们的事，而是一村人的事。我们习惯了看她们的对象，看她们跟自己的对象怎么谈恋爱，又看着她们一个个嫁出去。我们虽然还是个屁孩，但在村里"毛脚女婿"面前俨然是一个有身份的人。那些新上门的女婿，一看到我们，不管大小，立马把一支烟递过来。我们嘻嘻哈哈的推脱着时，一旁的准丈母娘马上发话，一定要让我们拿着。这也是一条不成文的规矩，如果不接会让新女婿觉得触霉头。所以，我们有时一天会收到差不多半包烟，因为那新女婿一见到有人来，慌忙从座位上站起来，只顾低头发烟、递烟，根本没有在意来的是谁。他的心思只随着姑娘进进出出。

　　只是我们有些不理解为什么新女婿叫毛脚。第一次听到这个词时，我们还私下里议论，以为来的人要么毛手毛脚，干活不灵巧，要么脚上全长着毛。后来，还是奶奶告诉我们，说是这个女婿还是毛估估的，只有结了婚才是真正意义上的女婿。

　　我们簇拥着到阿娣婶婶家时，屋里坐着一位陌生的小伙子，人虽然黑了点，但五官很端正，个子不高不矮，穿了一身崭新的衣服，上面是白衬衫，下面是灰色的的确良裤，脚上是一双白色的球鞋，整个人看上去很精神。我们好奇地张望着被阿翠嬷嬷称为"毛脚"的人。小伙子有些不自然地看看我们，一边往衬衫袋里摸。这时阿英姐招呼我们进去，声音柔柔的，眼睛里闪烁着笑意,我们还闻到了阿英姐身上花露水的香味。阿英姐一一向他介绍我们,小伙子忙不迭地把香烟拆开。不知是他紧张,还是他不会抽烟的缘故,他一时半会儿抽不出烟来,最后不得不把香烟的包装撕了一个口子,把烟递过来时不是用拇指与食指捏着的,而是握着半根烟。看到他有些笨拙的样子,阿英姐的脸更红了,双手不由自主地绞着衣角,身上的花露水香味变得一阵一阵。当我们把看到的情况一五一十地说给几位婶婶听时,她们异口同声地说,这小伙子人忠厚,阿英跟着他不会吃亏。

阿英姐从灶头忙碌好出来时,月亮已升上了一丈高。他的对象坐在院子里有一句没一句的跟老人聊着天,屁股下的竹椅吱咯吱咯地响着。他对面坐的是阿英爹,旁边是阿英娘,侧过身去才能看得清灶头上忙碌着的身影。阿英拿了一条凳悄悄地坐到离小伙子有五六步远的地方,装作什么也不看,而小伙子的眼睛里泛着光芒,大胆地迎接她的目光。阿英的脸上一阵发烫,不由自主地低下头。

夜深了,阿英爹把烟头掐灭,然后手一挥,困觉。两个年轻人顺从地站了起来,遗憾地望着对方,整晚一句话也没说上过,不过,地上的两个身影这时并排站到了一起。

一个叫阿凤姑娘的接生婆

父母一看到她来,赶紧嘱咐我们喊婶婶。如果我们不立马执行旨意,用手捅我们的背。见我们还没发出声来,改捅变为拧。这时再不接旨,后面的动作就会变成拧、掐。我们于是扯着嗓子大喊大叫一番(声音高度决定情感深度),乐得她脸上像开了一朵花,眼睛都被挤没了! 一边忙不迭地"唉,唉"应着,一边隔着篱笆说:"介快,都长这么高了。"言下之意,似乎有几年没见了一样。其实,多的时候一天可以看到几次,但她每次都这么说。有时她会拐进门来,有事没事地跟母亲闲聊几句,然后拧拧我们的脸,"你看,这脸长得多好,有鼻子有眼的。"我们不得不顺着她,由她的手在脸上这么拧来拧去,心里坏坏地想,难道这个婶婶见过没鼻子没眼睛的不成? 她拧了我们的脸还不够,继续把她的手移到我们的头上,被她摸了一圈,还特别在左右顶骨两边摁了一下,嘴里还嘟囔,"这头长得不错,有福相。"平时,母亲很反感有人摸我们的头。母亲认为头上有一把火,随便被人摸去,那把火的火焰会减弱,甚至从此旺不起来。这不仅影响一个人的"毫光"(此光可以辟邪),还会影响一个人的书性。但在这位婶婶面前,母亲出奇地平静,一点怒意都没有,任凭她在我们头上又是摸又是摁。完了,还要打一下我们的屁股。当然,一点都不痛。

她走后,母亲跟我们说,村里很多孩子都是她接的生。还说谁谁生下来的时候,连气都没有了,硬是让她给抢救过来。谁谁痛得连力气都耗尽了,是她在床边陪了三天三夜,直到孩子生下来。原来,我也是她接的生,而且第一个澡还是她洗的。因为知道了这个原因,我们再见到她时,不等父母的号令,早已叫喊起来。她还用她一张怒放的脸接受我们的声音,只不过我们很快从屋里钻了出去,实在不喜欢她这么拧我们。

给人接生并不是她的职业,她的身份还是一个农民,一个伺弄庄稼的人。很多时候,她在农田里劳作,忽然有人奔来,告知家里大肚子要生产了。她隔着田塍路,冲队长一喊,便放下手里的锄头,心急火燎地跑到家里,洗洗手,拿起接生包跟着来叫的人一起一路小跑。于是,大家知道村里又添人口了。

据说她还是姑娘的时候,就跟着她的母亲去接生了。后来她嫁到我们村里,成了我们这一带唯一的接生婆。那时,她还只是二十出头。她的接生技术很好,至少在她手上没有出过什么差错。老人把生孩子称为一只脚在棺材里,一只脚在棺材外,意思是生孩子有许多的不测因素。听老一辈的人说,那时村里死产妇、死婴儿是常事。但自从她来到这个村子里后,这种现象基本没有发生过。她一般不主张头胎在家里生,认为风险很大,应该到医院去生产。也许这是她保证产妇在自己手上不发生意外的一个因素吧。

她有一双跟村里人不一样的手,细长,柔软,干净,像一根根春天里的葱。尽管每天在农田里进进出出,放了铁耙,握镰刀,而手始终看上去清清爽爽,手背上没有一点疤痕。指甲修剪呈半月形,没有一点污垢。更让人惊异的是,她手上的皮肤比脸白皙得多。如果不看她的脸只看她的手,猜测的年龄足足相差十岁以上。有人曾跟她开玩笑,从面相来看,她不过是一个普通的农妇罢了,但从她的手相而言,这确实是一双富贵手。她哈哈一笑,非常得意地搓揉着自己的双手。听她自己说,她母亲也有这样一双手,有个看相的摸了后,认为手相与骨相不符合,必须选择一样悲喜交加的营生才能延寿。看相的没告诉她母亲这悲喜交加的营生到底是什么,后来还是一位私塾先生点破了这个谜。这不,一个生命是哭着来到世上,而旁边的人是笑着迎接他的到来。后来她母亲跟了一位老接生婆学接生。许是她母亲看到她也长了这么一双手,便早早地让她学了这门活计。这个故事是真是假,没有人去考证,而她对接生有感情倒是实实在在地看得出来。

按照她的说法,一个人降临到人世间,看到的第一个人脸相是什么,会影响他的运数。为此,她只要有时间换衣服,去接生前必定换上一套"做客"衣服。天冷时穿一件绸缎棉袄,黑底白碎花;天热的时候,着一件月白色的对襟衫。有时候,村里人看到她穿着这样的衣服,且走得又急匆匆,知道肯定去迎接新生命。

婴儿生下来后,挥着小手响亮地哭着,她一边清理脐带,一边冲着他笑。尽管那个哭喊着的小生命根本不懂得那笑是什么,她也一定要冲着婴儿笑眯眯。她说这是她母亲传给她的,祝福小生命从今往后有一个美满的人生,一生多福多喜。

不过,尽管如此,村里还是有几位"不寻常"的孩子。一个到了五岁分不清父母的称谓,把父亲叫成娘,把母亲叫成爹,整天挥舞着一根棍子,从村东一路嘶喊着到村西,然后再由村西"嘚嘚锵锵,铃锵铃锵"奔到村东。另一个看上去白白净净,仪表堂堂,但从没有数出过七以外的数字。如果他莫名其妙地冲你一笑,而你也莫名其妙地还他一个笑时,接下来就是他给你的一顿臭骂。那骂的水准绝对比村里任何一个婶婶高,一会儿指着你的鼻子骂你,一会儿叉着腰跺着脚,那痛骂的情绪似乎跟你结下了三世仇。时间一长,人们发现他把全村爱骂人的模样全模仿了过来,而且他把所有人骂过的话进行了总结。他的记忆力相当惊人,只要被他听到过一句骂人的话,过耳不忘。他在村里最大的壮举是唯一敢骂大队书记。大队书记是村里最尊贵的人,谁见了都要尊敬几分,谁家有红白喜事只有把大队书记请到,这事才算有体面。大队书记习惯了一村人的尊重,走起路来双手反背搁在腰上,迈着八字,非常地威仪。但一看见他,赶紧收回八字,侧身躲过去一边,实在不想让他糟蹋了自己的身份。

　　这两个也是她接的生。为此,她总觉得很内疚,似乎他们身上的缺陷是她带来的。每次看到他们时,总会不由自主地去摸摸他们的脸,然后深深地叹口气,摇摇头黯然离开。当然,这两位对她的举动并不领情,该闹时还是会闹,该骂的时候连她一样骂。也因为他们,她很长一段时间不愿去接生。别人以为她嫌给的钱少,她连连摆手。其实,她给别人接生得到的酬金有时是一只小红包,有时则几斤鸡蛋。村里人很多人家之所以选择在家里生产,除了传统习俗因素的影响,很多人还是因为没钱去医院生产,在家里生可以省去一笔钱,自然也不可能给她丰厚的酬金。

后来,上面有文件,严禁由接生婆接生,以杜绝产妇与婴儿的死亡率。这个消息是由村里的妇女主任告诉她的。虽然,在她手上没有发生这样的事,但她以后再也不给人家接生了。有好几次,别人来请她,她一再拒绝,并请家人赶紧送医院。

再后来,她做上了奶奶。村里很多老人会去学念佛。可别人不同意她参加,理由是她进入的"暗房"太多太长(村里人把生孩子的地方称为暗房),而且她的手沾染了血污,不宜持佛珠。她一气之下,参加了基督教,每个星期天去做礼拜,唱赞美诗,还居然学会了弹电子琴。真有点不可思议。

村里年纪大的人叫她阿凤姑娘,只是叫她阿凤姑娘的人不太有了。而她习惯了跟村里人互称姐妹,包括对我们。

最后一位赤脚医生

　　我们都很怕他，一看到他的身影赶紧收起叽叽喳喳的吵闹声，四处逃窜，直到看不到他，才叫着喊着从各个藏身的地方奔出来。父母也常拿他吓唬我们，如果我们闹个不停，一听到他来了，立马安静下来，个个屏住呼吸，有的往大人身上钻，有的爬进被窝，各自寻找可蔽身的地方。他似乎莫名其妙地成了我们的"公敌"。

　　其实，他的模样一点都不吓人，甚至被许多人暗地里称为村里的美男子。宽额，国字脸，笔挺而饱满的鼻梁，一对浓眉大眼闪烁着光芒。我们肚痛发热了，父母就把我们领到他面前。他一会儿让我们张大嘴巴，发出"啊"的声音，一会儿拿体温表往屁股上一插。待一切检查结束后，他会告诉父母得了什么病。我们对他诊断的病情不甚明了，但从诊治所用的药里看出一二来。如果配些药丸、糖浆什么的，说明问题不大。如果要打针，表明这个病不是一两天的事，也不是挺一挺就能过去的。所以，村里人假如身体感到不舒服，或者农事忙过后觉得疲劳，那些上了年纪的人则会去挂瓶"盐水"吧。虽然，这个"补品"有些莫名其妙，可很多人的这种观念像播种子时踩出的泥土一样瓷实。

当父母配合他把我们裤子一拉，他敏捷地往我们屁股上一扎，赶在我们号叫前用温和的话进行抚慰，一边不停地用左手的食指轻轻地在针眼旁来回"挠痒痒"，我们还是不太争气，忍不住叫喊几声。他任我们大喊大叫，不紧不慢地把针筒里的注射液注射完，然后快速地拔出针头，回头还不忘记再赞美我们几句，哭与不哭的都能得到他的赞扬。

我们很快忘记了屁股上的痛，只是那大喊大叫像烙印一样刻在了记忆里，伴随着我们的童年。以至于一看他，或者一听到他的名字，那叫喊的声音像发芽的种子一样从脑海里钻出来。很多年以后，我们慢慢忘记了自己过往的一些细节，但对他的提防与躲闪却像扎了根。

　　他是医生,这我们都知道。听说他是赤脚医生时,我们无不诧异。我们从没有看到他赤过脚,包括村里其他人。倒是村民一年中有一半时间赤着脚,在村道、田埂上留下前像花后像叶的脚印,脚上的肤色跟脸色差不多黑,脚板跟握着的锄柄一样结实,碎瓷片、柴末子什么的,也就在脚板上附一附而已,很少划出血来的。如果谁脚底板不小心出血了,村里人会嘲笑他,怎么像阿祥叔的脚一样呀? 意为皮很嫩。

　　据说,有一次,他在河埠头洗脚,对面几个婶婶刚才还七嘴八舌地家长里短,突然鸦雀无声,只有这边河埠头细细碎碎的洗水声。阿祥叔好生奇怪,不由得抬起头,原来几位婶婶目不转睛地盯着他的腿。他刚开始不解,以为自己脚上长什么了。后来阿梅婶婶说,你的脚怎么那么白的,比村里大姑娘的脸还细腻、白皙。她的一番话引来其他几位婶婶的哈哈大笑。他的脸一下子红到脖子,张了张嘴,可一句也说不上来,在婶婶们戏谑的笑声里慌里慌张地趿上拖鞋,跑回了家。从此,谁也没看到过他在河埠头洗过脚,更不要说洗澡了。

　　他长年穿布鞋,黑鞋面的"松紧"鞋。村里人也穿这样的布鞋,都是女人一针一线在煤油灯下,或雨天屋檐下纳出来的。他跟村里人不同的是,他的鞋子再怎么旧看上去还保持鞋样,有的庄稼汉一双布鞋最后不是穿成了拖鞋,就是前面开帮、鞋头上露出两个洞洞来,走起路来像一张蛤蟆嘴。有时村里的女人一边纳鞋,一边责怪自家男人穿鞋一点也不细致,末了,免不了拿他比较一下。

村里的男人们有些不服气了。一天,他正坐在诊室里看书,忽然冲进来隔壁歪嘴阿三,告诉他阿林哥在田里晕倒了。他二话没说,背起药箱奔向田头。那时正值耘田,村里的男人与女人都挽裤赤膊。阿林一手抵住肚子,一手托着腰,满脸痛苦地站在水田中央。他挥手让阿林站到田塍上。阿林有气无力地说,他现在走不动,脚抽筋了。他有些疑惑。旁边的人起哄似的一定要让他下田。他看到阿林不住地呻吟,顾不得想那么多,便脱下鞋子与袜子。围观的人群里发出一声惊叹,这么热的天也穿袜子呀,啧啧,还是丝袜子。他有些不好意思地笑了一笑,光着脚直接伸进了污泥中,一脚高一脚低地走到阿林旁边。这时站在田塍上的人越来越多,大家像看西洋镜似的看着他的脚,起初是悄悄地议论,继而吵吵地谈论,再就是大家像点破似的评论。在他的指挥下几个人把阿林抬出了水田。他一从水田里出来,先给阿林吃了几颗药,后让旁人抬到村卫生室去,自己赶紧在旁边的水沟里把脚洗干净,套上鞋子跟上人群。几位后生扶着铁耙坏坏地笑着,还冲着他喊,阿祥伯你现在才真的是赤脚医生。人群里顿时响起一阵愉快的笑声。

村里人对他的称呼有些怪怪的,年长的叫他阿祥叔,稍年轻的叫他阿祥伯,而我们这一辈跟村里的叔叔、婶婶们喊他阿祥伯。村里人最讲究辈分,父母喊伯伯的,我们叫公公或爷爷,爷爷奶奶喊叔的,我们要喊他"阿太"。村里的称呼像一根红绳一样把一村人全串了起来,辈分则是红绳上的一个结,而我们是结下面最小一个珠子。但唯独他是个例外,大家是乱着辈分来叫他。阿花婶婶的婆婆叫他阿祥叔,阿花婶婶与他男人一样叫他阿祥叔,而他家的儿子跟我们一样叫阿祥伯伯。这似乎看起来有些滑稽,可村里人习惯对阿祥伯高辈分称呼。

隔壁阿花婶婶的婆婆患有哮喘。一到天冷,呼吸重得像从水里冒出来的气泡,咕噜咕噜,上气不接下气,弓背,耸肩,瘦小的身子一起一伏,似乎随时会背过气去。这时谁都不敢跟她多说一句话,她也没力气应付你,即使说了你也不一定听得明白,那些字不是吐出来的,而是硬从喉咙里拉出来的,后面还带着锐音。吸气时没法说,只能靠呼气时一个字一个字地往外挤,跟拉破风箱一样。她挪着小脚移到屋外,让她儿子去把阿祥叔叫来。

他一会儿就到,手上拎着一瓶药水,肩上背着一只印有红十字的棕色药箱。一进门,麻利地从药箱里拿出几支针剂,用一块跟拇指甲差不多大的青色圆形轮子在针剂上一转,手指往下一按,啪,针剂的上半部分被打开,拿起针筒抽干药水后注入带来的那瓶生理盐水,倒挂挂在衣架上。从药箱里取出一支黄色的压脉带,绑在老太太的手上。老太太的皮肤像风干的橘子,褶皱都堆到一块儿去了。仔细辨认一番,在上面轻轻拍几下,手指在微突起的静脉上触摸,在确认无误后,用酒精棉球来回消毒,一针扎下去后,针头后面的皮条上出现了血,于是放开压脉带,调节好点滴速度。阿花婶婶的婆婆很满足地闭上眼睛,等待着呼吸的平缓。也就半小时,老太太的气息恢复了正常。阿祥叔还不能走,得等瓶里的盐水输完,把针拔后才能回家。

村里像阿花婶婶的婆婆的老人多念叨他的好,说起来要不是他谁早痛死了,谁可能被烧死了,似乎每家都有被他救过的人。

他原先在村卫生室里上班。卫生室就在我们学校旁边,我们有事没事地爱去那儿,一是向他要针剂盒子,可以用来做铅笔盒,有时还讨几只盐水瓶,回家洗净后装水,夏天喝凉水,冬天焐脚;二来喜欢瞧他看病的样子。我们回去后就模仿他,轮流做医生,按"病人"的腹部,敲背部,还煞有介事地拿一根绳子,在上面系上一小块铁,绳子的两端塞在耳朵里,把铁块放在胸前。然后,故作神色凝重,认为病情严重,得挂盐水。当然,这种表情我们是附加上去的,阿祥伯从来不在脸上表示对病情的诊断。无论这个人的病有多严重,他永远是那副平静的神色,开方子,取药,再加几句安慰的话。

　　阿祥叔的老婆长年在农田里挣工分。当时,他做赤脚医生不拿工资,只是在队里记工分。由于可以不下田,他包揽了家里的所有活,洗衣、扫地、做饭,这在村里可是件新奇事。村里人的观念比较陈旧,男人主外,女人主内。女人即使在外面跟男人一样流汗,到了家里还得淘米做饭洗衣服,男人不会帮一把手。如果哪个男人帮自己女人做家务事,女人少不得受婆婆的数落。家里的活属于女人,在村里是天经地义的事。阿祥叔人不仅长得潇洒,而且又有一份体面的工作,更重要的是居然还帮女人做家务事,这不知招来村里多少女人的羡慕。只是这种羡慕谁也不好意思说出来,最多在心里思忖一番,然后独自默默地哀叹这是命。阿祥叔其实不是我们村里人。他的父亲是医生,他跟着父亲学了几年医,后来不知为什么,父子俩感情出了问题,于是他就搬到了我们村。他来的时候已经成家,既免去了一些姑娘的心思,但也暗暗滋生另一种念头。好在念头总是一时的,生活的琐事一来,那些念头早挤到一边去了。

　　后来,村卫生室取消了,他就在自己家里开了一个诊所。自从他在家里坐诊后,村里人看病更方便了,他是随叫随到,不管深更半夜,还是雨雪漫天,病人的家属前脚刚走,不出几分钟,阿祥伯背着药箱后脚就到。而且他对周围的老年病了如指掌,谁有哮喘,谁有肺气肿,等等,一清二楚,只要家属一来,他心里便已知三分。

　　村里人原来在村卫生室看病一般是记账的,年终队里分红时自行扣除。阿祥伯自己开诊所后要求病人付现金,对实在有困难的,他就让病人在记账簿上签名,对不会写字的还准备了一个大红印泥盒,大拇指在上面一蘸,鲜红的一坨,完了,他才给病人发药、注射。村里人有些接受不了他的这种做法,但时间一长也就适应了。

　　他没有病人的时候,一个人不是看书,就是噼噼啪啪地打算盘。刚开始,他打得并不快,我们听着有点涩。后来,他是越打越快。按照村头阿莉嬷嬷的说法,跟炒豆似的。不过,我们觉得他比炒豆差了点。如果是炒豆,我们会个个围着锅,还有扑鼻的香气,而阿祥伯打算盘时没人围,周围散发的是刺鼻的酒精味。他看完病后,不管多少,都要把算盘打一下,而且一定要打二遍,直到二次都一样才止住。有时,口算也很快算出来的,他也要噼里啪啦一番,似乎,这是一种乐趣。他眼里的兴奋随着笑意闪闪烁烁。只是,他的这份乐趣有些寂寞,村里人没有人把打算盘作为一件趣事。

　　阿祥伯从不给人免费,连一分都不免。村里有一位五包户陈阿五,患有风湿病,他长年给这位五包户看病,在本子上盖了很多红泥印。五包户一过世,他去找村里要钱,村里一时也支付不了。于是,他说他捐赠给这位五包户二十一元五角三分,大家一听很意外,这个数字可不是小数目,再说怎么还有几角几分的,如果让他打算盘,得打上十分钟。他从钱包里一张张地数出来,交给村里支部书记。还没等村支书清点一下,他拿出记账本,对村支书说,这是陈阿五欠的医药费,共二十一元五角三分,你现在手上有这笔钱了,先把这笔医药费给先付了。村支书被弄得一愣一愣的。阿祥伯说我看病绝不能免,这是我父亲传下来的规矩。

阿祥伯有一个秘方,据说还是他曾祖父留传下来的。如果谁得了脓疮,不管长在什么位置,他贴一张膏药上去,没过多长时间血脓俱流,几天后脓疮消失,而且还不留疤痕。就这秘方让他成为方圆几十里都有影响的一位医生。不过,他有个怪脾气,他先要问你有没有在别的地方看过,如果不是先找他看病的,他绝不会拿出那帖膏药,无论你出多少钱也不给。有一天,村里来了一个病人,头上长了一个大脓包,还发出一股恶臭。他在别人的指点下,才好不容易找到阿祥伯。阿祥伯一看他头上的脓包,心里早有底了。他拿出一张膏药,在酒精火上加热一番。这时,这个病人讨好地说,你的医术就是高,那些大医院的医生也没你高明,我头上的脓疮大医院里看了一个月了也没好。阿祥伯拿膏药的手突然停在空中,一串蓝莹莹的火苗不知所措地跳蹿着。

阿祥伯盯着病人的眼，"你找过别的医生?"病人疑惑地点点头。阿祥伯把膏药收了起来，盖上酒精灯罩，让病人回去。病人丈二和尚摸不着头脑，只感觉一阵阵的痛是在头上跳着。他起初以为自己头上的脓疮是恶性肿瘤，木然了几分钟，突然大哭起来。阿祥伯被突如其来的哭声吓了一跳，得知他误会了，便告诉他这是疮，不是瘤。病人不相信，反问他为什么不给他看病了。旁边的一位病人悄悄告诉他，这位医生治疗脓疮不允许别人不先在他这儿看，所以你不能说在别的地方看过。病人将心将疑，支支吾吾地对阿祥伯说，刚才我跟你没说清楚，我本想去找别的医生看，可我村里人对我说你在这方面是绝对权威，于是我直接奔来了。阿祥伯抬了抬眼，"当真?""绝对。"病人忙不迭地回过去。酒精灯"嘶"的一声又亮了。

就在大家都认为这一家顺风顺水的时候，阿祥伯的老婆患上了尿毒症，靠做血透维持生命。与病魔抗争了三年后，他的妻子还是走了。这时他的几个儿子都已成家，孙子孙女都上小学了。阿祥伯做出了一个让村里骇人的举动——做倒插门女婿。这下全村掀起了轩然大波。阿祥伯这种做法被称为"蒲尚老"，意为上门倒插做继父。男人们觉得不可思议，女人们更是议论纷纷，甚至私下猜测是不是早好上的? 有一天，那女的来我们村里，婶婶们简直忙开来了，你借故鼻塞配些感冒药，她推说家里有人发热买些退热药,一个个争相去看那位女人。

　　结果,大家回来后大失所望,本来最多私下说说罢了,一下子公开发表自己的看法。据阿花婶婶的说法,这个女人实在没什么貌,要身材没身材,更要命的是一只眼睛大一只眼睛小,那眼神一看就知道是个不安分的人,真不知道阿祥看上她什么。阿花婶婶的话引来大家放肆的笑,可我们总觉得这笑声里有某种失落。也许阿祥伯的儒雅曾获得不少女人的暗羡,如今他找一个比自己年轻不了多少的女人,大家不愤懑才怪呢。

　　村子里一时弥漫着淡淡的低落。几天前还七嘴八舌的女人们,悄悄地闭起了自己的嘴巴,没有人寻开心说阿祥伯的笑话,倒是莫名其妙地骂起狗来,狗也弄得凄惶无措,耷拉着脑袋,连往日的吠声也低了许多。

　　阿祥伯走前把家里诊所交给了他的第二个儿子。他走后大概两小时,有人突然说了一句,阿祥叔今天穿的是皮鞋。旁边有人回应道,现在叫阿祥哥就够了。

　　据说,阿祥伯在那边继续做他的医生,只是没有人记得阿祥这个名字,大家都叫他吴医生。

张先生

　　村里人都称他为张先生。那时他约六十开外吧。跟村里人不同，他不穿中山装，而着长衫。冬天棉长袍，夏天深蓝色的长衫，下摆一直盖住脚背。

　　他长得瘦瘦高高，一头白发，双目紧闭的脸上始终溢着笑意，村里人还没打招呼，已经与他的笑脸碰上了。似乎，他先看到了别人的笑容。

　　其实，他的身世很苦。他家里有五个兄弟，他是最小的一个。十几岁的时候得了一场大病，后来慢慢地开始失明。跟众多家庭一样,那时生活过得很拮据。再加上兄弟多,他父母也没把他的病放在心上,最后变成了瞎子。后天失明跟先天失明最大的不同,是前者曾经看到过这个世界,在心里永久地留有记忆,痛感自然比先天失明来得强烈。他那时的痛苦情形我们已不得而知,他也从不提起他曾看到过的世相。

在失明后的一段时间,他为了生计给人搓过绳,磨过剪刀,甚至下河捕鱼。因有一次,他捕鱼的时候脚抽筋,差点被淹死,他的父母才不让他下河。他的舅舅来他家,说起他们村也有一个瞎子,给人算命能挣钱,于是他就跟着他舅舅拜那人为师学起算命来。

两年后他回村里来的时候,已经能张口甲乙丙丁,闭口子丑寅卯。说话的声音与口气柔柔和和,绵绵糯糯,像私塾先生。这两年内,他师傅一天一句的口诀让他背。他记忆力特好,教过的口诀一念就能背出来。那位瞎子师傅见他聪慧过人,有意把他留下来,但他想了想决定还是回到村里。

到了村里后,他开始走村算命。他让侄子领着他,自己敲着一对响板,“的笃,的笃,的的笃笃”,行走在各个村子里。生意好的时候,他能挣下一星期的口粮。生意不好时,他走了一天都没有一个要算命的。他从不给村里人算命,哪怕人家进了他屋,好说歹说求他算个命,他也不肯。理由很简单,他说应远不应近。

　　有一次,阿调婶婶的儿子因经济纠纷惹上了官司,求他算一下命,能不能过得去。阿调婶婶的儿子是村里最不争气的年轻人,平时游手好闲,不务正业,阿调婶婶因为只有这么一个独子,非常宠他,平时她男人想教训儿子一下,阿调婶婶也总是护着,结果这年轻人越来越不争气,整日跟人赌博,输了不少钱。这次因为骗别人的钱被人告到了派出所。张先生自然都知道这些事。本来他想继续坚持不给村里人算命的规矩,后来不知怎么的,他要阿调婶婶的儿子一起来听他算命。他说,这位后生的命非常好,但背运,主要是不接土气。下步要想找回运来,赶紧把钱还好,让他下地三年,这运才能跟命合上来。到了这份上,阿调婶婶也只能认命,一边筹钱还债,一边几乎是押着他每天下地干活。三年后,小伙子果然变得很成器,不再赌博,还学了一门手艺。阿调婶婶非常感激他,到处说他算的命很灵验。他听了后,还是淡淡的一笑,不言不语。

　　渐渐地,他的名气大了起来,有人慕名前来,他不仅算命,还排八字、择日子,生意一下子红火起来,再加上他侄子也到了上学的年龄,他不想耽搁侄子的学业,便放弃走村算命的活。农村有句话,心慌不定,卜课算命。到他那里去的人,总带有心底深处的那份不自信。对此,他是深谙个中缘由的。待来人报出生辰,问清算学业、婚姻、财运等后,便用拇指在食指与中指处上上下下掐一会儿,然后拖腔拉调地道来。有时会停下来,跟前来算命的人问询几句,继续娓娓地念念有词。听的人不时地点点头,一脸的虔诚。

有时,村里也会有算命的人来,一样的需要有人领着走路,一样的敲着算命板。偶尔有人算个命,事后这个算命的人会跑到他那儿,请他说说这个命算得对不对。他轻声轻气地说,这人水平可比我高了。如果遇到破灾解难的事,虽然已经出钱付那个算命的,但还是会过来问他这方法管不管用。他搓搓手说:"这人的方法很管用,我还没想到呢。"来人心满意足地离去,而他轻轻地叹一口气,只是很轻很轻,没有人能够听得见,除了他自己。

我们念小学的时候,学校要求每个学生学雷锋做好事。我们几个人想了想,觉得他属于做好事的对象,虽然他那时已经有个侄子过继给他,但他基本属于一个人在过生活。我们进他家后,无非是扫个地,擦个桌,再就是吃他给我们的一些零食。他似乎很高兴我们去他那儿,摸索着从抽屉里拿糖果、饼干什么的。我们去得多了,他就让我们自己拿吃的。这些零食都是那些算命灵验的人来感谢他的。我们有时叫他张先生爷爷,他高兴地应了;有时称他张爷爷,他愉快地应着;有时甚至喊他瞎子爷爷,他也一样高兴地"唉唉"应了。他从不在我们面前睁开眼,怕我们看了他的瞎眼感到害怕。

　　有时，我们在做好事的时候，有人来算命，他便让我们回去。我们不解，但又不好多问什么，只能偷偷地站远一点，屏住声息听他给别人算命。时间长了，我们发现他给人算的命大同小异，他也会用套话的方式先探得来人的心思，再用模棱两可的话给人启示，后用鼓励、激励的语言给人明示。与其他走村算命者最大的不同是，他从不留一些暗示的灾难语言给人，所以他也从不收取消灾破难的钱。

　　我们问他，世上真有命吗？他闭着眼睛，两颗眼珠子在眼皮下似乎局促地转动，搓搓双手，淡淡地说："这世上每一个人的命是一样的，但运是不同的，它是可以左右的，可以变动的，其实我算的不是命，而是运。"说完，他抖抖索索地把手伸进长衫的斜襟口袋里，掏出手帕擦擦嘴唇。其实，他嘴巴看上去很干净。

　　我们听得懵头懵脑，云里雾里，不明白命跟运怎么会是两码事。阿强接过他的话，"瞎子爷爷，我以后跟你学算命。"阿强的声音嘟嘟囔囔的，嘴巴里塞满了饼干，腮帮子一鼓一鼓的。他渐渐失去了笑意，脸上的表情僵住了。我们突然觉得有些恐惧，他看起来像一具枯瘦的影子，似乎随时可以飘起来，从屋里飘到院子外面。我们想逃跑，可脚立在那儿，动不了。阿强响亮的咀嚼声也收住了，疑惑而惊恐地望着他。屋里静得连眨眼都听得一

清二楚,好在他一直闭着眼睛。良久,他的脸色慢慢缓和下来,
笑意又回到了他的嘴角,我们不由自主地松了口气。他说,千万
别学算命,这都是骗骗人的,对眼睛瞎的人来说无非混口饭吃,
不至于饿死。你们健健康康的,把书念好,以后找个正经工作很
容易的。这句话我们听懂了。只是不明白他怎么会说自己是骗
子呢? 我们心下疑惑,但一转身早忘了他说过的话,继续做我们
的好事,继续吃他抽屉里的糕点。

　　他虽然不给村里人算命,不过,帮人择日子、替人排八字的
事倒不推脱。有次,我母亲请他给我排个八字,看看会不会读
书。按照母亲的意思,如果命里不会念书,这书还是别念了,早
点帮家干活来得实在。老实说,我小学书念得不咋样,班级里经
常有人中途退学,那会儿家长对孩子读书的事也不当一回事,大
人忙于生计,谁会在乎孩子的学业。因为小学升初中必须参加
升学考试,所以一个四十多个同学的班级里能念初中的不过四
分之一,很多人注定只能念到小学毕业。他认真地替我左掐右
算,最后告诉母亲这孩子五行缺木,书一定要念透,以后是个会
读书的人。母亲听后打消了先前的念头,让我继续念书。后来,
我周围的同学有好几个念到小学毕业后没能上初中,而我却很
意外地考上了。那些没进初中的同学先后进村办厂干活,而我
仍然背着书包上学。那时,我家的生活还没多大改善,别人劝母

亲女孩子识几字也就差不多了,早点进厂挣钱来得实惠。母亲说,孩子如果想念就让她念吧。也许,母亲就因为他的一句话而坚持供我上学。

天热的时候,他跟许多人一样喜欢坐在桥头上跟人聊天,但更多的时候是听人聊天。那时他忽闪着一对盲眼,愉快地接受着旁人的声音。明亮的月光滴落在他的眼睛里,泛起些许光泽。坐在月光下的他,看上去有种仙风道骨的气韵。一身的长衫在晚风中微微打着褶皱。月亮升高后,大家慢慢散去,有人习惯性地跟他说,天黑,走路小心。他呵呵一笑,我天黑天明都一样。村里人哈哈大笑,一个个散去。说的没有恶意,听的也不敏感。他捏着竹竿一路打点着回屋。

他走的前一天,有人看见他没来由地回绝前来算命的人,而且似乎态度也不太好。大家都感到疑惑,但又不好多问他什么,以为他可能累了。下午他一个人在村里用竹竿摸着路,从村东走到村西,又自村西绕到村南,花了整整大半天时间把村摸索了一遍。有人看到后觉得有些奇怪,问他怎么绕了一个圈子。他说,出来走走,心就踏实多了。

第三天,他侄子给他送饭的时候,他已经没有呼吸了。他的盲眼深深地藏在了里面。村里人都说,他的口眼闭得很好。

从此,村里失去了一个叫张先生的算命人。

剃头二陈

陈阿来

　　村里人管理发叫剃头。大概只有男人才用得上"剃"字。女人年纪轻的扎两条辫子，年纪大点的梳个绕绕头，在后脑盘上一只髻，中间插一根针，或木制的，或银制的，再在外面罩只黑色的网。有的女人可以一辈子不进剃头店，长了自己用剪刀剪一下，剪下来的头发还可以换个针头线脑什么的。于是，村里的剃头店成了男人的一个公共场所。

　　在那儿，男人们会耐着性子坐在长条凳上等着剃头。大家都会闲聊几句,大至上面的政策,小到某户的家长里短。剃头店成了村里消息的集散地。与晒场、桥头不同的是,这些消息很少成为负面信息,流长飞短的事剃头店里不太发生,即使有过,也就止于店里,没有人带出剃头店。因为,陈阿来关了店门,也就关了自己的嘴巴,他从不把听来的长长短短消息再短短长长地流传出去。任何来过店里的人,说了走,陈阿来便把他刚才所说的话,连同剃下来的头发一起扫进了角落里。

陈阿来的店是我们邻近几个村唯一一家剃头店。所以,他的店几乎没有闲过一天。一大清早,陈阿来一瘸一拐地来到店里,第一件事是把一扇扇排板卸下来,按照东一、东二等标识有序地堆放在墙角,然后装煤炉、烧开水、扫地。

陈阿来得过小儿麻痹症,右腿细得像一根柴,而且又短了一大截,走起路来身子一歪一斜。陈阿来走的时候是左脚迈出后,立住身子,后让右脚移过去,待右脚与左脚相平后,踮起右脚撑住身体,再把左脚往前跨出去。背着夕阳回家时,矮墙门上出现一摇一晃的身影,那人必是陈阿来。陈阿来在有月亮的晚上不敢出门。陈阿来年轻的时候,晚上去串门,结果月光下他一摇一摆的影子映在一位新过门媳妇的窗帘上,把这位媳妇吓得半死,留下的后遗症是两年内流产三次。自那以后,陈阿来就没在晚上出过门,就是临近过年,店里再忙,他到了晚上也绝不开店门。

陈阿来腿有疾，不能像正常人一样下地挣工分，十多岁的时候，他的父母便让他学了剃头这门手艺。虽说，这手艺不是体面的活，但好歹能养活自己。十多年下来，陈阿来不仅把媳妇娶进门，而且还翻建起了两间瓦房。

陈阿来的剃头店也就十来平方米，一面镜子占去了半面墙，下面搁了一块台板，放了些剃头工具，几把梳子、一把推刀、两把剪刀，外加一把尾巴呈半月形的剃胡子刀，旁边挂了一张米色的刮刀布。陈阿来每每替人修面前，总要拿刀在这块布上用力地来回刮几下，"嗖嗖嗖"几声，让人联想到家里宰鸡前，大人把刀搁在七石缸沿上反复摩擦，只不过，那种声音很粗糙。

店的正中间是一把木制的椅子，可以转动，也可以抽出后面的一个木榫，人就能躺下来。紧挨着门的是几条长凳，准备剃头的人便坐在那儿候着。当然，也有不剃头的，专门坐在那儿跟人来闲聊。往里是一口洗头槽，上面没有水龙头，洗头得用一盆盆的热水冲兑冷水后才能洗。店里有碱肥皂，也有香皂，但香皂只能用来刮胡子。如想用香皂洗头，那只能再加两分钱。村里的男人除了在洗头店里洗次头，平时在家不太有时间洗头，而且也没有这个习惯。如让自己的女人洗头，家里的老母亲会干涉，认为女人的手不可以在男人头上摸来摸去，否则会让男人失运。所以，到陈阿来店里来的人八成有几个月没洗过头。陈阿来怕洗不干净,常用一把带齿的圆形梳子在你头上来回刨,洗下来的水发黑。好在,大家都习以为常。

陈阿来剃头的样式非常简单,最多的是平头与光头。偶尔有几个西分头,也只是那些去相亲的,或娶媳妇的。遇上剃这种头的,陈阿来会从下面的柜子里拿出一瓶"松发油",小心翼翼地在头发的中缝两边抹上,再用梳子往后梳,双手配合着在旁边打理。虽然,瘸着一条腿,但丝毫不影响他对"头顶大事"的专注与投入。当然,这样的剃头要多收三分钱。

据他自己讲,他师傅曾教过他剃头有十六套活计,梳、洗、编、掏、捏、提……只是这些活中,他只用上了几种而已,尤其适合于女人梳、编等之类的,等于自绝武功。好在,他还保留了掏、捏等手上功夫。尤其是掏,那是陈阿来的一个绝活。他有专用的工具,全部是竹制的,灵巧,细致,色泽光滑,装在一只竹筒里,挂在镜子旁边。他不仅眼神好,而且耐心。剃头的人没有不喜欢接受他掏耳朵服务,再说这是免费的。

陈阿来先用双手按摩耳朵数分钟,后用挖耳勺轻轻地在里面踩点,酥酥麻麻又微带点痛痒的感觉传遍全身,能把一个人的所有心思全部集中到耳朵里。陈阿来在耳朵里一提一压,一旋一转,让坐在剃头椅子上的人一松一紧。这还是第二步。第三步是用镊子往里送,把里面的耳屎取出来。这把镊子是用竹做的,头部又细又尖,跟针眼差不多。陈阿来歪着脑袋,斜着眼睛,一只手提着耳朵,另一只在里面慢慢地进进出出,一条残腿几乎是浮在地面上,人的重心全部落在那条正常的腿上,整个人与剃头的人形成一个斜度。耳朵里面的活干得差不多的时候,陈阿来捏住一把顶端有一球形的软刷在耳道里捣鼓一阵,最后再用手按住双耳一压一放,连续几分钟。当陈阿来在肩上一拍,剃头的人便知道这头算是剃成了,于是慢慢张开眼睛。陈阿来一边拿刷子掸去碎发,一边解开系在剃头人脖子上的蓝布片。

　　陈阿来剃一个头至少一个来钟头,活绝对做得很细致,即使一根碎发,他也不会留下。所以,他即使从早干到晚,也剃不了几个头,那些坐在剃头椅子里的人,虽然脖子被一条蓝色的大围巾系着,头不能随意转动,由阿来根据剃发的程序而拨弄,但大家都喜欢跟他聊天,不过,这天聊得也只有一个人自说自答,陈阿来最多嗯嗯啊啊。不到半个小时,说的人早眯起了眼睛,店里只有手推刀的“咔咔咔”的声音。如果是下雨天,他店里的生意特别好。有的老人愿意从早排到晚,一边闲聊,一边喝着陈阿来备下的茶。

　　茶当然是粗茶,开水是随时可以供应的。大家在剃头店里聊天,但从不聊跟剃头有关的事。坐在长条凳上的目光围着陈阿来,而陈阿来的目光全集中在剃头椅子上的人。有时,长条凳上的人说着说着,椅子上的人会忍不住与长条凳上的人搭腔,不过,这头始终被陈阿来摁着,不得已时只好中断说话,由长条凳上的人继续话题,如果长条凳上没什么人,坐在剃头椅子上的人就跟陈阿来哼哼唧唧,不一会儿把自家的事也说了进去。

剃过头,像脱了胎一样。出了剃头店,头轻松,心也轻松。憋了许久的话连同耳屎一样被掏空了。剪去的头发还可以长,而村里人的话题却在变。下次,进剃头店的人也许又有一肚子的话。

陈师傅

村里人剃头除了上剃头店外,还有另外一个选择。那个人也姓陈,大家都叫他陈师傅。他一个月来村里一次,来的时候手里提一只木箱子,不大,里面装了些剪刀、梳子、推刀之类的剃头工具。据父亲说,他小的时候上门剃头的人还挑着一副担子,担子上挂着一块布,用来刮胡子剃刀,前面是一只炉子、脸盆,后面是一条带有抽屉的三脚凳。不过,陈师傅来我们村里时没有那么多的行头,洗头由剃头人在家里自己解决。尽管他的设施简陋,而且也没有可以躺下来的剃头椅子,但还是有许多人被吸引住,每次来村里总要忙上一天。除了陈师傅的剃头钿比陈阿来少五分外,更重要的是陈师傅一来把村里人的情绪调动了起来。

　　陈师傅进村后，既不吆喝，也不设摊，而是先唱上一段。他能唱滩簧，而且一口气能唱半个小时。滩簧是我们那边的家乡剧种，农闲时常有草台班子到一些村去演出。因为唱词大多口语化，曲调柔美，而且演出的剧情多取自农村生活和男女爱情，那些唱词、念白几乎每个人都能懂，因此，村里人非常喜欢听，尤其夹着粗俗，甚至有些下流但又不失轻松的俚语唱词，更让村里人在精神上得到片刻的松懈，从农事家事的束缚里解脱出来。陈师傅的声音中气很足，不用扩音器，也能把半里内的人吸引过来。陈师傅等周围的人慢慢聚拢过来后，便戛然而止。也因为大家都知道陈师傅留有这一手，再加上他剃头收的钱比较便宜，所以，陈师傅的生意并不是特别差。

　　有时，他剃头的地方自然而然会形成场面。一些小贩停住了脚步，借陈师傅的人气摆开了摊子。卖葱管糖的、售香烟的、兑针脑丝线的，三三两两地跟陈师傅的剃头摊保持适当的距离。陈师傅剃头的时候，跟他唱滩簧时判若两人。此时他侧着头，一双手麻利地在别人的头上忙碌着，剪下来的头发左飞右散，渐渐地，在地上堆起了头发。这些头发由借凳子的主人拾掇干净，可以换些针头线脑。很多人实在是不过瘾，希望陈师傅能再唱上几段。大家知道陈师傅剃头时不唱的规矩，所以只能盼望他干完活后唱。

陈师傅很仗义,收摊前再给大家来一段,他的唱词里总会因时因地带点自创,看见老人唱祝寿,看见小孩唱祝福,总之在他眼里个个都是值得赞美与祝福的。个别小贩也会唱一段绍剧,那场面可有意思了,似乎来了一个临时凑拢的草台班。

陈师傅一般都是早进村晚出村。逢了那一天,陈阿来的店里自然冷清,他不急不恼。他清楚,村里哪个男人的头发还要过几天才剃。该来的迟早会来。他倒是乐得清闲一天,动动嘴,歇歇手。毕竟每天总会有几个不剃头的村民来聊天。

陈阿来知道哪几个头就是留着头发,等候着陈师傅的流动摊前来,无非图个耳朵享受嘛。这一点,陈阿来承认自己嘴笨,可是,剃头靠的是手上功夫嘛。他说,样样都灵巧,不就成了神仙。

剃头二陈为我们村里人带来了生活的乐趣,使很多人在短暂的剃头时光里忘却了日子深处的磨损与粗糙。只是,当有一天剃头店变成了理发店,女人不再局限于在家里洗头、梳条辫子时,剃头二陈慢慢被人淡忘了。陈师傅是第一个自我淘汰的,他不来我们村里的最初一段时间,村里人挺想念他的。后来有了电视机,有了录音机,陈师傅的那些戏在这些机子里全有,而且还是完整版的,于是村里人习惯了每天可以听到戏的日子,并且还满足于这种随时可以中止,可以播放的效果。

　　陈阿来的剃头店还开着，他戴上了老花镜。只有村里的老人清一色地集中在他的店里，还是原来那套手艺，只是他掏耳朵的手艺不再亮相。似乎意味着村庄不再有值得听的声音。

肚里仙

　　爷爷过世时我才五岁。葬礼上的事已经记不太清楚。大约过了五七后，母亲与两位姑妈以及婶婶去"关仙"。本来涉及家里重要事情的时候，我们往往是被忽略的，但这次，我们全被叫上了，还有几个表兄妹、堂妹，一行人在大人的牵手下来到了邻近一个村。

　　村里人时兴"关仙"，尤其遇到新过世的老人，或者家里最近有什么不顺，包括多次做梦梦到已经过世的老人后，大家都会去"关仙"，向已故老人讨点消息。所谓"关仙"，是找一个能通阴间的人,这个人村里人称为"肚里仙",她能把死去的先人从阴间里叫回来,与活着的亲人作一次对话。那么这次出行,就是为了跟一个月前过世的爷爷说上几句话,问问他在下面好不好,病好了没有。

快进村时,大姑妈突然说,我们不要各自牵自己的孩子,换着手牵进去,让她辨别辨别谁是谁的孩子。如果连这点都说不准,这个"肚里仙"的水准也就这个样子。于是,我们这些屁孩匆忙地交换着大人的手。小姑妈牵我的手,因为我长得很像她;哥的手被大姑妈拉着,我母亲则拉着堂妹的手,一切看起来滴水不漏。

进村后在别人的稍稍指点下,左拐右弯了一小会儿,我们来到了一座半是茅草半是瓦片的房子前。门虚掩着,一只猫靠在门槛边懒洋洋地眯着眼睛,露出雪白的肚子,见有人来,抬头望了我们一下,眼睛似乎没怎么睁开,动了动嘴边的胡子,继续把头枕在前爪上,然后看也不看我们。院子里有几只鸡走来走去,偶尔歪着头瞧我们一下,还随走随拉,我们得左跳右踮才能避免踩到一坨坨的鸡屎。墙角的柴蓬歪歪扭扭,似乎随时会倒下来。晾晒的衣服皱巴巴地搭在竹竿上,显然从水里捞出来的时候没有拉直。

小姑妈朝门里瞧了瞧,喊了声:"有人吗?"许是小姑妈的音亮响了些，那只猫猛地从我们脚边蹿了过去，院子里一阵"咯咯咯"，非常混乱。这时，隔壁出来一个老奶奶，颤颤巍巍地拄着拐杖过来。不等我们开口，她却直截了当地说，你们晚上来吧，阿菊白天不叫的，去地里干活了。大人见此情形，不得不离开。

好在，邻近的村子路程并不远，也就二十分钟而已。到了晚上，表妹与堂妹不想去，只有我和哥还有一些亢奋的情绪。当我们赶到那儿时，屋里的人正在用饭。昏暗的灯下至少有五六张脸。他们招呼我们坐下，有一位小姑娘还给我们倒了水。我辨别不出桌子上吃饭的哪一个是"肚里仙"，他们一个个咂吧咂吧着，筷子把碗划拨得叮当响，夹菜的时候有时互相还会碰到筷子。如果在我家，肯定会被母亲骂一顿。吃饭时不准发出重重的咀嚼声，夹菜时不可以拨来拨去，诸如此类的规矩从小必得恪守。现在看到他们饭桌上的情形，我心里嘀咕着这"大仙"跟常人似乎没什么异同嘛，但不敢说出来。因为刚才母亲在路上早叮嘱过，到了那儿不可以随便乱说话。

待他们吃好饭，有一位跟我奶奶年纪差不多的人把我们领到另一间房子里。母亲让我叫她"阿婆"，她似乎很高兴地应了。房间很狭小，再加上灯光昏暗，根本没法把视线打开，往上看是一团黑糊糊，往下看也是一片黑漆漆。她让我们坐下，自己从抽屉里取了几支香，划着火柴，燃上，插入香炉。我这才注意到在房间的北侧有一张八仙桌,上面供奉着一尊菩萨像,面前放着几只酒盅。她靠八仙桌坐下,低垂着眼睛,开始不言不语。母亲与姑妈见状,赶紧端正坐姿,目光紧紧地盯着她。小姑妈不知想起了什么,忙把我从母亲身边拉了过去,坐到她腿上。过了一会儿,她缓缓地抬起头,环视了一下,问,叫谁?谁来叫?姑妈把爷爷的名字报了出来,然后说是女儿来关仙。她打了一个嗝。我暗想,这人是不是刚才吃多了?她又问爷爷的生日,以及把坟筑在什么地方。这些都是姑妈在跟她一问一答。之后,她不再问什么,眼睛似乎空空地从我们身上飘过,跟她旁边的那一缕青烟一样,在屋子中间打结,然后慢慢消散。

屋里所有的人都集中在这位"肚里仙奶奶"身上。屋里寂静极了。她打嗝的声音越来越急促,现在听起来不像是吃饱饭的那种能集中人意念的声音,而是让人容易涣散心思的嗝音。借着灯光,我看到她有一个大大的鼻子,一双粗糙的大手,还长着大大的屁股,她坐的那张凳子,几乎看不到凳角。她打嗝结束后开始打哈欠,原来嘴巴也是大大的。一个哈欠把她的嘴巴撑得又宽又阔。我怀疑她是不是想睡觉了。如果我们打两三个哈欠,早被父母抱到床上去了。可此时,母亲一脸虔诚地望着她,一动也不动地注视着她,似乎很认真地读着她,但至于读到什么,我也不知道。

打嗝打哈欠，良久，她开始有曲有调地唱起来。母亲与姑妈赶紧立了立身子，神色非常凝重地盯着她。在她们眼里此刻应该是爷爷来了。我一点都听不懂她唱的是什么，她也一点都不像我过世的爷爷，但姑妈她们却开始跟"爷爷"问答起来。一个问家里有多少亲人，一个问在座的都是谁。她缓了缓气息，就所问的问题慢慢地答来。她的眼神既不像呆滞，但也没有灵活劲，有时会拿目光瞟一下，又若无其事地移走。我赶忙低下头，不想掉进她的目光里。她继续用她的仙语形式跟母亲与姑妈交流。也不知她们说到了什么，母亲与姑妈竟然一搭一搭地抽泣起来。我茫然不知所措，只好蜷缩在姑妈腿上。后来，母亲让哥叫爷爷，哥叫了一声，她居然在脸上绽开了笑容，这下把母亲与姑妈的泪水也吸走了。姑妈让我叫外公，我心里发毛。心想如果真是爷爷，他会不会生我的气？如果不是，这样叫他岂不是很滑稽？我犹豫着，而她却转过头来，用那似呆非呆的目光看着我。姑妈推了我一把，而我母亲轻声嘱我快叫，我怯怯地叫了一声"外公"。这时屋里人的眼光都集中到了她身上。她拿眼睛朝屋里扫了一下，然后又接上刚才的调子唱唱诺诺。随后，姑妈与母亲似乎不约而同地松了一口气，让我叫"爷爷"，我懵里懵懂的又叫了一声。

　　大约二十分钟后，关仙结束。她跟刚才我们来时一样又是打嗝又是哈欠，不过时间很短促，也就一小会儿而已。她打最后一个哈欠时，我感觉这个哈欠传染给了我，虽然尽量忍住不让这个哈欠从嘴巴里堂皇地出来，但我感觉自己真困了。母亲抢先一步把钱付给这个"肚里仙阿婆"，她边把身子凑近灯光，边说要不要找啊？母亲说不用找了，正好。那张纸币对折躺在她的手心里，显得她的手更加宽阔。她把手提上来，顺势用拇指与食指捏住纸币的一角，尽管她不好意思把钱打开来看，但我感觉她的眼睛有些光芒，后来还带出来一丝满意。纸币上的图案是"车床工人"。这回连我也看清了。

后来，我在村里阿珍嬷嬷家里看到她。那天，她正和几位婶婶、嬷嬷聊天。我当时不敢认定她就是"肚里仙阿婆"。但看到她坐在凳子上看不到凳角的阵势，以及她的大鼻子让我觉得应该是她无疑。我想从她们身边溜过去，这时旁边的一位婶婶转过头来，注意到了我，让我叫她"阿婆"。我匆匆忙忙地叫了她一声，也不知道她应了没有，飞快地跑了。回到家里，我告诉母亲我看到那个"肚里仙阿婆"了。母亲听了脸上露出一些惊讶，然后自言自语地说，"原来她在我们村有亲戚。"

这个"肚里仙阿婆"我前前后后见到过几次，有时在我们村里，有时在我们上学路上。如果有大人在，我们不管是谁都要恭恭敬敬地叫她一声"阿婆"。尤其是那些上了年纪的人，见到她都非常尊敬。她也习惯了村里人对她的这份敬重,她知道自己在村民心中的地位。家里小孩发热肚痛什么的,奶奶辈的人不会先去找医生,而是直奔她家。有时讨点香灰,有时是一只香袋,回家再烧些纸钱,偶尔也有退烧除病的时候,于是相当于又给她做了一次生动的以身试仙的广告。后来有谁家里不见了东西,甚至丢只鸡也会去她那儿问问。她呢,似乎什么事都能管。

　　说也奇怪,去她那里的人带着满脸的焦灼和满腹的心思,一到她那儿,那些在肚子里反复了许久的心思都被她集中在上香、打嗝上,所以,人倒安静了下来。她给出的答案有时模棱两可,有时则属于抚慰而已。比如某人说一只金戒指找不到了,她则说,东西在的,现在你不用去找。因为有她这句话,主人便放下心来。结果一段时间后这枚戒指真找到了。当然,在哪儿找到的主人保留了拒绝透露消息的权利。我母亲也经历过这么一次事件。母亲跟其他婶婶、嬷嬷一样,常常把值钱的东西藏来藏去。而藏的地方一般人是想也想不到的,什么马桶底、箱子底、眠床底,外面通常里三层外三层的用布包起来,生怕飞了似的。有天,母亲神色紧张地告诉父亲,家里的一对金耳环不见了。父亲说,肯定被你藏没了。母亲不吭声,出门转身走了。半晌,母亲回来了,脸色缓和了很多,跟父亲嘀咕了一下出门干活去了。大约几个月后,母亲在一堆旧衣服堆里找到了那对金耳环。母亲的高兴劲自不用说,一个劲地夸"肚里仙阿婆"真灵验。

　　原以为像这样的仙家之职是不会有挑战的,毕竟可不是随随便便的人都能入仙籍的。据说,那位"肚里仙阿婆"之所以能有这样的通神之处,是因为她曾经经受了非凡的磨炼。她原来是一个很木讷的人,话也不多,更不会有唱曲之类的能力。在她四十几岁那年突然生了一场大病,连续几天发高热,等烧退却后一个月不吃饭,只能喝水与吃些橘子。正当村里人怀疑她活不长的时候,突然有一天,她从床上下来,精神焕发地出现在村里。大家都吃了一惊,她不仅脸色看上去跟常人无疑,而且话也比生病前会说多了。再后来,当然大家都知道她能"关仙"了,这一传十、十传百的效应让她变得越来越神。当我们知道这个故事时,她早已有十多年的"仙龄"了。对于她的这个故事我们只有听说的份,谁也不会去求证故事的真伪。

　　这位"肚里仙阿婆"的地位受到威胁是来自另一个村的"龙王菩萨"。这位"菩萨"年方五十,听说也经过了生病、禁食等之类的体乏其身。既然被人称为菩萨,自然比"仙"要神通,除了关仙,她还给人算命、看病,俨然一个全科医生。

　　我曾随大姨妈去过那儿一次。我们到达这位"龙王菩萨"家时,太阳还仅仅升起一丈高而已,但她家里早已集聚了许多人,门口有一个中年妇女模样的人,正在熟练地负责发号、叫号。很

不幸,我们是二十五号,得等上两个小时。这时"龙王菩萨"刚刚
起床,端着脸盆从里屋出来。人们一看到她,起初有些骚动,毕
竟等待了那么长的时间,但继而很快像风扫过去一样安静了下
来。她脸上毫无表情,似乎早已习惯了大家对她的谦恭。大约
过了二十分钟后,她开始让等候外面的人依号子进去,但只能进
去两个人,哪怕你带来了多少人。其余的人被安排到三个房间
里等候。

我们等候当中有两个跟我母亲差不多的人,手里捏着一张
纸,进来各自分散坐在我们中间。这两个人坐下后跟周围的人
开始搭讪。她们说这个"龙王菩萨"如何灵验,还道出今天为什
么会来这儿,对自己家里的事一点都不隐讳。我姑妈其实不太
喜欢这样的人,但那天不知怎么的,竟然跟这个人聊起天来,这
个人非常热情地问这问那,基本上把姑妈今天这次来的情况掌
握了六七分。这个时候,另一位妇女虽然有一句没一句的,但那
双小眼睛一刻也没停留在某个地方上,与其他人相比她们这两
位显得更有精气神。我因待不住,溜出去了一会儿。等我回来
的时候,这两位妇女早已离开。快到中午的时候,才好不容易轮
到姑妈。我们进去后,这位"菩萨"示意让我们坐下。她问姑妈
请什么愿,姑妈答:"最近我女儿经常感到头痛,而且上午不痛,
下午痛。想求救菩萨。"她起身点上一支香,然后目光定定地看

着我姑妈,那眼神空洞的像能把人拉进去。我紧紧地靠在姑妈身上,姑妈捏了一下我的手。不一会儿,她开口说话了,把姑妈家的位置,包括房屋的左右都说得一清二楚,家里还有哪些人也交代得明明白白。姑妈把嘴巴张得大大的,不住地点点头。最后,这位"菩萨"说每天回家上香,三天后把这个黄袋挂在表姐的床头。前后不过十分钟,姑妈在她面前的功德箱里塞进了一张"大团结"。

我们出来后,碰到了刚才两位妇女中的一位正从另一间房间里急急忙忙地出来,姑妈一把拉住她,很热心地告诉她,我们已经问好了,很灵验的,你的号子到了没有。她连连摆手,说是还没有。话说完,匆忙地走开了。姑妈有些失望,拉着我的手朝墙门外走去。我忍不住转过头,只见那位妇女拐进了"菩萨"房间旁边的一间,这时另一位也出现了,正尾随其后。我突然想起,那位"菩萨"的房间里有一扇门,直通外面的一条走廊,但我们进去后门是被关死的。

表姐的病到底还是在医院里看好的,病因很简单,因为正在发育长身体,得的是功能性的神经头痛,服了几天药就好了。姑夫就是因为不信这个,才没听姑妈的话直接带表姐去看医生了。姑妈虽然心里不得不承认是大医院里开的药治好了女儿的病,但心生狐疑,"如果'龙王菩萨'的法术不灵验,那怎么能把我们家里的事都说得那么清楚?"我张了张嘴巴,但最后到底还是没有说出来。

有一天,我放学经过一座桥时,突然碰到了出殡的队伍,有人说那是"肚里仙阿婆"过世了。我一时茫然,不知今后谁能帮她通阳间。"肚里仙阿婆"的死因很简单,她患上了严重的胃病,去看"草头郎中"(民间行医者),结果被那位郎中一针下去医死了。

我们村里的人感到很遗憾,今后"关仙"得跑很远的路。

客串媒人

其实,老许客串媒人,起初纯属歪打正着。

老许是个男人,五大三粗,有一个杀猪胚的身板。浓眉,宽脸,可惜偏偏下面是一双小眼睛,再加上滴溜溜地转,怎么看都让人疑心这是一双偷工减料的眼睛。好在,老许有一张与众不同的嘴巴,嘴巴很大,哪怕紧闭着,左右两边的嘴角占了脸的一半空间,如果一张嘴,那嘴角似乎随时都会扯到耳朵边。据老许自己的话来说,这是一张吃四方的嘴巴,有口福。也是,老许原是走村串户的人,他自我评价是个跑三关六码头见世面的人。

　　老许端起酒盅,嘴唇努力撮成一圈,可惜抿得有些不成气候。呷一口酒,喉咙里一声咕咚,放下酒杯,夹一筷菜,嘴巴里咕哝着"滩簧"的调子,再从鼻子里哼出来,只是最后变成了哼哼唧唧。老许的老婆看不惯他这副德性,有事没事每天要喝一盅,好像家里养了一位老爷。

　　老许喝酒的时候,他老婆正忙着洒庭扫阶,窸里窣啰的声音影响了老许喝酒的情绪。老许很不高兴,冲着他老婆重重地说了一句:"我正在喝酒,你不会等我喝好了再扫?"老许老婆瞪了一眼,"你就知道喝,也不想想自己是什么人!"老许猛地咳嗽了一下,不知是被酒呛着了,还是被他老婆的话噎着了。他老婆没理他,继续窸里窣啰。老许的脸上已有些酡红,扭过头去,"老子是见过世面的人,这村里谁比我见多识广?"老许老婆把扫帚往地上一扔,"得了吧,就你那点结鸡(阉鸡)能耐,还好意思说见过世面?"仅三个来回,老许就败下阵来,不敢再与老婆过招。老许有自知之明。

　　老许平时难得在家,他手上的活不允许候在家里。他的行头一年四季如此,而且几年下来也不见有什么改进。他左手拎一只帆布袋,右胳肢窝里夹一顶黄油纸伞,脚上一双绿色的胶鞋。我们从来没有听到过他是怎么吆喝的,但凭借他喜欢哼滩簧的劲,想必他的吆喝声里一定离不开那种曲调。我们甚至模仿过,"结鸡哟,鸡结勿结,鸡好结哉……"老许听了嘿嘿一笑,既不否定也不肯定。

　　有一次,老许跑到一个村庄,替一户人家的鸡做手术。术毕,老许收钱走人。晚上,老许对着煤油灯把一天的账记录在册。这是老许一贯的作风,也是他在年底前盘点收入的凭据,尽管数字最多也就三位数。这次,他算来算去觉得数字有出入。这天的生意其实并不好,老许也就阉了一户人家的鸡,而袋里的钱却多出了一元。他左思右想,认为自己找错了钱。于是,第二天,老许一大早跑到这户人家,并说明来意,把多收的一元钱还给了人家。这家的主人很感动,留下他喝茶聊天什么的。聊着聊着,不知怎么的聊起了家里儿女的事。这家主人有五个女儿,老大已经有二十二岁了(属于当时的大龄青年),至今还没有对象。虽然曾有人登门说媒,但因为要招婿入赘,都没说成。末了,这家主人问老许:"你们村有没有家境贫寒,小伙子人老实,品行端正,年龄相仿,愿意做倒插门女婿的?""家境好的才不会做上门女婿。即使小伙子自己同意,父母也不会答应。"老许接过话去。"那是,那是",主人附和着。老许吸了口烟,在脑海里排查着这样的人选,突然灵光一闪,他有一个远亲,家里的情况与这家正好相反,生了五个光头。大的今年二十六,也没有对象。家里仅有两间瓦房和三间茅房,堆农什还占据了一间。别人一看他家境，都不敢来。他曾在亲戚家碰到过这位远亲，那人面露难色地跟他说，如果有合适的人家，让大儿子做上门女婿也可以。他一想到这里，心里有了底。

老许毕竟是见过世面的人。他不动声色地察看了这户人家的房子。四间瓦房，柱子的木材不是一般的材料，又圆又粗，非常气派，檩条笔直，结实，橡子中间搁的不是油毛毡，而是小青砖。墙壁刷得雪白，光滑。单从这屋里的用料，老许就感觉这户人家的家境属于中以上。再看他家养的一群鸡，足以看出有一定的实力，而且那天有一个细节给老许留下了一个很深的印象。这家至少有十只公鸡，但主人只让他阉了一半，说是要留着过年祭祀用。凭借老许多年的阉鸡经验，只有殷实人家才会这么做。老许收回他的目光，端起茶杯喝了一口茶，然后对这家主人说："人倒是有，但不知人家肯不肯做上门女婿。"这家主人一听，又赶忙递上一支烟。老许心里暖洋洋的，却还是非常淡定地接过烟，夹在耳朵上。

老许做媒进展顺利。他回来后跟那位远房亲戚一说，事情很快有了眉目。这少不了老许的动员工作，凭他多年的眼光，认为这户人家什么都不比别人差，关键少了一个儿子。接下来，老许又跑了几次，把两家的意思互相沟通了一下，准确地说，是老许统一了两家的思想。后来，老许定了一个日子，两个年轻人在女方家见了面,彼此感觉都不错。以后的事,老许也就没操多少心,一切都顺理成章。老许因为第一次做媒,没有经验,都是女方家定调子,老许跑跑脚头而已。

婚事操办得很体面,男方女方都很满意。一个月后,女方来谢媒,给他送来了两条香烟、四瓶老酒,外加一块的确良布料。这可喜坏了老许一家,尤其他老婆,把布料在身上比画来比画去。最后还是送给了小舅子,小伙子正准备说对象,需要一件像样的衣服。

老许第一次做媒成功后,也并没有把这事挂在心上,仍旧一如既往地做他的阉鸡活。又碰上了一件事,可把老许的名声弄响了。

有一天,老许阉鸡回来的路上,突然下起了大雨。他虽然带着伞,但因雨势实在是太猛了,不得已,借一户人家的屋檐避雨。这人家非常热情,招呼他进屋。老许毕竟是在外面跑的人,没几分钟跟这户人家聊得有些熟了。他很快知道这家有一位瞎子儿子,年过三十还没有对象。原来介绍过几位,但因为不是呆就是年纪大一点。别看这位是瞎子,人很聪明,知道的东西不比明眼人少,平时还能帮人掐个日子,算个命什么的,挣的钱比下地干活的人还多。

那天,老许心里一热,居然自告奋勇地做起媒来。人家自然感激不尽，一定要留他吃过饭再走。雨并没有立刻停止的意思，老许也就半推半就地用过了饭，还喝了半斤老酒。老许满脸通红地拍拍自己的胸脯，辞别了这家人而去。

还没到家，老许的酒醒了一半，想起自己拍胸脯的事，一下子把另一半的酒惊醒。这让他到哪儿找姑娘去呀。谁会下嫁给一个瞎子，这可是一辈子的事。这事如果黄了，让他怎么有底气去走村串户？虽然人家也并没有让他立军令状，可老许有个根深蒂固的观念，即男人说出去的话一是一，二是二，一个唾沫一个钉子。可现在到哪儿找一个与瞎子门当户对的人呢？

回到家后，他一头倒在了床上。他老婆觉得很奇怪，等问清原因后，他老婆像鼓掌一样一拍手，说是她娘家的隔壁有一位姑娘，小儿麻痹症，不过，这位姑娘主要是左手残疾，整个手臂以下全是呈痉挛状，只能在胸前移来移去，手指像鸡爪一样，枯瘦，僵硬。

老许眼睛一亮。他认识这位姑娘，长了一脸的雀斑，谁都不愿意多看她一眼。就是多看一眼，这位姑娘立马不乐意，以为别人嘲笑她难看。所以，这位"麻"姑娘芳龄二十有五，还没有许配的人家。

第二天，他与老婆赶到丈母娘那儿，找到了这位"麻"姑娘家。老许先是假装串门的样子，东聊西聊，就是不提做媒的事。

他老婆有些急了,几次想说明来意,都被老许接过去换成别的话题。半天差不多过去了,老许伸了一下懒腰,摆出准备告辞的姿势。他老婆张张嘴,又被老许挡了回去。老许起身后,又俯下身抓起茶缸喝了几口,擦擦嘴巴后装作漫不经心的样子,问"麻"姑娘的父亲,千金今年多大了?是不是许配好人家了?"麻"姑娘的父亲听后脸色暗淡下来,似乎有些为难地说,"二十五了,还没有说好对象,不是我们嫌对方条件不好,就是对方嫌我们不好。"老许心里微微一动,但还是保持着有意无意的神情,但把话接了过去,"你们有什么条件?""麻"姑娘的父亲是位老实巴交的庄稼汉,自然心无芥蒂地说出他们心目中的条件:人要老实,有一技之长,有点残疾无大碍,但不能是病号,而且要待闺女好。老许一听,那位瞎子正好符合这个条件。

老许到底是有城府的人,在这个点上还保持着他的耐性子,并把一只脚伸出了门外。他老婆在他后面"唉一唉⋯⋯"。老许回头瞪了一眼,转过头来笑眯眯地对"麻"姑娘父亲说:"我倒有一位后生可以介绍给你家千金。"说完顺势把脚收回了门槛内。"麻"姑娘的父亲一听,急忙从口袋里掏出一根烟,给老许点上。老许回到座位上,深深地吸了一口,足足有五分钟,才看到稀薄的灰色烟雾从他嘴里慢悠悠地飘出来。

老许说,"这位后生是个瞎子,年纪三十岁,长得倒很英俊的,家境也不错,而且关键他有一技之长,给人算命。"这位老农觉得自己的女儿嫁个瞎子脸面上说不过去,老许不急不慢地说:"瞎子也就瞎了一双眼,正因为瞎了眼所以美的丑的没法比较,在他那儿美就是丑,丑就是美。"老许的言下之意非常明确,老农再憨厚也明白这话是什么意思,但心里还是接受不了这个条件。

老许继续做思想工作,从这位年轻人的家境一直谈到算命的前景,又不时地比较这两位年轻人的优势互补,说得老农不住地点点头。等老许起身撤退时,此事已经有了一半眉目了,就等老许择日相亲。当然,这个日子最后不是老许定的,那位小伙子怎么着也要给自己选择一个黄道吉日。本来,老许也没指望此事能成,见过面后成不成就不关自己的事了,至少对得起自己说过的话了。

不想,这事出奇地顺利。那位"麻"姑娘见到这位盲人小伙子后惊呆了,认为他是她见过的小伙子中最英俊的一个,左看右看非常帅气。虽然眼睛瞎了,但身上散发的气质却与众不同。如果不是眼睛出了点障碍,否则怎么着也轮不到自己跟他谈对象。盲人后生看不到"麻"姑娘的脸,自然也不知道脸上长麻是怎么一回事,他没法比较长麻与不长麻哪一个更漂亮。

不过,他听了姑娘的声音觉得心里甜甜的,认为姑娘应该是个善解人意的人。老许以为这事此时应该没问题了吧。出乎老许意料的竟然是男方父母看了姑娘后,嫌姑娘长得丑,而且又是个残疾人。老许说,姑娘丑不丑其实对你儿子来说并不重要,至于残疾,那也仅是左手,右手的功能好得很,而且人家的屁股可长得非常结实,肥大,这可是生儿子的相。再说,人家长得健康,又美丽,能许给你家儿子?老许一番话说得两位老人心里的疙瘩慢慢消去了。

因为两家都是第一次做儿女的事,所以婚事中的有关礼俗、礼节的问题还得由老许从中磨合。老许凭着自己结婚时的印象,像模像样地开始部署相关婚前礼事。什么肚痛钿、聘礼等等,一应照单进行落实。这次,老许把自己的老婆也安排了一个媒人的角色。因为媒人得两个,男方与女方各一个。有时倒不是两家走动,而是两个媒人在活动。弄不好的时候,两个媒人会结下梁子。老许当然不会碰到这种事。尽管老许老婆有时候会唠叨,但大事情面前还是老许说了算。老许的口头禅是"女人把家,剩把摇车"。

"麻"姑娘婚后一年生下了一个大胖小子,可把一家人乐坏了。孩子满月那天,把老许与他老婆请了去喝满月酒,并且坐的是首席。老许带了两斤面过去,结果回来的时候手上多了五斤鸡蛋。

老许自那以后,对做媒这事变得无比热情。他的老本行没

有变,而那双小眼睛显得灼灼有神,跟人家三言两语后心里便有
谱。时间一长,他手上掌握了不少未婚青年人的信息,然后,他
本着龙配龙,凤配凤,纽襻配穷卵的理论,对双方的条件捏得准
准的,直刀切黄瓜弯刀切西瓜,这一张嘴一旦说出口,很少让事
变黄了。就凭这个,老许做媒的声誉比他阉鸡的水平还要高几
分。有时,他阉过的鸡还会打鸣,而他做过的媒却没有轧脚的
事。渐渐地,老许成了村里最有声望的媒人。有些纯粹是当起
媒人(不需要媒人亲自登门说媒,两家早有定亲意思,但即使这
样,还是需要一个媒人,否则少了明媒这亲事还不是完美的)。
人家之所以选择老许,也是因为他做过的媒,小家庭都比较幸
福。于是,大家怎么着也要从老许那儿讨个彩头。

老许有时一年做成过五对。他的工作量比较大,尤其在结
婚前,男女双方的意见常常围绕结婚的日子、时辰、聘金,以及嫁
妆等问题展开。但两亲家不会直接面对,怕伤了和气,于是得由
老许从中周旋撮合,有时得反反复复奔波于男女两家,直到征得
双方满意后达成协议。当然,这些事都是在饭桌上交流的。因
此,老许做一个媒,至少被请吃十八餐。

老许做过的媒创下了村里的纪录,一共有三十九对。老许
对这个数字很满意。有一次,他听到自己的儿子在背诵一句话,
觉得这就是自己的写照:一个人的生命是应该这样度过的,当他

回首往事的时候,他不会因虚度年华而悔恨,也不会因碌碌无为
而羞耻。他喝酒喝到一半时,喜欢用他的大嘴巴念着那几句话。
他冲着他儿子的窗口喊,然后说:媒婆就是这么炼成的。他儿子
隔着玻璃窗,告诉他自己正在写信,别打扰他。老许知道后,对
儿子说,还写啥信,我这么出名你就不知道? 老许扳扳手指头:
跟鸡打交道这么多年,多少人看得起? 料不到客串媒人这么吃
香。儿子脱口背了诗句:有心栽花花不开,无心插柳柳成荫。

　　老许在儿子面前有点怀才不遇,因为儿子拒绝老子插手。
其实,老许儿子正在给自己的女同学写情书。若干年后,老许做
了爷爷,辈分升了,而他引以为豪的那个数字,却一个也没有增
加。他已放弃了阉鸡这个手艺,只是在心里享受着那个"积德"
的数字,好像晚年的安享跟这个数字有关。大嘴巴终于有了
着落。

村小学的老师

吕老师

一截废铁轨，悬挂在北教室的走廊下，上面满是黄色的铁锈，只有离尾部约两寸处的地方是锃亮锃亮的。

有一个人踮起脚，手举榔头，微晃着身子，往那截废铁块上有节奏地敲着，"铛，铛铛铛，铛……"的声音在校园里响起，那是吕老师在敲钟。

我们当中很少家里有闹钟的，大人听鸡啼，鸡叫三遍后起床做饭。我们听吕老师的钟声，第一次敲响的时候，我们该出门了,到校晨读一顿饭的工夫,吕老师敲第二次钟,这是我们第一节课开始了。当我们听到"铛铛铛……"无间断的敲钟声时,我们知道这是放学了,吕老师似乎嘱我们早早回家。

吕老师的办公桌上有一只小闹钟,球形的,两只脚,上面有一个可用手指来拎的环,外面罩着玻璃,里面有一只彩色的"芦花鸡",一点头,"嘀嗒"一声。后面有一根发条,如果哪天忘记上发条,这芦花鸡就罢工了。吕老师一到校第一件事就是先拿起闹钟,磁磁磁,上好发条。如果吕老师有课,只能让在办公室的老师代劳敲钟。但没有一个老师敲得像模像样,他们敲得不是有轻重,就是有快慢,听起来非常不舒服,似乎是跑调的歌声。而且没有一个老师能模仿吕老师放学时敲出的那几声连续钟声,他们努力想敲出一些节奏来,那声音像是被风刮凌乱了似的,听得我们心里空荡荡的。

后来那只小闹钟不知怎么坏了,吕老师一咬牙,买了一块手表,还是托村里的上海知青回娘家时买来的,差不多花了他半年的工资。吕老师第一天戴手表的时候,全校似乎有些轰动。不仅同事们争相观看,连我们这么大的屁孩都伸长脖子往吕老师手腕瞧去。胆大的则干脆凑上去,歪着脑袋仔细探究那只所谓的表,嘴里发出"啧啧啧"的声音。几位老师煞有介事地评论一番,其实他们当中谁也没有见过第二只表。吕老师有时也会被村民拦住，大家都想看看这块比鸡啼更准确报时的"铁疙瘩"。

有一次，我们发现他的手腕上空空的，原来他的手表被另一位老师借去相亲了。那位老师已经二十五了，在我们村里算是大龄青年了，因为一直是民办老师，所以总是高不成低不就，他的父母急得不得了。这次总算有一个跟他身份相匹配的姑娘，是个会计。他不想错过这次姻缘，为了博得姑娘的芳心，借了吕老师的手表想撑撑门面。吕老师非常爽快，一把摘下来借给了他。

之后，这块手表不知被多少相亲的男青年借过。先是学校里那些未婚男老师借，后来被村干部借，再后来村里人借。大家都是一个村庄里的人，哪有不借的理由。只是吕老师的妻子心痛自己家的那块手表，担心那些借的人不会保管，不会使用。吕老师知道骗她也没用，因为一到家他妻子第一件事是要先看他手腕上的手表。吕老师想出了一个办法，说是那块手表借出去后我没上发条，不上发条它当然不会走了，它不走说明这块表没损失嘛。他的妻子一听觉得有道理。再说，手表还回来的时候，人家总是捧来一把糖，惹得家里的孩子又是欢呼又是雀跃。有几次吕老师确实忘记上发条了，但是从来没有人说过手表准还是不准。其实，那些借手表的人谁都没有去看过时间。

吕老师那时四十来岁，家里有一双儿女，妻子是地地道道的农妇,有三亩承包地。村里分承包田的时候,吕老师的田是没有安排进去的。吕老师找到村支书,要求享受村里男劳力的土地承包额。村支书说,吕老师你迟早会转正,到时候还得把土地划拨出去,再说了,到时候上面来考察,我也有理由推荐你,因为你连承包田都没有。村支书后面一句话在吕老师耳朵里并不怎么舒服,但前一句点中了吕老师的心结。

吕老师在村小已经做了十多年的老师,是所有老师当中教龄最长的一个,而且是正儿八经的民办老师,其他几位有的不过几年而已,有的还是代课老师,乡文教站不承认的。如果上面有指标,他转正是没有问题的。但一想到家里还有一双儿女,自己的工资仅够糊个口而已,于是他软磨硬缠,好说歹说,村支书这才答应分给他半亩地。当吕老师听说其他几位老师足额分到承包地时,心里觉得有些屈闷,可一想到村支书的前半句话,对未来又充满了憧憬。

吕校长身兼数职,除了教高年级的语文与数学,还担任校长。不过,他是光杆校长,他下面没有副职,也没有其他中层干部。他拿的跟其他老师一样的工资,上面没有什么补贴,唯一的待遇是上面有领导来了,他出面接待。不过,我们很少看到上面的头头莅临我们的小学。据说,有一次乡文教站的负责人陪县里几位领导下村来调研有关教学工作,吕老师认认真真地进行了汇报。末了，县里的领导问吕老师对目前的教学有什么想法，包括对乡文教站的工作有什么建议。这时，村支书在旁边向吕老师不停地递眼色，不知道是吕老师真不明白，还是假不明白，他对乡文教站提了很多意见。县里来的领导一面在本子上记着，一面不时转过头来批评文教站对村小教学不够重视。乡文教站的负责人唯唯诺诺，一字不落地把吕老师所提的意见写到本子上，表示回去后一定加以改正。

吕老师送走调研组领导后，踌躇满志，认为不久的将来村小学的教学环境会大为改观。谁知，一个学年下来，学校还是老样子，连一件像样的体育用品都不曾增添过。吕老师去找文教站的领导，刚开始，人家还能挤出些笑容来接待他一下，在摊开的本子上写点什么。吕老师去得多了，人家那点笑都不挤给他了，连应付的人都不一样了，先是带长的，后是带括弧的，最后只剩下员字的。慢慢地，吕老师似乎明白了什么，再没有找过文教站的领导。而文教站的领导也没有把教学调研活动安排到我们的村小学。我们的村小学似乎被人遗忘了一样。好在，吕老师的钟声一天数次回荡在校园里，一波一波地向村庄里传递。

尽管乡文教站的领导对吕老师推诿避见，但每年的年终总能让吕老师领回一张奖状和一只搪瓷杯，上面烫着几个"奖给教育先进工作者"的字，红红的，比老师批我们作业时的红钩还要醒目。吕老师一手批改作业，一手握着那只搪瓷杯。慢慢地，那只手从杯盖上移下来，摩挲着杯上的字，一遍一遍，脸上浮现了笑意，好像阳光跌进了他的眼睛里。

学校曾有一个转正指标，上面是"戴帽"下来的，但不是吕校长，而是给了另一位老师，那位老师是乡党委书记的儿媳妇。吕老师的承包田还是原来的半亩，上面的政策是三十年不变，原来的村支书早已退下来，新任的村支书推说原来的情况不明，不好给他补办。吕老师的女儿办了一家企业，经不住女儿的动员与妻子的数落，吕老师写了辞职报告，决定不再做民办老师。据说上面挽留过他，如果以后有指标一定会安排给他。吕老师这次去意已定，放下了教鞭。他离开村庄前，穿的还是那套洗得发白的中山装，上胸的口袋里毕恭毕敬地插着钢笔。跟人握手时，人们发现吕老师手腕上戴的那块手表不知什么时候停止走动了。吕老师难为情地说，这表早坏了一段时间，该送到城里修一修了。村里人突然想起来，学校里装上了电子钟，时间是设定好的。

范老师

范老师长得又矮又胖，圆圆的脑袋上仅留着一小撮头发，一对小眼睛长得很开，又各自倒挂在眉毛下。跟他说话，你最好注视一只眼睛，才不会感觉头晕，否则才一小会儿你就有眩晕感。我们背后取了一个绰号，"冬瓜范"。他是我们完小唯一有高中文凭的人，但还只是代课老师。当年因一位民办老师请了病假，吕校长找到他，想让他代一阵子课。结果那位老师请病假不是半年一年的事，学校只好让范老师继续做代课老师。等那位老师回来后，吕校长爱惜这位高中生，硬是通过个人的关系，大队书记开了一个口子，同意范老师做代课老师。范老师的数学课上得非常好，但他很严厉，稍不如意，他就用手中的粉笔狠狠地扔过来。

有一次，李同学在上课的时候做小动作，被范老师发现了。他挥起手中的教鞭朝李同学的头上劈过去，李同学本能地躲了过去。范老师有些气急败坏，再次挥动教鞭，在李同学的身上猛抽。李同学一边用手抵挡着范老师的教鞭，一边嘴里在"呜噜呜噜"地喊叫着。后来有一个同学惊叫："流血了！"血从李同学的头上流了下来，一点一点滴落在地上，像一朵朵桃花。范老师停止了抽打，不知所措地站在那儿。李同学揉着头，手上很快沾满了血。他看着手上的血和地上的血滴，有些茫然地看了一下范老师，与范老师同样是茫然的目光对接了一下，随即号啕大哭起来。我们手忙脚乱地从作业本上撕纸片，往李同学的头上按去。这时，范老师凑上来，查看李同学头上的伤势。我们小心地拨开他头上的头发,离前额约两寸处有一个口子,血正往外冒。摁上去的纸很快无济于事。范老师的脸色一下子变得有些苍白。我们眼巴巴地看着范老师,不知道接下来该怎么办。范老师果断地背上李同学,直奔村卫生室。李同学头上缝了几针,钱是范老师掏的。

第二天,李同学的父母赶到学校。我们一看,估计范老师此次要有麻烦了。可好半天都没听到什么声音。一节课后,范老师与吕老师把李同学的父母送到学校门口。李同学的父母跟我们的父母一样都是老实巴交的庄稼人,不会说冠冕堂皇的话,甚至连句像样的客套话都不会表达。他们的孩子如果受到老师的挨打,想到的是自己孩子在学校表现不好,惹老师生气。"打是亲,骂是爱"的古训渗透到了他们的骨子里。李同学的父母到校来是替孩子向老师赔罪来的,走前硬是把看病的钱还给范老师,还叮嘱范老师如果孩子不听话尽管打,而且要打得重一些。

许是范老师受李同学父母的感动,从那时起格外重视李同学的数学。李同学也争气,数学成绩一下子蹿到了班级前几名,后来还成为村里第一个留学的人。

范老师家有好几亩承包地,他的妻子又向别人租了几亩地。范老师一下课赶紧跑回家帮他妻子一起料理农田里的事。他几乎从不给我们留作业,事实上他是没时间批改作业。大概因为这个原因,学生都喜欢范老师。

　　学校每年要放两次农假,每次一个星期,而且不留作业。上半年是帮家里收割榨菜,下半年摘棉花。我们学校里的老师跟我们一样,整个农假里与家人出门背篓进门放锄,早出晚归,等回来上课时人又黑又瘦,握粉笔的手看上去少了些许灵活,指关节粗了一圈。我们从牙牙学语开始就熟悉村庄散发出来的泥土气息,等能提得动篓或筐时,已经成为家里的一个小帮手。带孩子早早地学会料理农事,也算是每个大人对孩子的一项学前教育。

　　范老师常常要求我们去帮他干农活。有时放农假的时候,他指明几个同学过去。有时农假已经结束,他在班级上直接进行动员,于是差不多有一半同学都会在放学后到他们家去干活。作为家长没有丝毫的不满,认为帮老师干活是天经地义的事。我们其实不太乐意,累不必说,有时还很脏,晚回了家里煮饭就成问题。在农忙时节,天不擦黑,父母绝不会进门。家里烧饭、扫地、洗衣服都是我们的任务。因此,大家都害怕范老师在放学前进我们的教室。他用那对小眼睛环视教室一圈,我们都不敢接他的目光。虽然,那时他的小眼睛频频闪烁着慈祥的光芒。范老师见下面的态度不够积极,索性收起了他眼睛里来来回回的那点光芒,开门见山地说谁能放学后帮他家去干农活。我们不由得互相对视了一下,然后教室里出现了一片虚虚的寂静。范老师把目光聚焦在数学课代表身上。这位毛姓同学像是被击中了一般,慌忙从座位上站起来,范老师两只各挂一边的眼睛里慢慢有了亲切的笑意。这时,班长也站了起来。一会儿,陆陆续续有同学立了起来,有的手扶着课桌,有的半躬着身子,有的甚至一只脚曲着,另一只脚却钩着凳角。范老师见状,小眼睛里溢出了快乐,眼角努力地朝上翘,表扬了站起来的同学,又含蓄地批评了那些头还低着的同学。

班上有一位男同学,个子很高,人长得很结实,范老师最喜欢他去帮活。他既能挑,还会耙,家里几乎已经把他当正劳力。也许是范老师差他做事实在太多了,引起了这位男同学的反感与憎恶。有一次,他在村道上碰见范老师摇摇晃晃地正挑着粪桶从家里出来。这时,他想避开也来不及了,上前叫了一声范老师。范老师问他:"你现在有空啊?"这位男同学知道范老师问这话的意思,极不情愿地上前抓过范老师的挑担,说是帮范老师抬。范老师一听喜出望外,这一担粪挑到农田里少说也有二十分钟的路程,于是马上放下担子,跟这位男同学一起抬着走到了农田里。范老师放下粪桶后,准备回去抬另一只时,男同学突然捂着肚子喊肚子疼。范老师关切地问了几句,以为小孩子肚子痛一阵子也就过去了,便耐心地等在一边。男同学一会儿说不痛了，一会儿又蹲下身子直喊疼。这样折腾了半个小时，范老师有些急躁了，太阳一点一点地往西坠去。男同学最后跟范老师挥挥手说，今天看样子不能把另一桶抬回来了，对不住。也不管范老师直跺脚，捂着肚子皱着眉，紧一步缓一步地从田埂上走了回来。快进村时他突然放开步子又是跳又是奔，快乐得把眼睛都挤没了——范老师这回怎么把另一只粪桶抬回去？还有一次，范老师让他去种菜，结果范老师家的自留地里长出来的菜稀稀拉拉的。原来这位男同学种菜的时候有一半菜的菜根被他掐掉了。范老师心生疑惑，可又不敢挑明。处理的结果是以后不再让这位男同学去他家帮农活，自然在课堂上也不再叫他回答问题，哪怕这位男同学把手举得高高的。

　　范老师代了十年课，最后还是离开了讲台。原因很简单，吕校长没能转正，他打抱不平，去乡文教站质问负责人，结果跟领导吵起来了。几天后，村支书找范老师谈话，面露难色地说上面有文件，不能随便请代课老师。范老师自然明白其中的意思，一句话也不说，拍拍手中的粉笔尘，转身走出了学校。为此事，吕老师没少费周折，从不送礼给村支书的他，当天晚上带着两条香烟摸黑到了村支书家。村支书尽管拐弯抹角的说话，但吕老师还是听明白了，这是乡文教站领导的意思。吕老师还想求情，村支书意味深长地说了一句话：范老师虽然书教得不错，但年轻人不该意气用事啊。如果他继续在咱们学校教书,文教站的领导还愿意到我们这儿来指导工作吗? 吕老师从村支书家出来后又摸黑到了范老师家里,跟范老师有一搭没一搭的拉着家常话,最后吕老师似乎下了一定决心,劝说范老师去一趟文教站的领导家,东西他备好了,吕老师把村支书退还回来的香烟递给范老师。范老师一听噌地站了起来,差点跟吕老师也吵起来。吕老师知道劝不动他,便把香烟拆了,你一支我一支地抽起来。夜深时,吕老师拖着黑黑的影子一步一摇地踱回家去。

范老师后来办了一个养殖场,生意做得红红火火,成为方圆左近的第一个万元户。他曾多次捐助村小学购买教学用品,还资助过几位困难生。有一次学校庆祝六一活动,想请他来校观看文艺节目,可他一看到有文教站的人在,头一扭走了。

陈老师

陈老师是嫁到我们村里后才做小学老师的。陈老师念了一年半的初中,因她的男人跟村支书是亲戚,再加上那会儿村小学缺一位老师,于是跟上面通融了一下,陈老师做了一名代课老师,等她儿子能满地爬的时候她由代课老师变为民办老师,从一年级教到四年级。跟许多老师一样,她唯一的盼头就是由民办成为公办。

陈老师梳着两根辫子,被她甩在肩后,走起路来辫子一跳一跳的。当她挥着教鞭让我们念黑板上的字时,那两根辫子一颤一晃,不知不觉掉在胸前。

陈老师的身上有一股淡淡的清香。她从我们身边走过,从脚底扇起来的风在我们周围打着转,里面弥漫着香气。我们知道,那是陈老师留下的香气。有人说,陈老师涂了雪花膏。有人反驳,陈老师才不会涂雪花膏。说陈老师涂雪花膏的同学是真心赞美,反驳的同学是不喜欢有人怀疑陈老师涂雪花膏。母亲跟婶婶们从不涂雪花膏,我们也不涂,最多是几毛钱的防裂膏,只有去相亲的姐姐们才舍得买一瓶,而且这一瓶说不定到出嫁前还满满的。如果村里哪一个有家室的女人涂雪花膏,就会引来村里人,尤其上了年纪老人的质疑,认为有辱妇道。

我们喜欢陈老师俯下身,靠近我们的头,一笔一画地指正我们写的字。我们努力嗅着陈老师身上的香气。陈老师的头一侧一抬,那股香气或远或近地飘过来。我们的手被陈老师紧紧地握着,而我们的眼睛却瞟到了她的两根辫子上。陈老师的发质特别好,又黑又粗,还有光泽。我们突然觉得自卑起来,我们的头发个个黄枯枯的,一抓还有些黏。很快有人得出结论,陈老师身上的香气来自她的头发,陈老师肯定用香皂洗头发。那一刻,我们羡慕极了。

在冬天我们唯一可闻到香的是陈老师身上的香。我们忍不住伸长脖子，使劲翕动鼻翼，可惜教室里满是我们身上发出来的腐酸味，有的几个月不洗头发，头发一绺一绺的结成了"饼"。有的几个月不洗澡，身上的垢都快成腻了，下课后在操场上猛跑一阵，汗把垢冲出一道沟来，却又只能贴着背上，于是一股脑儿在前胸后背上反复蒸腾着，最后跑到空气里酿成酸几几的味道。

陈老师教我们四年级的语文。朗读课文时，她一字一句用自己的语言领着我们念课文。所谓自己的语言是陈老师用既非普通话又不完全是村里的方言，乍一听有普通话的腔，再一听，却拖着村里重重的口音。如果不念课文，陈老师就讲一口地道的村话，我们回答问题也是地地道道的方言。陈老师说："是伐?"我们回答："是个。"陈老师："听懂郎咪?"我们齐喊："听懂郎在。"然后，陈老师笑眯眯地看着我们，两根辫子在肩上一跳一跳的。

有一次，学校接到通知，乡里有几位老师要来听课，陈老师的课是必听的。学校顿时忙碌起来，组织全校师生进行大清扫。张老师还挥起了大刷子，在雪白的墙壁上写下红红的几个字，欢迎上级学校的老师来校指导。第二天，上课铃一响，陈老师穿戴一新，神情一如往常笑眯眯地走进教室，后面跟着几位老师，手里拿着一本笔记本，坐到了教室最后一排。陈老师让我们把课本打开后,突然说起了普通话。大家早已习惯了她的"郎哉"、"是伐",对她一时卷舌一时打战,浑身不自在。更让人难受的是她把很多的音念歪了,"火车"念成"火叉"、"软软的"念作"扭扭的"。我们想笑,可又不敢笑。陈老师在讲台上很卖力地讲着念着,我们在她走样的普通话里,一次又一次地暗暗揉着小肚皮。我们偷偷地往后瞧去,几位老师涨红着脸,紧紧抿着嘴巴,有一位大概实在忍不住了,手捂着嘴把头转到一边。

其实陈老师是一位很好的老师。每个学期开学的时候,总有不少同学缴不上学费。学校念有的家庭一时手头紧交不出学费,允许学生拖欠一段时间。课上到一个月后,学校开始对那些拖欠学费的学生进行催缴。有的老师在课堂上直接点名,然后告之要求几天内缴上学费。被点到名的同学一个个不由自主地低下头,憋红着脸,有的使劲地绞着衣角,而有的心事重重,目光低得不能再低。可静悄悄的教室里只有老师不知情绪的声音和几个顽皮同学扫来扫去的目光。一周后老师还会继续点名,仍有几个同学缴不上学费。虽然只有一元钱的学费,但有一些家里真拿不出这一元钱。如果老师点的名次数多了,有的同学则再也不来上学了,教室里留着他空荡荡的座位。我们有时也想象,说不定过几天那位同学会回来。只是一学期后那个座位上坐了其他同学。

　　我曾有一个好朋友叫云,书念得很好,每次考试总是前几名。她是三年级第二学期辍学的。放学后,我到她家去,正碰上她背着满满一篾笼的草从外面回来。本来我有很多话要跟她说,可一看到她躲闪着我的目光,想好的话都咽了回去。她一边往羊圈里倒青草,一边催促我回去。我说,你成绩那么好,怎么不去学校了呢?云手中的草突然顿了一顿,随即重重地抖动起篾笼来,把底下吃草的两只羊惊得不知所措,站在一边的我也不知所措。我走之前,云告诉我,她不想再去学校念书了,不念书的又不是她一个。每次老师在班上点名催缴学费,她就会难受好几天。刚开始还能向父母开口要学费,几次下来,她不再向家里要了。父母确实很艰难,前几年父亲得了一场大病欠下的钱还没还清。云说,不念书了反而轻松了。她还努力朝我笑了一笑。这是我见过云最不像是笑的笑。

　　陈老师成为我们班主任后,她收缴学费不像其他老师在课堂里,而是放学后去她办公室。几个星期过后,陈老师没在课堂上为缴学费的事点过名,那些习惯了被点名的欠费同学也没有以往的那种胆怯、自卑的神情。原来,陈老师单独一个个地叫到办公室,先问问家里的情况,再说学费的事。如果实在困难,她会悄悄垫上。至于家长什么时候还就什么时候还,从不催讨。记得有一位顾同学,学费欠了很长时间,她父母找到陈老师,说是不想让顾同学念书了。陈老师好说歹说,总算把顾同学劝留在学校里,学费还是陈老师垫的。后来,陈老师在村道上偶遇顾同学的家长时,总绕得远远的,不想让他们感到尴尬。

陈老师在他儿子结婚那年转了正,两根粗辫子不见了,而是满头白发。我们曾围着她,回忆她身上的香气。陈老师嘴巴张得大大的,听着我们描述的各个细节,又不时地眯眯笑一下,眼睛里闪烁着少女般的光芒。原来,陈老师既没用香皂洗头发,也没有涂雪花膏,而是用"槿漆叶"洗头发。这回轮到我们嘴巴张得老大,"槿漆"是村庄里最寻常的一种植物,路边,屋旁,无须料理,也不必费一点心思,它们年年抽叶、开花,年年长一截,粉色,状似喇叭,村里人有的用作篱笆,围出一个庭院,有的用它隔离自留地与村道,一边是行人走的路,一边是庄稼生长的园地。"槿漆"开花的时候,我们摘花插在头上,扮成新娘子,等待别人来抢。"槿漆"树的叶子呈锯齿状,上面有细细的茎脉,搓烂后有一股涩味。身上的咸涩够浓的了,谁会愿意涩味更重呢?望着被剪成一头短发的陈老师,我们似乎又闻到了一股让人忘记饿的香。

后来,我们知道"槿漆"学名是木槿,可药用,也可食用,喜自由式生长。

【后 记】
用细节重建我们的村庄
谢志强

干亚群这部散文集《给燕子留个门》使我想到我童年的农场。农场是村庄的一种变体，差别在于农场的根没有村庄的深——文化的根，血脉的根。儿时，我在农场连队的马厩里，看见马在吃槽里的草料，鸡在啄粪蛋里的蛆虫，狗在角落里啃一根骨头，猫在瞅着老鼠的动向。它们各自都专心地对付自己的食物，相安无事。它们咋不换换口味，羡慕对方的食物呢？作家其实也有自己的口味。有的作家吃杂粮，样样体裁都能来两下子，有的作家就盯住一种体裁嚼个不停。人吃饭咋就一辈子也吃不厌？我曾想。

多年来，干亚群钟情散文创作。不但不厌倦，而且"吃"得深入了。这回，她一路返回到了童年，回味童年的素材——那记忆的起点，像一匹卸了龙套的马，进入苜蓿地。

谢志强：2011年初，你出过一部散文集《日子的灯花》，那是你对十几年文学创作的一次总结。我在2011年底看了你的新作《炊烟》,我眼睛一亮,想到《日子的灯花》,某种意义上说,是你对过去创作的一种告别。因为,我把《炊烟》视为你创作的重大突破。

好像一个人,离开村庄,在外面的世界游走,可是,走着走着,她察觉,她发现,竟然回到了村庄——那是你童年的村庄。这是写作的隐喻。我是指你在《日子的灯花》里,有一个长大了的你在看沿途的风景,属于游走散文。

有了《炊烟》,陆陆续续就成了这一组你回忆村庄里的童年的散文,兜了一个大圈,你发现了童年。我把它视为回家的散文。这是你散文创作中飞跃性质的转变。你过去怎么就没有发现?或许,你没舍得启动你童年的资源?其实,对每一个作家来说,童年至关重要。童年总在呼唤作家,你是怎么听到童年的呼唤?

干亚群:喜欢上文字已不是几年的事,而是二十几年的事了。在我还在念初中的时候,有一天我有一篇类似于读者的信件在一本《初中生》刊物上发表了。当时我们学校的一位副校长看到了,问我是不是我写的。我说是。于是他在一次全校师生大会上把这件事好好地表扬了一番,还很认真地朗读了那篇小文章。这件事对我的影响是让我喜欢上了文字，并一直把文字作为自己保持内心宁静与摆脱欲望的一种力量。从某种意义上说，我写文章是因为我还有幻想，希望用文字来经营自己的家园，能独立于热闹的现实。事实上这样的写作路径让我的文字局限于一己的世界。

虽然，我自己也不怀疑文章的真情实感，但这毕竟属于一个人嘟嘟囔囔的自言自语，里面的感悟也好，思考也罢，如果离开了一个人的经历，就失去了阅读上的共鸣。《日子的灯花》这个书名，其实也代表了我的一个想法，一方面记录了我精神世界的成长，另一方面希望对以往的创作作一个小结。所以，特意选择了在不惑之年出版这本书。

人的一生离不开选择，而选择意味着取舍。有时舍恰恰是让你有时间去思考，去发现。有一段时间我一直没有动笔，而是琢磨着如何突破以往的"自我"写作。有一天，我儿子问我童年是怎么样的时候，我的心为之一颤，仿佛一张张黑白照片湿漉漉地从洗片液里打捞出来。每一个人都有自己的童年，而我们这一代的人与其说是一个人的，还不如说是大家的。我们这一代人虽然缺少物质的满足，也缺少父母潜心的管教与培养，但我们一点都不孤独。童年中的我们也许并没有在意过自己快不快乐，而且那时的快乐与不快乐也不会留下什么影响。但现在回想起来跟自己的儿子一比，发觉我们的童年是非常丰富的，因为是属于整个村庄的。这是一个比较有意义的一个话题，于是我便有了一个写作的动机与目标。

谢志强：你童年的村庄记忆，我看到人与人之间的关系，人与物之间的关系，正是由一系列不起眼的细节凝结，进而，你的笔触深入一个村庄的内部，日常生活中，轮回里，那被沉甸甸的文化浮现出来，有约定，有禁忌，有敬畏，有和谐，我能看到一个表象与灵魂的村庄的生存状态——那时的村民怎么过日子，过着什么日子。特别是其中的细节。当我们回忆过去时，我们往往回忆起的是细节。你用细节重建了一个乡村的村庄。相比过去的创作，这组散文中，你对细节给予了高度的重视和敏感。你来谈一谈如何发现、使用细节的吧。

干亚群：散文的美在于从生活的底部寻找深度，于细微处发现具象，正如佛教中所说的"一叶一世界"。对我而言，是一村一世界。尽管散文需要自由，但她又必须介入生活，而且得拉开了一定的时间后才能看清一些东西。大人那时无暇顾及我们，他们忙于参加生产劳动，我们这些人三五成群游荡在村子里，村庄的一部分属于我们，我们也属于村庄的一部分。我们慢慢地记住了村庄里的一些习俗与民俗,没有想过要学会继承,但很用心地去遵守这些习俗与民俗的约定、规矩,为的是免去大人的呵斥与挨打。

我写这组散文的时候相比以往的写作,要来得轻松与自由,因为我对自己的童年生活与村庄很熟悉,这些熟悉建立在那些细节上。可以说,这些细节组合着我们的童年,也支撑着我们的村庄,它们一点一滴地存在于我们的生活中。有意思的是,我们的年龄还不会思考,但我们的眼睛却让我们发现很多真实的细小,这完全异于大人的视角。不敢说这符合艺术创作需要的"纯白"胸臆,不过,这确实是我在找童年时得到的一个心得。所以,我在文中使用了很多细节,以细节代替语言的雕琢,用细节丰富文章的立意。

谢志强:我忽然想到双重性。这个你童年的村庄,时不时会呈现出双重性。《给燕子留个门》,同一个屋檐下,有两个世界,人的世界与鸟的世界,开门或关门,还要考虑家庭成员——燕子是不是归来,得给燕子留着门。《像镜子一样的池塘》,池塘是虚和实结合的世界,它又映出了生命意识和性别歧视。《女人的河埠头》,男人建设,女人经营,那是女人的领地,却也照出了女人的无奈。《晒场》则是人与牛的不同世界,牛见证着人的世界。

这一系列双重性的表达,呈现出你童年村庄的丰富与温馨。与你的《日子的灯花》相比,你的视角发生了变化,这种视角,对你发现童年村庄意味着什么?

干亚群:《日子的灯花》我前面已经说过了,这个中的文章大多是我个人的一些感悟与感怀。一些经历让我有了一段追寻与摆脱相交织的心路历程。或喜或忧,说到底还是一个人行走在路上,周围有很多景物,而我侧重于欣赏的心境,这难免会错过一些更美好的风景。要知道,散文的深度不在于你动用语言的能力有多少,也不在于你有多少真实的经历,而是你呈现出来的世界有多宽,也就是要把不同于自己内心世界的世界表达出来。如果说《日子的灯花》是我与成长中的自己建立的一个世界,那么这组散文则是我与我们、我们与村庄、村庄与村庄里的事物间的共同构建。不同的世界在成人眼里有不同的体味,大多不外乎感慨与深沉,但在儿童的眼里却是一种亲近与欣喜。也因为顺着孩童的视角,村庄的记忆开始鲜活起来,带给我的已不仅仅是童年的生活,而是我们人类世界与自然世界的连接、补充。我们现在缺少的正是自己与周围世界的联系与沟通,于是一些事物正慢慢消失,我们的心在渐渐迟钝,而我们对此却浑然不知。

谢志强：说到底，文学创作，就是用独特的视角去看你的世界，然后，用独特的方式表达你的世界。

你仿佛用望远镜去瞭望童年的你，继而，又用显微镜去放大童年的你。其中的叙事，有两个你——童年的你和青年的你，后一个你追忆前一个你，重要的是你"发现"了什么？两个你构成了怎样的链接？

干亚群：不知不觉，自己到了不惑之年，按照孔子的说法，这是一个明白事理的年龄。一个人要做到明白事理其实很不容易，这需要成长的积累和世事的积淀，或许我们把儿童的天真交还，才能换来一个成年的阅历。这些阅历看起来很重要，因为这是你跻身于社会谋取生计的一笔财富。当有一天有人夸奖你成熟的时候，其实作为自己深层次的思考，应该是感到一种淡淡的失落，因为你要么丢失了童真，要么不得不隐藏天真。我一直认为儿童的眼睛是世上最美丽最清澈的，他们的眼里没有躲闪，没有隐瞒，更没有世故。用这样一双眼睛打量这个世界，你说还会有油滑有伎俩吗？

谢志强：写作到了一定程度，每位作家都会寻求一种质的飞跃。这种质变，偶然中包含着必然，那么是什么契机使你写出

《炊烟》，然后，有了你这组散文？

这里，其实想问问你的阅读。阅读与写作，两者是相互渗透相互作用。阅读与写作都是一种发现。可以说，一个作家的创作能走多久，能走多远，一个至关重要的因素，取决于作家的阅读。阅读怎么会影响了你现在创作？

干亚群：我们面临写作的路径有两种：一种是直接的经历，另一种是间接的阅读。我的阅读范围非常杂，历史、政治、文化、哲学等，当然文学是其中一个很重要的部分。我每年除了看一定的世界名著外，还会花一定时间看当下的一些优秀文学作品。去年年底我看了刘亮程的《一个人的村庄》与李娟的《阿勒泰的角落》。这两本书对我写这组散文有着一定的影响。他们写的也是村庄里的生活，有些场景跟我的村庄非常接近。如刘亮程写到过《炊烟》，李娟写到过《河边洗衣服》，这些事这些物读来非常亲切，有共同的记忆。但与他们不同的是，我们生活在江南，不同于他们的西北游牧生活，我们的村庄里有着他们所没有的一些细节与情节，而且我加重了江南的民俗与习俗，通过这组散文或一本书，除了能了解到我们过往的村庄生活外，还能够走近传统。

谢志强：这两年，你聚精会神地构建记忆中的村庄，我也陆陆续续阅读过。其特别是，你用童年的视角，写一个村庄的那些人那些事。当然，许多人许多事在村庄中消失了，但你用文学的方式留存下来，成为记忆的遗产。

　　这是一部长篇散文，真正的主角是你童年的村庄。我看出，起先，你并没有一个总体的构思，但是，写着写着，就像一棵树粗大起来，有主干，有分杈，有细枝，有叶片，有花朵，有果实，于是，就形成了一种自然的格局，你的童年视角贯穿始终，呈现出生机盎然的景象，村庄里，人与人，人与物之间，像河水，像炊烟，弥漫着温馨的气氛，流淌着生命的血液，这是有灵魂的写作。

　　你写出了每个人向往的村庄。我们置身城市，其实，心灵永远在远方的故乡。通过这次文学的重返故乡，你又许了一个愿望。我已经在你的话中，知道你打算再一次重返故乡，其方式是从青年的角度。你是叫村庄里哪个女孩也成长起来吗？

　　干亚群：刚开始的时候，那些村庄里的人与事似乎漂浮在我的记忆表面，随便一抹，那些故事那些趣事就鲜活地呈现出来。比如《会生气的麻雀》、《鸡零狗碎》、《把影子关在门外》，等等，这些事仿佛就发生在昨天，不费一点力就能完整地叙述。我也欣喜于自己这种写作状态，不做作，不拘泥。后来，写着写着，觉得仅仅满足于人与动物、人与村庄的关系还不够，还有许多东西可以写，尤其那些风俗、民俗，以及曾经代表一个人身份的手工业者，而有些现在几乎已经找不到，有些正慢慢退出历史舞台，有些只能存在记忆中。写村庄里的那些事，那些人，并不是想回到那些年，而是希望给村庄留下一个细节，留住一段回忆。人在少年时想着法子远离自己的故乡，希望走得越远越好，而到了一定的年纪，却突然发现故乡像一块胎记一样烙在了自己身上。人生是没有回程路，而写作恰恰弥补了这个缺憾，使得自己在一个婆娑世界里不至于那么凌乱。

当然，村庄里的人和事远没有我写得那样直线式发展着，还有许多的故事留待我下一本集子中，是一个姑娘家眼里的村庄，或许，我的长大让村庄又多了很多的细节和故事。希望，自己这本书不仅仅是给读者带来回忆，而且还能一同分享曾经有过的童趣与自由，虽然我们的童年像一张黑白照片，不过，我们有理由相信，这张黑白照片经受得住岁月的淘洗，并且越洗越清晰。

图书在版编目(CIP)数据

给燕子留个门 / 干亚群著. —杭州：浙江文艺出版
社,2013.11(2017.3 重印)
ISBN 978-7-5339-3830-7

Ⅰ.①给… Ⅱ.①干… Ⅲ.①散文集—中国—当
代 Ⅳ.①I267

中国版本图书馆CIP 数据核字(2013)第 237314 号

责任编辑 徐　旼
装帧设计 水　墨
责任印制 朱毅平

给燕子留个门

干亚群　著

出版 浙江文艺出版社
地址 杭州市体育场路 347 号
邮编 310006
网址 www.zjwycbs.cn
经销 浙江省新华书店集团有限公司
制版 浙江新华图文制作有限公司
印刷 杭州豪波印务有限公司
开本 880 毫米×1230 毫米　1/32
字数 164 千字
印张 9.5
插页 1
版次 2013 年 11 月第 1 版　2017 年 3 月第 3 次印刷
书号 ISBN 978-7-5339-3830-7
定价 **28.00元**